「聖女ミーア皇女伝」より参照

ティアムーン帝国物語 V

断頭台から始まる、姫の転生逆転ストーリー

Tearmoon Empire Story

Written by Nozomu Mochitsuki

餅月望

TOブックス

サンクランド王国
SUNKLAND KINGDOM
王都
セントノエル学園
公都
ノエリージュ湖
聖ヴェールガ公国
PRINCIPALITY OF SAINT VEIRGA
王都
レムノ王国
REMNO KINGDOM
辺土
N
未開地

Tearmoon Empire Story World Map
ギルデン
辺土伯領
ティアムーン帝国
Tearmoon Empire
新月地区
帝都
ガヌドス港湾国
Ganudos
Port Country
初期帝国領土
（中央貴族領地群）
ガレリア海
静海《セイレント》の森
ルドルフォン
辺土伯爵領
ペルージャン農業国
Perugian
Agricultural country

contents

第二部　導《しるべ》の少女Ⅲ

第三部　月と星々の新たなる盟約Ⅰ

CHARACTERS

ティアムーン帝国

仇敵

ミーア

主人公。帝国唯一の皇女で
元わがまま姫。
が、実はただの小心者。
革命が起きて処刑されたが、
12歳に逆転転生《タイムリープ》した。
ギロチン回避に成功するも
ベルが現れ……!?

孫と祖母

ミーアベル

未来から時間遡行してきた
ミーアの孫娘。通称「ベル」。

仇敵

革命

ルドルフォン辺土伯家

ティオーナ

辺土伯家の長女。
ミーアを慕っている。
前の時間軸では革命軍を主導。

セロ

ティオーナの弟。優秀。

ルードヴィッヒ

少壮の文官。毒舌。
信仰するミーアを
女帝にしようと考えている。

仇敵

アンヌ

ミーアの専属メイド。
実家は貧しい商家。
ミーアの忠臣。

ディオン

帝国最強の騎士。
前の時間軸ではミーアを処刑。

四大公爵家

ルヴィ

レッド
ムーン家の
令嬢。
男装の麗人。

エメラルダ

グリーン
ムーン家の
令嬢。自称
ミーアの親友。

サフィアス

ブルームーン家の長男。
ミーアにより生徒会入りした。

※ ——— 未来の時間軸での関係性　※ ………… 前の時間軸での関係性

サンクランド王国

キースウッド

シオン王子の従者。
皮肉屋だが、
腕が立つ。

シオン

助力

第一王子。文武両道の天才。
前の時間軸ではティオーナ
を助け、後に断罪王と
恐れられたミーアの仇敵。
今世ではミーアを
「帝国の叡智」と認めている。

［風《かざ》鴉《がらす》］サンクランド王国の諜報隊。

［白《はく》鴉《あ》］ある計画のために、風鴉内に作られたチーム

聖ヴェールガ公国

支援

支援

ラフィーナ

公爵令嬢。セントノエル学園の
生徒会長にして、実質的な支配者。
前の時間軸ではシオンとティオーナを
裏から支えた。
必要とあらば笑顔で人を殺せる。

［セントノエル学園］

近隣諸国の王侯貴族の子弟が
集められた超エリート校。

レムノ王国

アベル

王国の第二王子。前の時間軸
では希代のプレイボーイとして
知られた。今世では、
ミーアに出会ったことで
真面目に剣の腕を磨き始める。

［フォークロード商会］
クロエ

いくつかの国をまたぐ
フォークロード商会の一人娘。
ミーアの学友で読書仲間。

混沌の蛇

聖ヴェールガ公国や中央正教会に仇なし、世界を混乱に陥れようとする破壊者の集団。歴史の裏で暗躍するが、詳細は不明。

STORY

崩壊したティアムーン帝国で、わがまま姫と蔑まれた皇女ミーアは処刑されたが、
目覚めると 12 歳に逆戻りしていた。第二の人生でギロチンを回避するため、
帝政の建て直しに奔走。かつての記憶や周囲の深読みで革命回避に成功。だが、
未来から現れた孫娘・ベルから思わぬ破滅を知らされ、未来改変のため聖ミーア学園を設立することに。
改革は順調に思えたが、バカンスで訪れた無人島で遭難してしまい……？

イラスト――Gilse
デザイン――名和田耕平デザイン事務所

第二部

導《しるべ》の少女Ⅲ

THE GIRL FROM THE FUTURE

プロローグ　ベルの小さな幸せⅠ

　その夏は、皇女ミーア・ルーナ・ティアムーンにとって、とても印象深いものになった。帝国四大公爵家、通称『星持ち公爵家』の一角、グリーンムーン家の令嬢、エメラルダ・エトワ・グリーンムーンに誘われて行った船旅は、ちょっとした大冒険だったのだ。

　無人島での一夜、襲い来る嵐によって、乗船から引き離されたミーア一行。そして、夜、寝ている間に、仲間の一人の姿が忽然《こつぜん》と消えて……。


と、そこまで書いて、エリス・リトシュタインは筆を置いた。

「うーん……、このお話は……どうなのかしら……？」

　彼女は今、姉のアンヌから聞いた話をまとめているのだが……、さすがにどうだろう、と思う。

　この後、ミーア一行は、地下に潜んでいた邪教の怨霊《おんりょう》と出会うも、ミーアの大活躍により、それを退けることに成功。さらに、海での巨大人食い魚との戦いを経て、なんとか脱出することになるわけだが……。

「さすがに、少し誇張が過ぎるんじゃないかしら……、たしかにミーアさまならば、邪教の怨霊と向き合う勇気と、それを鎮めるお知恵とを持っているだろうけれど……。そもそも邪教の怨霊なんてものはいないだろうし……。それに、この大きな魚も少しオーバーね」

姉は、乗っていった船、エメラルドスター号の倍近い大きさがあった、と言っていたけれど……、さすがに、船の二倍もある大きさの魚なんかいるはずがない。

「驚いて記憶が混乱しているのね……。巨大人食い魚の大きさは、せいぜい、エメラルドスター号と同じぐらいのはず。きっとミーアさまが殴り倒したというのも、そのぐらいの大きさのはずよ」

エリスは、自身を誠実なる現実記述者《ノンフィクションライター》だと思っている。誇張した記述はできる限り避けて、事実に即したものとするべきだろう。となれば……。

「ミーアさまの偉業を残らず記述したいのはやまやまだけど、信憑性《しんぴょうせい》の低い記事は、信用を失わせる。ここは慎重に、信頼性の高い記録だけを残して……。この巨大人食い魚との戦いをメインに再編集を……」

「エリス母さま、なにをしてるんですか？」

その時だった。ふいに聞こえてきた幼くも愛らしい声に、エリスが視線を向ける。と、そこには、一人の少女が立っていた。

「ああ、ベル。おはよう、もう起きたのね」

綺麗《きれい》な白金色の髪をした、かつての帝国の叡智《えいち》の、懐かしい面影を残した少女、ミーアベルだった。

ミーアベルは、ちょこちょこと近づいてくると、エリスの手元に目を落として、首を傾《かし》げた。

「それは、お祖母さまの記録……？」

「ええ、そうよ。ミーアさまのことをしっかりと後世に語り継ぐのが、私の役目だから」

そして、あなたを守ることも……、という言葉を、エリスは呑み込んだ。

すでに、ミーアベルを守るために、多くの者たちが死んでいる。

ミーアベルの母も、皇女専属近衛隊《プリンセスガード》の忠義の兵たちも……。

このうえ、自分までも彼女の前からいなくなるかもしれない、などということを、匂わせる必要はどこにもなくって……。

——けれど、伝えておかなければならないわ。覚悟を決めておいてもらわなければ……。敵の手は、もうすぐそこまで、伸びているのだから……。

「今は、どんなことを書いてるんですか？」

「ああ、これはね、ミーアさまが夏に無人島に行った時の話なの」

そう言って、エリスは優しくミーアベルの頭を撫《な》でた。

本当であれば……、そのような態度をとって許される相手ではない。

ミーアベルは、帝室の血を引く者。かしずくべき相手であり、平民のエリスが手を触れることさえ、躊躇《ためら》うべき相手なのだ。

けれど、エリスは遠慮なく、ミーアベルの頭を撫で、時に厳しく叱《しか》りつける。

それは、ミーアの忠臣、ルードヴィッヒとアンヌが立てた方針だった。

「ベルさまは、母上をはじめ、ご家族をすべて失われたのだ。愛情を注いでくださる方が一人もいない……。それは、あまりにも不憫《ふびん》だ……」

敬意を失うことはない。けれど、過度に敬うことよりは、親しく愛情を注ぐことを、彼らは選んだのだ。

だから、エリスは優しくミーアベルの頭を撫で、親しみを込めた口調で話しかける。

ミーアベルが失ってしまったものは、臣下としての在り方では与えられないからだ。

そして、それ以上にエリスは知っている。

彼女の敬愛する帝国の叡智、ミーア・ルーナ・ティアムーンという人は、貴族社会の常識にとらわれる人ではなかった。

ミーアが喜ぶのは、どういう態度か……、アンヌもルードヴィッヒも、エリスすらわかっていた。

だから、エリスは精一杯の愛情と親しみをもって、ミーアベルと接するようにしていた。

「ミーアさまは、嵐に巻き込まれたんですって。それで、無人島で何日か過ごされることになったんだけど、ある夜、ミーアさまのお友だちのエメラルダ・エトワ・グリーンムーン公爵令嬢が、いなくなってしまって……それで」

エリスに頭を撫でられながら、アンヌが淹《い》れてくれる温かいミルクを待つ……この時間が、ベルにとってはなによりの幸せの時だった。

第一話　生きるべきか、死すべきか……

「エメラルダさんが……消えた？」

その問いかけに、ニーナはただただ頷《うなず》くばかり。それ以上のことはわからないらしい。

どうやら、みなでこの周辺を捜してきたらしいが、それでも見つからなかったらしい。

「ふむ……」

そこで名探偵ミーアは、一瞬で推理を組み立てる。

一、自分だけ除け者にされて、いじけて家出した……家じゃないけど……。

二、無人島を冒険してみたくなった。

三、美味しい食べ物を探しに……。

――ぶっちゃけどれもありそうですわ……。あるいは、わたくしが考えつかないようなしょーもない理由で出て行ったのかもしれませんし……。

ミーアは、ため息混じりに首を振る。

「ああ、もう、本当に、あの方は……」

「もしかしたら……お一人で泉のほうに行かれたのかもしれません。朝の水浴びか、水を飲むために……」

おずおずと発せられたニーナの言葉に、ミーアは頷いて見せる。

「なるほど、あり得ますわね……。朝一番には、澄んだお水を口にできるのが当然、なんて言いかねませんし……。では、急ぎ泉の周りを捜してみましょうか」

「いや、全員で行っても意味がない。キースウッド、すまないが、浜辺のほうに様子を見に行ってくれ。海岸線沿いに、海の様子を一通り見てくるんだ」

「エメラルドスター号が帰ってきているか見に行ったかもしれない、ということですね？」

「それと海賊だ。万が一、怪しげな船が泊まっていたら、拉致《らち》された恐れもある」

シオンの指摘で思い出す。

――そういえば、この洞窟《どうくつ》も、人の手が入っている可能性があるって言ってましたわね。

とすると、海賊の拠点になっている可能性も、まぁ、ないではないのかもしれない。

「彼女が自分以外の者の意思によって戻ってこないのだとすると、島に何者かが潜んでいたか、海の外からやってきた何者かに捕らわれたと考えるべきだ。あくまでも念のためだが、一応警戒しておこう……。それと、ニーナ嬢とは俺が一緒に行く。アベルは……」

「わたくしももちろん行きますわ。泉と反対側を捜しましょう」

サバイバルの専門家を自任するミーアは、ふんすっと鼻息荒く言った。

それから、ミーアはアンヌのほうを見つめる。

「アンヌ、申し訳ないのですけど、あなたにはここで留守番をしていただきますわ。エメラルダさんが帰ってきたら、しっかりと引き留めておくのですわよ」

「わかりました。お食事の準備も、できる限りでしておきます」

幸い、昨日、ミーアが考えなしに山ほどとってきた野草の類《たぐ》いがある。

きちんと食べられるかどうかは、キースウッドのチェック済みだ。

「では、昨日もしましたが、そこの野草の節をとって、それから……」

ニーナが処理の仕方を話している間に、キースウッドは先行して出発する。

「アンヌ嬢、単独で行動させてしまい申し訳ない。もしも怪しげな者がやってきたら、躊躇わずに身を隠してくれ」

そんな指示を残しつつ、シオンとニーナも出発する。

「では、行ってまいりますわね、アンヌ」

「はい、お気を付けて。ミーアさま」

最後にミーアとアベルの二人が洞窟を後にした。

向かう先は泉の反対側。昨日、キースウッドと探索した辺りである。

森の中、木々の間を縫うようにして延びる曲がりくねった獣道を行く。

ただでさえ木の根が顔を出し、ボコボコとしているうえに、土の部分も微妙にぬかるんでいて……、
ミーアは幾度となく足を取られそうになりながらも懸命に足を動かした。

「昨日、ボクたちが寝ている間に、また一雨降ったみたいだね。足元に気を付けて」

そう言って、アベルが差し出してきた手をしっかりと握って、ミーアは笑みを浮かべた。

「ありがとうございます、アベルはやっぱり紳士ですわね」

ミーアの言葉を聞いて、アベルは、微妙に視線を逸《そ》らした。

「こ、転んだら大変だからね。大したことはしていないよ。それより、今年はよく雨が降るね」

空を見上げながら、アベルは言った。

それでミーアは思い出す。アベルにも話しておかなければならない大切なことを。

いや……思い出すというのは正確ではない。

実は、少し前から考えてはいたのだ。

アベルに、未来の知識にまつわることを教えるべきか否か、ということを。

先に起こることを知っている……などと、そんなことを言い出したら、どんな風に思われるのか
……。特に、アベルにだけはどうしても信じて備えていてほしかったから、失敗はできない。

ついつい不安になってしまって、今まで言い出すことができなかったのだ。

だが、タイムリミットは迫っている。

ミーアは意を決して、アベルに言った。

「そうですわね。ねぇ、アベル、キースウッドさんにはすでに言ったことなのですけど、あなたにもきちんとお話ししておきますわね。近いうちに大きな飢饉《ききん》が来ますわ」

ミーアは、あえて淡々とした口調で、それを伝えた。

正直な話、サンクランド王国がどうなろうと知ったことではないが、レムノ王国は心配なのだ。なにしろ、少し前に革命騒ぎが起きているし、アベルの故郷でもある。

できれば、平和であってもらいたい。

ゆえに、あえて大げさではなく、事実を伝えるようなさりげない口調で告げたのだ。

それを聞いたアベルは少しだけ驚いた顔をしたが……。

「それは、確かなことなのかい？」

「無論、確たる証拠は提示できないのですけど……でも」

言葉を続けようとするミーアに、アベルは優しげな笑みを浮かべた。

「いや、ミーアが言うのだったら、そうなんだろう。信じるよ」

その答えが、ごくあっさりとしたものだったから、ミーアは逆に驚いてしまった。

「え……？　あ、し、信じてくださいますの？」

「ああ、この島から出られたら信用のおける者たちに話して、それから父上にも話を通しておこう。信じてもらえるかは微妙なところだけど、この夏の様子を見れば動く者は必ずいると思う」

「いえ、でも……どうして？」

きょとん、と首を傾げるミーアに、アベルは苦笑いで肩をすくめた。

「君がボクを騙《だま》す理由がないしね。それに、もしも飢饉が来なかったとしても、ミーアの言ったことだ。なにか意味があるのだろう。あるいは、たとえ意味がなくっても……君が優しさから警告してくれたのだと、ボクは信じるよ」

「え、あ……、はぇ……？」

自らを真っすぐに見つめてくるアベルに、その澄んだ視線に、ミーアは言葉を失った。

アベルが合理性ではなく、ただ純粋にミーアへの信頼から、その言葉を受け入れると言ってくれたから……。

そのことを理解して嬉《うれ》しいやら、なんやらで、頭がポーッとしてしまったのだ。

「さぁ、行こう」

ぷいっと前を向き、ミーアの手を引くアベル。どうやら、彼も言った後で自分の言葉が恥ずかしくなってしまったらしく……。その耳が少しだけ赤くなっていることに、ミーアは気付いた。

──もっ、もう、ぐいぐい来すぎですわ！　アベル。でも、そこが素敵ですわ……。

ミーアの脳内には今、ぽやぽやと大輪の花が咲き誇っていた！

そんな幸せ気分を満喫していたミーアの目の前に、昨日も来た岩場が現れた。

森の緑が唐突に失せ、茶色っぽい地肌がむき出しになっている。地面の岩は無数のヒビが入り、砕けて、実になんとも歩きづらそうだ。

「ここには、さすがに入っていかないいんじゃないかな？」

疑問を呈するアベルに、ミーアは静かに首を振る。

「たしかに、いかにも危なそうですわ。進む意味などなさそうですし、無駄な労力といえるかもしれませんけれど……、だからこそ、エメラルダさんならあえて行きそうですわ！」

そもそも、ミーアが知る限りエメラルダという人は、自分より目上の者、例えば親などに言われた言いつけはきちんと守るくせに、自分と同じか下だと思っている者の言葉には、積極的に逆らいたくなる厄介な性格をしている。

——とっても面倒くさい性格ですものね、エメラルダさんって……。

ちなみに、ミーア自身も手を出すなと言われているキノコにこそ、積極的に手を出したくなってしまう性格なわけだが……。

人は、自分の欠点にはあまり目がいかないものなのであった。

二人は似た者同士なのだ。

「昨日、わたくしの口からきちんと注意しておけばよかったのですけど……、キースウッドさんに説明を任せたのは失敗だったかしら……？」

イケメンならば、きちんと話を聞くかと思っていたが、甘かったかもしれない。

「先がどうなっているかわかりませんが、注意しながら行きましょう」

そう言って、ミーアは岩場に足を踏み入れて……。

がらり……。と、どこかで、なにかが崩れる音がした。

……どこで？

ミーアは不思議に思いながら、足元に目を移し……、真っ暗な闇を見つけた。

まるで、大地が口を開けて自分を飲み込もうとしているみたい……などと思ったところで。

「…………はぇ？」

ぐらり、と体が投げ出される感覚があった。

――ああ、この感じは……ひさしくなかった浮遊感。また、わたくし、落ちるのですわね……。あら？　でもこれ、下が川とかじゃないと死んじゃうんじゃ……？

「ミーア！」

直後に聞こえたアベルの声。次の瞬間、ミーアは自分が力強く抱きしめられたことに気付く。アベルが、ミーアを守るべく、自らも虚空に身を投じてくれたのだ。

「きゃっ、あ、アベル……？」

アベルの胸に頬を押し付けるような形になりながら、ミーアは思った。

――これって、死に方としては結構、ありかもしれませんわ！

割と……しょーもないことを。

――うーむ、生きるべきか死ぬべきか……、これは大変な問題ですわ……。

過去最高にステキな死に様を前に、若干哲学的なような、そうでもないようなことで頭を悩ませつつも、ミーアは落ちていくのだった。

第二話　アンヌの決意

「ああ、お仕事、終わっちゃった……」

ニーナに指示されていた野草の下処理をすべて終えてしまったアンヌは、深々とため息を吐《つ》いた。

まさか、こんな風に島に取り残されるなんて想像もしていなかったから、なにをしていいのか、いまいち定まらないのだ。

「あーあ、ミーアさまがいらっしゃれば、いろいろとしたいことはあるのに……」

こんな場所だ。髪や肌の状態は常にチェックして、早め早めにケアしていきたいところである。アンヌは、ミーアの美しさの維持に余念がないのだ。

「それにしても、エメラルダさまは、どこに行ってしまわれたんだろう？」

アンヌ自身は別にエメラルダのことは好きではない。だからといって、死んでしまえとか、ケガをしろとは思わない。無事で見つかってくれればいいな、とごく自然に思っていた。

ミーアがなんだかんだ言いつつも友だち扱いしているから、なおのことそう思う。

だからこそ、エメラルダの行方は気になった。

「……本当に森の中に行ったのかな……」

実は、アンヌは先ほどからずっと気になっていることがあった。それは、

「エメラルダさまが……、一人でこの洞窟を出ていかれるかしら？」

そのことだった。

みなはごく当たり前のように、エメラルダが洞窟から出ていったと言っていたけれど……。

「一人で森の中を歩くような勇気があるようには見えなかったけどな……」

アンヌは、ぽつんと、そんなことをつぶやく。

無茶をするにも、それなりに勇気がいるものなのだ。もしも、いじけて出ていくとしても、暗い夜の森を一人で歩くのは相当な勇気がいることである。

はたして、それがあのエメラルダという人物に可能なことだろうか？

「ミーアさまだったらまだしも……、あの方がそんなことをするとは思えない」

ミーアは怖がりだが、必要とあらば闇の中にだって踏み出す勇気を持っている……。

そうアンヌは信じている。現実はどうかは別として……。

けれど、エメラルダにそこまでの勇気があるとは思えない。だとすると……、なぜ、エメラルダの姿が洞窟内になかったのか？

もしも、外に出ていないとしたら、その行き先は……。

「まだ、洞窟の中にいる？」

最初に思ったのが、洞窟のどこかに身を潜めて、みなが慌てるのをこっそりと眺めているという行動だった。

それは、実にエメラルダというお貴族さまに合っているような感じがして、アンヌは少しだけ腹を立てながら洞窟の中を捜してみた。

けれど……、

「やっぱり、いないよね……」

入り口付近の物陰をいかに捜しても、エメラルダの姿はなかった。

当たり前だ。広くなっているといっても、身を潜められる場所は少ない。

とすれば、やはり外に出て行ったのか、もしくは……。

「洞窟の深いところに行って、戻ってこられなくなった？」

洞窟から離れて暗い森を歩くよりは、みなが寝ている洞窟の奥のほうに行くほうがあり得るような気がした。

「行くなって言われてたけど……、ダメって言われてることをやりたがるのは大貴族さまっぽいし……」

貴族や王族の中にも立派な人がいることを、アンヌはよく知っている。

けれども、やっぱり貴族さまといえば、高慢ちきで他人の進言をあまり聞かない人間という印象がぬぐえない。

一人で、洞窟の奥を探検してみようという無謀な行いもまた、エメラルダのイメージに合致する。

「いずれにせよ、外はミーアさまたちが捜しているんだから……」

ここで一人で待機しているのも立派な役割だ。けれど、なにもせず、ここで待っているのは耐えきれなかった。みんなが島中を歩き回って捜索しているのだから、自分もなにかの役に立ちたかったのだ。

しばしの逡巡《しゅんじゅん》、その後、アンヌは決意する。

「私だけがここで休んでるわけにはいかない」

それから、アンヌは念のために地面に文字を残した。

万が一エメラルダが戻ってきた時のために。そして、ミーアたちが戻ってきた時のために。

「あとは、洞窟の奥まで行くなら、明かりが必要かな……」

アンヌは浜辺に出て狼煙《のろし》のところまで行く。鍋を火にかけるために使った太めの枝、その余りの枝を使わせてもらうことにした。

三、四本の枝を束ね、その先端に枯葉や、樹脂の多そうな細い枝を押し込み、森の中で見つけた太めの蔦《つた》でまとめる。釣り糸には太すぎると思われた蔦だが、松明《たいまつ》を作るには丈夫でよさそうだった。

そうして出来上がったのは即席の松明だ。

「これに火をつければ……」

最低限、明かりに使えればいいと思っていたけれど、なんとかなりそうだ。

そう思ったのだけど……。

いざ、洞窟の奥に入ってみると、その明かりはいかにも心細かった。

ゆらゆらと揺らめく赤い炎は、当然のことながら洞窟の闇をすべて払拭《ふっしょく》してはくれない。それでも、アンヌは歩き出した。

「ミーアさまのお友だちを捜すためだもの……」

そう自分を励まして。

洞窟の中は曲がりくねり、時に上り、時に下り。

屈《かが》まなければならなくなったと思えば、ジャンプしても天井に届かないようなところもあって。

その内に、天井から氷柱《つらら》のように、鍾乳石《しょうにゅうせき》が垂れ下がっている場所に出た。

進む先の道は狭くなっており、先が見通せなくなっていた。

「この先は、下ってるのか……。下りたら上がってこられない、よね……」

道は下り坂になっており、しかも、かなり深くまで下りているのか、行く先は闇に沈み込んでいた。

ここまでか……と戻ろうとした矢先、視界の外れに映ったものに、アンヌは違和感を覚えた。

それは、半ばほどで折れた鍾乳石だった。坂の直前、ちょうど手を伸ばせば届くような位置にある。

「これ……」

アンヌは顔を寄せ、折れた部分を観察してみる。

周りには似たような岩があるにもかかわらず、その一本だけがポッキリと折れている。しかも、地面には、その折れた先は見当たらない。

「ここ、ちょうど摑《つか》まるのにいい位置だよね……。摑まって、それで……」

身を乗り出して、坂の下を覗く……。だとすると……、

「大変、もしも……ここから落ちたんだとしたら、早く、みんなに知らせなきゃ」

そう思い、戻ろうとした、まさにその時だった。

突如として、ガラガラという石が崩れ落ちる音が聞こえた。

「きゃあっ！」

悲鳴を上げつつ、アンヌはその場にしゃがみ込む。両腕で頭を守るようにして、身を硬くすることしばし……。

顔を上げたアンヌは、口元を袖口で覆いつつ松明を目の前に掲げる。っと、先ほどまで歩いてきた道が、石の壁に塞《ふさ》がれていた。

「そんなっ……」

思わず、息を呑む。

脳裏にいくつもの思いが駆け巡る。

この洞窟から出られないかもしれない。

ここで死んでしまうかもしれない。

家族ともう二度と会えないかもしれない。

でも、それ以上に……。

――ミーアさまに、もうお仕えできなくなるかもしれない……。まだ、受けたご恩を一つもお返ししてないのに……。

ジワリ、と目元が熱くなり、視界がぐにゃりと歪む。

「ミーアさま……」

小さくすがるように、助けを求めるように、自らの主の名を呼ぶ。

「……ミーアさま……」

もう一度……、震える声で、そうつぶやいて……。

アンヌは、大きく息を吐いた。

「落ち着かなきゃ……。私は、ミーアさまの専属メイドなんだから……」

ミーアは言ってくれたのだ。自分のことを腹心であると。

ならば、こんなところで諦めるわけにはいかない。

こんなところで膝を屈して、泣き崩れてしまうような者は……、帝国の叡智の右腕に相応《ふさわ》しくない。

「ううん、ミーアさまの頑張りに……相応しくない」

アンヌは、改めて松明で道を照らす。

その光の向かう先は戻る道ではなく、進む道。

下り坂のほうだった。

「もともと、こちらへ行くつもりだったのだから……、進めばいい」

泣いて諦めるにはまだ早い。

それをするのは、この命が尽きる時でいい。

「ミーアさま……必ず、また……」

小さくつぶやき、アンヌは下り坂を滑り降りた。


アンヌは知らない。

その岩崩の原因を作ったのは、尊敬する自らの主であるということを。

第三話　最後のオトモダチ

さて……ところ変わって、セントノエル学園でのこと。

尊敬するミーアお祖母さまや、アンヌ母さま、さらにルードヴィッヒ先生がいろいろと苦労しているころ、ミーアベルはなにをしていたかというと……。

「ああ、やっぱりここって夢の中に違いありません。幸せすぎて怖いぐらいです……」

満喫していた……学園生活を。

どのぐらい満喫していたかといえば、朝は、甘いパンケーキで始まり、夜は寝る前の甘いココアで終わる生活といったら、大体、想像はつくだろうか。

もちろんミーアと違い、そこそこに勤勉なところがあるベルは、きちんと運動も欠かさない。美しい学園の中を散策し、時に湖の浜辺を走ってみたり、ちょっぴり泳いでみたり……。実に健康的に、理想の学園生活を満喫していたのだ。

まぁ……、そもそも夏休みの学園に居残ることになった原因である勉強に関しては、若干アレな部分はあったが、リンシャにしっかりと監視されている手前、サボりきりにもなっていなかった。

もともと、頑張ればそこそこのところまではいけるのが、ミーアの血筋である。

一歩一歩ではあっても着実に、その歩みは前進していた。

そんなわけで、今日も今日とて、ベルは学園の図書室を訪れていた。

夏休み中ということもあって、中に人はほとんどいない。

というか、ベルとお付きのリンシャ、あとは司書の教師しかいなかった。

ベルはお気に入りの窓際の席に陣取ると、うーんっと思い切り伸びをしてから、机の上に突っ伏してスヤスヤと……。

「ベルさま……、勉強のために来られたのでは？」

ベルの目の前の席に座ったリンシャがじっとりした視線を向けてくる。ちなみに、そのリンシャは、ベルが勉強している間、自分も勉強する気満々で、本を持ってきている。

兄があんななので、彼女は彼女で大変なのだ。

「あはは、冗談です。もう、リンシャさん、目つきが怖いですよ」

ベルは笑って、ひらひらと手を振った。が、リンシャは手綱《たづな》を緩めない。

「今日の課題はきっちりとやってもらいますよ。逃げようとしても無意味ですよ」

うぐぅ、っとうめき声を漏らしてから、ベルは再び机の上に突っ伏した。

ぼんやりと、机の上に積まれた課題の山を見て、

「ああ、なんか、幸せだな……」

小さな笑みを浮かべる。


それから一時間ほど、じっくり勉強した後、ベルは図書室の中の散策を始めた。

決められた課題をやった後は、本を読んでもよいことになっているのだ。

作家であるエリスのもとで育てられたベルは、本に慣れ親しんでいた。焚書《ふんしょ》の横行していた世界しか知らないベルにとって、セントノエルの図書室の充実ぶりは、天国のようなものだった。

「えへへ、今日はなにを読もうかな……。やっぱり動物図鑑がいいかな、それとも可愛らしい植物の図鑑とか……」

「ねぇ、あなた、もしかして、ミーアさまと仲良くしているっていう子？」

本棚の前で、じっくり背表紙を眺めていたベルに、話しかけてくる声があった。

きょとんと首を傾げつつ、視線を転じると、そこにはこちらを興味深げに見つめている少女がいた。

年の頃は、ベルと同じぐらいだろうか。

ふわふわの輝くような金髪と、人形のように綺麗な灰色の瞳が印象的な少女だった。ニコニコと華やかな笑みを浮かべる少女は、ベルの返事を待つように、小さく首を傾げた。

「あ、はい……。ミーアおば……お姉さまは、ボクの尊敬する人です」

「え？　ミーア、お姉さま……？」

不思議そうにつぶやく少女。頬に指をあてたまま、もう一度、小さく首を傾げる。

ふわりと髪が揺れた途端に、ベルはかすかに香る花の香りに気づく。思わず、頭がぼーっとしてきそうな、綺麗な香りだった。

「まぁ、いいや。それより、あなた、最近ずっと図書室でお勉強してるけど、夏休みは帰らないの？」

「そうなんです。恥ずかしながら、夏休み前のテストの点が悪かったので……」

「ふーん、そうなんだ。ふふ、そんなのどうでもいいのにね」

少女はニッコリ笑みを浮かべてから、言った。

「ね、よかったら、あなた、リーナとお友だちにならない？」

大きな瞳に、キラキラと笑みを輝かせながら、彼女は言った。

「リーナ？」

「ん？　ああ、名前よ、名前」

そうして、少女は、一歩下がり、ちょこん、とスカートの裾を持ち上げる。ちらりと覗いたその脚の、透き通るような白さがベルの目に焼き付いた。その白さは、どこか病的なようにすら見えてしまって……。

「以後お見知りおきを。シュトリナ・エトワ・イエロームーン。あなたと同じ一年生よ、ミーアベルちゃん」

そう言って、少女、シュトリナは可憐な笑みを浮かべる。

「仲がいいお友だちは、リーナって呼んでくれるわ。だから、あなたもリーナって呼んでくれると嬉しいな」

「なるほど。わかりました。それじゃあ、ボクのことは、ベルって呼んでください。リーナちゃん」

ベルも、スカートの裾を持ち上げつつ言った。

「うふふ、わかったわ。ベルちゃん。リーナと仲良くしてね」

小鳥がさえずるように、可愛らしい笑い方をする女の子だな……、とミーアベルはなんとなく思うのだった。

第四話　ミーア姫、クライマックスを迎える！（ミーアの中では）

周囲の岩とともに落ちていくミーア。

アベルの腕の中、そのぬくもりにうっとりしつつ……、

——ああ、やっぱり、わたくしこのまま死んじゃうんですわ……。幸せすぎて……。

などと、たわけたことを考えていたミーアであったが、直後、ざぶんっ！　と頭から水をかぶって目が覚めた。

否、正確に言えば、頭から水の中に飛び込んで、目が覚めた、というべきだろうか。

がぼぼ、がぼ、っと口の中に、突然、水が入ってきたので、ミーアは大いに慌てふためく。

バタバタと暴れそうになったミーアだが、ギュッと、アベルの腕に力が入るのを感じて、力を抜いた。

――アベルに任せていれば、大丈夫ですわ……。

恋と信頼の混合物のような甘ーい感情が、ミーアの体から、ふにゃあっと力を抜けさせたのだ。

それから、数秒の後……、

「ぷはっ！」

顔の周りから水がなくなったのを察して、ミーアは思いっきり息を吸い込んだ。

「こっ、ここはいったい？　ひっ！　いっ、痛っ!?　目……、目が！　目が沁《し》みますわ！　それに口の中が、しょっぱい。これは……海水？」

片手で目をコシコシこすりつつ、アベルの顔を見上げる。っと、アベルは厳しい顔で、頭上を見上げていた。

つられてミーアも視線を上げると……、そこには、かなり高い位置に岩の天井が見えた。

「あ、あんなところから落ちたんですのね……。水が溜まってなかったら危なかったですわね」

「ああ、ありがたいな。しかし、このまま水に浸かっているのは危険だ。体が冷えてしまう。水から上がれる場所に行こう」

アベルが指さした先は壁際、少し高くなり、ちょうど岸辺のようになっているところだった。

「ミーア、泳げるかい？」

「ふふん、当然ですわ。練習の成果、きっちり見せて差し上げますわ」

そうして、ミーアはくるりと回転して、仰向けに水に浮き……。

背泳ぎ状態のバタ足で泳ぎ始めた。息継ぎが必要なく、顔を水につけなくてもいい。溺《おぼ》れた時には、脱力して、ぐんにょり浮いていればいいという、ミーアの考えた最強の泳ぎ方である。

特に、大した努力をせずに息継ぎができる、という点が素晴らしい。

「あ、ぶつかりそうでしたら、ちゃんと教えてくださいませね」

「ああ、わかった。じゃあ、とりあえず、あそこまで行こう」

そうして、二人は泳ぎだした。


水から上がって、ミーアは安堵の息を吐いた。

「痛むところはないかい？」

「ええ、アベルのおかげですわ。アベルは？」

「ボクも問題ない。下が水面だったから助かったな」

たしかに、その通りだ、と思いつつ、ミーアは改めて岩壁を見上げた。

高い。城の三階ぐらいの高さはあるだろうか。

天井に空いた亀裂からは日の光が入ってきているから、一応、地上までは通じているのだろうけれど……。

「ふむ、登るのは……無理ですわね」

岩壁は表面がつるつるしていて、いかにも滑りやすそうだった。摑《つか》んで登っていくことなど、普通の人間には無理そうだ。

――まぁ、ディオンさん辺りだったら、余裕で登っていけそうですけど。あれは例外というものですわね……。

少なくとも自分には無理だ、とミーアは判断する。

とすると、仮に落ちて死ななかったとしても、脱出は……。

「アベル、ごめんなさい。あなたのこと、巻き込んでしまいましたわ」

珍しく、しょんぼりと肩を落とすミーア。しかし、そんなミーアにアベルは首を振って見せた。

「いや、むしろボクはこの場所にいることができて、よかったと思っている」

「あら……、どういうことですの？」

「大切な人が危険な時に、そばにいて守ることができない。それはとても口惜しいことだから」

「まぁ……」

ミーアは口に手を当てて、アベルを見つめた。すると、アベルはちょっとだけ気まずそうに、顔を背けた。その頬はやっぱり赤く染まっている。

――ふふ、恥ずかしいならば、言わなければよろしいのに……。

ミーアも、ちょっぴり顔を赤くしているものの、さすがにそこは二十歳過ぎのお姉さんである。

先ほどは不意打ちで赤くなったものの、すでに余裕を取り戻している。

そう、ミーアはすでにアベルの性格を学んでいる。

彼が誠実で、まっすぐな人間で、だから思ったことを正直に口に出すことがあることを、ミーアはすでに知っている。

それゆえに、わずかではあるが心の準備をすることができたのだ。

これこそが、大人のお姉さんの余裕なのである！

とはいうものの、さすがに少しは照れ臭い。このまま黙ってしまうのは、ちょっぴり気まずくもある。

ということで……。

「それにしても、これではどうにもできませんわね。助けが来るのを待つか、状況が変化するのを待つか……。いずれにせよ、今は迂闊《うかつ》には動けま……くちゅんっ！」

っと、ミーアは小さくくしゃみをした。

直後、ぶるぶるっと体が震える。

予想よりも体が冷えていたらしく、肌にはいつの間にか鳥肌が立っていた。

「大丈夫かい？　ミーア」

「え、ええ。問題ございませんわ。ただ、体が濡れたので、少しだけ寒いだけですから」

くしゃみをしてしまったのが、ちょっぴり恥ずかしかったミーアは照れ隠しに笑みを浮かべた……。

けれど、アベルは真剣な顔をしていた。

「そうか。体が冷えると体力を奪われるからな……」

彼は、なにかを躊躇うように黙ってから……、

「すまない。ミーア」

「へ？　なんのことで……ぁぇっ？」

ミーアの声が途切れる。

混乱のあまり、声が出なかった。

突然、アベルが、自分のことを、ぎゅっと抱きしめてきたから……。

――え？　あ？　え？　お？

大人のお姉さんの余裕など、粉々に吹き飛んだ！

混乱にぐらんぐらんと目を回しかけるミーアの耳に、アベルの声が聞こえてくる。

「すまない。礼を失することだとは心得ているが……、今はこうして互いの体温で温めあう必要があるんだ」

断固とした声。と同時に、抱きしめる腕にグッと力が入る。

――ああ、これは、たぶんあれですわ……。わたくしに拒絶されてでも、それをする必要があるから、というアベルの判断で……だから、わたくしを逃がさないようにって、力を入れてるのであって……。

などと、若干、現実逃避気味に分析をし始めてしまうミーアである。

けれど、いつまでも逃げ続けてもいられない。

心地よい少年の温もり……。

少しだけ不器用で、力が入りすぎているから、ちょっとだけ痛い抱擁《ほうよう》。

静寂の中、かすかに聞こえるアベルの息遣いと自分自身の息遣い。

荒い呼気が、相手の耳元にかかってしまわないように、ミーアは息を鎮《しず》めようと我慢する。

どくん、どくん、と高まる心臓の音を聞きながら、ミーアは、ぽーっと熱っぽい頭で考える。

――わっ、わたくし、やっぱり死んでしまったのではないかしら？　ここは、きっと噂に聞く天国で……。そうじゃないと説明がつきませんわ！　幸せすぎてっ!!

断頭台から始まったミーアの人生は、今まさにクライマックスを迎えていた！

……まぁ、ミーアの中では、なのだが……。

第五話　青く光る道を行く

アベルとイチャイチャしたことで、ミーアは、すっかりポカポカになっていた。つい先ほどまで、寒さで震えていたことなど完全に忘れ、頬は微かに紅潮していた。

――アベルと二人きりなら、ここで暮らすのもよいのではないかしら。そう、アベルのそばが、わたくしの楽園であり、宮殿なのですわ！

などと……なんとも、たわけたことをミーアが考え始めたところで……。

「ミーア、ちょっと見てくれ」

「……………はぇ？」

突如、アベルが声を上げた。

「ほら、水が引いてるみたいだ」

言われてミーアも視線を転じる。と、たしかに、つい先ほどまでミーアたちのすぐそばにあった水位が、だいぶ下がっていた。

もう少しすれば、水底を歩くこともできそうではあった。のだけど……。

「ですけど……」

ミーアは悔しげに頭上を仰ぐ。岩の天井から零《こぼ》れ落《お》ちる光量は、先ほどから確実に減ってきていた。

夜が迫っていることがうかがえる。

「せっかく水が引いて脱出できるかもしれませんのに……。暗い中で動き回るのは少し危険ですわね」

潮の満ち引きがある以上、出口は恐らく海だろう。

暗い夜の海を泳ぐ自信は、さすがにミーアにはなかった。

「うん……そうかもしれないが……」

アベルは、なにかを思案するように腕組みした。

「そうだな……。ただ、ここにずっといたら手詰まりになる。状況の変化を見逃さないようにしよう」

アベルのそれは、まるで予言のようだった。

やがて辺りが完全に夜闇に包み込まれた時、アベルが歓声を上げた。

「見たまえ、ミーア。ここの水面！」

「まぁ……これは⁉」

ミーアも驚愕に目を見開く。なぜなら、低くなった水面が、淡く、青い光を放っていたからだ。

その光量は日光や松明には及ばないまでも、周囲を照らすぐらいは十分で。

むしろ洞窟の奥深くまで光が続いているために、日の光が見えていた時より行動しやすくなったとさえ言えた。

「この好機を逃すわけにもいかない。行ってみよう。ここで立ち止まっていても体力を消費するだけだ」

そのアベルの言葉に、ミーアは一瞬、考える。

遭難《そうなん》した時には動かずに体力を温存するのがセオリー。だけど、この島にいるメンバーで助けに来るのは難しそうな気がする。

なにより、生存術《サバイバル》のエキスパートたる自分が動かないなど、あり得ぬこと。

ミーアは鼻息荒く頷くと、

「ええ、行きましょう……」

アベルの手を取った。


アベルに手を引かれて、青い光の道を行く。

ミーアたちがいた場所には無数の穴が開いていたが、その青い光の道が出ていくのは二か所。水深が深くなっていくほうと、浅くなっていくほうだった。

気温が下がる夜に水泳は自殺行為。となれば、必然、ミーアたちが行くのは水深が浅くなっていくほうだ。

「そこは少し地面がデコボコしている。気を付けたまえ。ほら、しっかり手を握っているんだ」

たびたび振り返っては、声をかけてくれるアベルに、ミーアは思わず笑みを浮かべた。

「ふふ、本当にアベルは紳士ですわね」

このような状況にあっても、彼はきちんとミーアの速度に合わせて歩いている。

ミーアが転ばないように気を使い、繋《つな》いだ手も、まるでダンスでもするかのように優しく力強い。

「姉さまに言われているからね。どんな状況であっても、女の子には優しくするように、と」

「はて？　お姉さま……というと……」

前の時間軸に関していえば、ミーアにはレムノ王家の記憶はあまりない。せいぜいアベルを知っているぐらいだった。なにせ、シオンが声をかけてくるのをひたすらに待ち続けていたのだから、レムノ王国になど関心はなかったのだ。

けれど、今のミーアは違う。当然、調べている。

なぜか？　アベルを婚儀を結ぶ相手として、ターゲッティングしていたからである。恋愛戦略家のミーアなのである。

「たしか……、クラリッサ王女殿下、だったかしら？」

アベルより三つ年上だったはずである。

ミーアが持っている情報だと、つつましくて、どちらかというと内向的な人ということだったが……。

――少しイメージが違いますわね……。

首を傾げるミーアに、アベルは小さく首を振った。

「いや、これをボクに言ったのは、一番上の姉でね」

「一番上のお姉さま？　まぁ、そのような方が……」

「知らなくても無理ないよ。亡くなったんだ、五年前にね……」

アベルは少しだけ寂しそうな顔をした。

「ボクは、大好きだったんだ。姉さまのこと……。優しくて、だけどそれ以上に強くて、格好いい人だった。その人が言ったんだ。レムノ王国のみんなの考えはおかしいんだって。だからボクだけは、女の子に優しくしてほしいって……」

男尊女卑の傾向の強いレムノ王国。その国のありように疑問を呈《てい》する人がいたのだ。

「恥ずかしながら、ボク自身も忘れていた。なぜ、女性に優しくするのか……。ちょっとした気まぐれでそうするようになったんだと思っていたけど、違ったんだ。ずっと、姉さまの与えてくれた指針を胸に生きてきたんだ……ボクは」

――アベルに、そんな大きな影響を与えた人がいたんですのね……。会ってみたかったですわ……。

なんとなく、そんなことを思いつつ、ミーアは問うた。

「その方のお名前は……、なんというんですの？」

「ヴァレンティナ・レムノ。レムノ王国の第一王女だった人だ」

「そう、ヴァレンティナさん……」


その名をミーアが思い出すのは、少し先のことになる。

第六話　アンヌ、帝国の叡智《えいち》（アンヌの中の……）を語る

闇に沈んだ洞窟。静寂に包まれたその場所に、ぐず、ぐず、と鼻を鳴らす音が響いていた。

「……ああ、私、死ぬのかしら……？」

ぼんやりと光るペンダントを手に、エメラルダは泣きべそをかいていた。

岩に寄りかかり、足を投げ出した状態で、ぐずぐずと鼻を鳴らす。

ちょっぴり、右足の位置を変えようとするも、直後に走った痛みに、再び足から力を抜く。

「うう、すごく、痛い……痛い。えぐっ。うう、これは、きっと骨が折れたっていう状態ですわ。そうに違いありませんわ。このまま、動けなくって、ここで野垂《のた》れ死《じ》ぬんですわ。ううう」

ずずーんっと暗い雰囲気をまとったエメラルダは、普段の五割り増しぐらい面倒くさそうな感じだ

った。

そんな、涙で歪んだ彼女の視界に、不意に、赤いボーッとした光が入ってきた。

「……っ⁉」

思わず息を呑むエメラルダ。

脳裏に思い浮かぶのは、自身の怪談話。無人島をさまよう邪教徒の幽霊のことだった。

けれど、すぐに思い直す。そんなものいるはずがない。

そもそも、その赤い光が来るのは洞窟の入り口のほうなのだ。

であるならば……。

「ニーナっ⁉　来てくれたんですのっ⁉」

次に浮かぶのは、自身の忠実なる従者の姿だ。

その想像は、すぐに確信へと変わる。

「そうですわ。私がこのようなところで朽ち果てるなどあり得ないこと。きっとニー……じゃない、メイドが来てくれたに違いありませんわ！」

そうして、エメラルダは、その明かりが近づいてくるのを待った。

やがて……、

「あっ、エメラルダさま？　ご無事ですか？」

現れたのは、赤い髪を両側で結んだメイド、アンヌだった。

「あら、あなたはアン……じゃない。ミーアさまのメイド」

慣れ親しんだニーナではなかったことで、ちょっぴりガッカリするエメラルダだったが、それでも助けが来た安堵から、ついついニコニコしてしまう。

調子に乗って立ち上がった瞬間、痛みが走って、小さく悲鳴を上げる。

「？　エメラルダさま、どこかお怪我を？」

「あ、ええ。そうなんですの。実は、そこの坂を滑り落ちる時に、足首をケガしてしまいましたの。恐らく、骨が折れていると思いますわ」

「大変っ！　そこにお座りください。足を伸ばして」

「仕方ありませんわね……。ミーアさまに免じて、特別に言う通りにして差し上げますわ」

エメラルダは言われた通りに素直に座り、足を伸ばす。と、アンヌはその足元にしゃがみ込んだ。

「あら、感心。あなた、手当てができますの？」

「弟が一度だけ骨を折ったことがあります」

「まぁ、それでは素人《しろうと》なのですわね。やはり、平民に過度な期待はできませんわね」

などと言いつつ、ちょっぴり、心が落ち着くのをエメラルダは感じる。

心なしか痛みも少しだけ引いてきたようだ。

「痛みますか？」

「ええ、もう、立っていられないぐらい痛いですわ。絶対、折れてるに違いありませんわ」

「失礼します」

アンヌは、さらに、エメラルダの足首に手を当てる。

それから、自らのスカートの裾を破ると、エメラルダの足首を固定し始めた。

「ど、どうですの？　や、やっぱり折れてる？」

「いえ、骨折はしていないみたいです。痣《あざ》にはなっていますけど……。でも、あまり動かさないほうがいいですね」

「そう、ですの……」

アンヌの言葉に、エメラルダは、さらに心がスッと軽くなるのを感じた。

足の痛みまでも、さらにさらに軽くなってきたように感じる。今なら歩けそうだ。

……単純な人なのである。

「ところで、どうしてお一人でこんなところにいらしたんですか？　洞窟の奥は危ないってキースウッドさんが言ってましたよね？」

「あら？　平民ごときが私に差し出口を？　あなた、ミーアさまのお付きだからって、少し調子に乗っているのではなくって？」

わずかばかり口調に苛立《いらだ》ちを乗せる。いつもであれば、これで、ニーナやほかのメイドたちは口をつぐんでしまう。

けれど、アンヌは黙らなかった。

「私は、あなたがどうなろうと知りません。でも、ミーアさまに迷惑をかけるのはやめてください。ミーアさまは、きっとあなたのこと、心配しています。あなたが勝手なことをしてなにかあったら、ミーアさまが悲しみます。どれだけ迷惑をかけたか、わからないんですか？」

「なっ⁉」

返ってきた強い反論に、エメラルダは言葉を呑み込む。けれど、次の瞬間、一気に頭に血が上った。

「あ、あなた……、覚えてなさい！　そのようなこと私に言って……、ミーアさまに報告して差し上げますわ。それに、皇帝陛下にも進言して……」

「そういうことは、ここから無事に出られたらにしてください」

「……へ？」

エメラルダは、瞳をぱちくりと瞬《しばた》かせた。

「出られたらって……、出られますわよね？　だって、こうして助けが来ているわけで」

「洞窟が崩れました。私が来た道は、残念ですが使えません。この先に出口があればいいんですけど……」

「なっ、そ、そんな！　あ、あなた、ひどいですわよ？　こんなに私を喜ばせてから突き落とすなんて、ひどすぎますわ！」

涙目になって抗議するエメラルダを、アンヌはキッと睨《にら》みつける。

ひぃっと、息を呑むエメラルダに、アンヌは言った。

「エメラルダさま、ここから生きて出るには、力を合わせる必要があります。だから、ここから出るまでは勝手なことをしないでください」

「……うぅ、そんなに強い口調で言わなくっても……。わ、わかりましたわ。あなたの言う通りにいたしますわ」

しぶしぶ頷くエメラルダに、アンヌは言った。

「では、私が脱出口を探してきますから、ここでお待ちください。必ず迎えに来ますから」

そうして、アンヌは踵《きびす》を返した。

「ちょっ、待って。置いていかないでくださいまし、あっ、アンヌさん！」

「え……？」

呼びかけにアンヌが足を止めた。それから、マジマジとエメラルダの顔を見つめてくる。

若干、気まずくて視線を逸らすエメラルダ。構わず、アンヌは口を開いた。

「エメラルダさま、私の名前、覚えてたんですか？」

「当たり前ですわ。もしかして、あなた、私を馬鹿だと思っておりますわね？」

「…………」

「ちょっ、なんですのっ⁉　今の沈黙は……」

「あ、いえ。馬鹿とは思ってませんけど、でも、名前を覚えられているのは意外でした。てっきり、そういうの覚えない人なんだと……」

「もちろん、覚えておりますわ。ニーナも、アンヌさんも、キースウッドさんも。そのぐらいの名前が覚えられないと、本気で思われるのは少しばかり心外ですわ」

「じゃあ、どうして、覚えてないふりなんかするんですか？　私はともかく、ニーナさんが可哀想です」

アンヌの抗議に、エメラルダは胸を張って答えた。

「だって、それが貴族というものですもの」

エメラルダはそう教わった。

『貴族たる者、平民の名など覚えるものではない。いちいち、有象無象《うぞうむぞう》の名を覚えているなど、労力の無駄だし、変に情が移れば判断を誤ることだとてある。皇帝陛下の手足として、国を治める我らは、いついかなる時も冷静で合理的な判断をしなければならぬ』

『貴族たる者、先祖への感謝を忘れず、誇り高き歴史と伝統を重んじ、皇帝陛下に忠を尽くすように』

『星持ち公爵令嬢のお前に、最上級のものが用意されるのは当然のことである。いちいち、感謝を口にする必要などなし。当然のものを、当たり前のように受け取れ』

父の教えに、エメラルダは忠実だった。

それこそが、自身の生きる道なのだと彼女は疑ったことがなかった。

だからこそ……、エメラルダにはミーアのありようが信じられなかった。

「むしろ、おかしいのはミーアさまのほうですわ。我々、貴族の伝統をどうお考えなのかしら？」

「でも、だからこそ、私はミーアさまに忠義をお捧げしています」

ふいに、聞こえてきたのは強い声。エメラルダは声の主のほうを見た。

「ミーアさまは、私の名前を呼んでくれます。私に優しくして、私の家族をも気遣ってくださいます。だから、私はミーアさまのためならば命だって惜しみません。私が死んだら、ミーアさまはきっと泣いてくれます。そんなミーアさまだから、私は命を惜しまないし、ミーアさまを泣かさないために、私はこんなところで死ぬわけにはいかないんです」

その力強い宣言に、エメラルダは思わず揺らいだ。

今、目の前にいるメイドは、自身の命を惜しまないという。

なるほど、それは、大した忠誠心だが、その程度の者ならば自分の周りにもいる……。

そう豪語したかったけれど……、でも、どうしても思ってしまう。

本当にそうだろうか、と。

ニーナは、護衛の者たちは、はたして、この目の前のメイドと同じように自分のために命を捨ててくれるだろうか？

あまつさえ、彼女は言ったのだ。

ミーアを泣かせないために、生きるのだ、と。

絶望に膝《ひざ》を屈しても仕方ないような、この暗闇の中、松明のごとく消えることのない決意の炎。

自分の従者たちは、彼女のように考えてくれるだろうか？

自分は、彼女の中のミーアのような存在に、なれているだろうか？

——私が死んだら、ニーナは悲しんでくれるかしら？

きっと悲しんでくれないだろうな、となんとなく思う。けれど、それ以上に怖いのは、

——私は、ニーナが死んだら、悲しまないでいることができるかしら？　ニーナの命を犠牲にせざるを得ない時に、私はその判断ができるかしら？

心に生まれたのは、深刻な疑問だ。

エメラルダがしようとしていたのは、目を背けること。

貴族の伝統を言い訳に、自分の心を鈍感にして、悲しまずに済むようにする、ただの逃避……。

そんなエメラルダにミーアの忠臣は叩きつける。

「名前を呼ばずに、相手を一人の人として見ずにいること、それで切り捨てやすくするというのは甘えです。ミーアさまは誰一人切り捨てたくない。切り捨てたら悲しい。だから、誰も切り捨てなくてもいいように、努力して行動されます。だから、あの方は叡智と呼ばれ、みんなから慕われるんです」

「叡智……」

ふいに、思い出される感情があった。

エメラルダは、ミーアのありようが信じられなくって、その行動は常識外れの、とんでもない行いに見えて……。だけど……。だけど……。

「エメラルダさま。置いていかれたくないのでしたら一緒に来ていただくことしかできません。私は足を止めることはしません。私についてきていただけますか？」

思い出に沈みかけたエメラルダを、アンヌの声が引き留めた。

そうだ、今は考え込んでいる時ではない。

小さく頷くと、エメラルダはゆっくりと立ち上がった。

第七話　ミーアルーツ

「不思議ですわ。これ、いったい、どうして光っているんですの？」

ミーアは足元の水を手ですくってみる。が、手のひらが光るということはなかった。

水自体が光っているのかと思ったのだが、どうやら違うようだった。

「この明かりは、なんとなく夜灯虫《ほたる》に似てるな。もしかすると、なにか水の中に光る生物がいるのかもしれないね」

そう言ってからアベルは、思案するように黙り込んだ。それから、わずかに緊張した声で続ける。

「ねぇ、ミーア、これは狙ってやっているんだと思うかい？」

「へ？　どういうことですの？」

「ほら、シオンが言っていたじゃないか。ボクたちがいた洞窟には人の手が入っているって。この、洞窟が光る仕掛けも何者かが作ったものだとしたら……」

ミーアの脳裏に、エメラルダの話が甦《よみがえ》ってきた。

「邪教の地下神殿……、なるほど、あの怪談話に急に現実味が出てきてしまいましたわね……」

そうは言うものの、さすがに、そんなトンデモなものが見つかるとは思っていないミーアである。

むしろ、大事なのは……、

「それはそれで、考えようによっては朗報かもしれないな。人の手が入った場所なら、出入り口があるということになるからね」

「ああ、たしかにそうですわ。もしかしたら、この先に出口があるかもしれませんわね！」

もしもこちらになくても、逆方向にも道があったし、なんとか出口に辿り着くことができるかもしれない。

心なしか気分が軽くなったミーアは、足取り軽く進んでいく。

けれど、そんな二人の目の前に現れたものは、残念ながら出口ではなかった。

曲がりくねった隧道《ずいどう》を抜けた先にあったのは巨大な地下空洞だったのだ。

「これ……は？」

そこは不可思議な空間だった。先ほどまでは足元にしかなかった青い光が、広い空洞の中に満ちていた。水の中で光るものが空気中に漂っているわけではない。

あちこちにある透き通った石が青い光を乱反射させて、空洞を照らし出しているのだ。

そして、その光に照らし出されるようにして、それが静かに佇《たたず》んでいた。

それは……、まさに神殿だった。

まるで氷のような、半透明の石で作られた建造物。巨大な柱も、その柱に支えられた屋根も、そのすべてが透き通っていて……、外から受けた光を周囲に反射している。

まるで建物自体が輝きを放っているようにすら見えた。

それはとても幻想的で……けれど、どこか冒瀆的《ぼうとくてき》に見える光景。美しいのだけれど、なぜだろう。

ミーアはその光景に、背徳的な空気を嗅ぎ取った。

「ほっ、ホントにありましたわ……。地下神殿。まさか、あるとは思っておりませんでしたけれど……

これが、邪教団の地下神殿……なのかしら？」

「どうだろうな……こんな場所に隠されているんだから、まともなものではないだろうが……」

アベルは半ば呆気《あっけ》にとられたように、言葉が少なかった。

当たり前だ。このような光景、今までどこでも見たことがない。

どの時代の、どのような建築法で建てられたものなのか、まったくもって見当がつかなかった。けれども、ただ一つ、わかることは……。

「だけど……、なんとなく、あれは気味が悪いな……」

自身の心情を代弁してくれたようなアベルの言葉に、ミーアは黙って頷いた。

そうなのだ、それこそ、夢幻《ゆめまぼろし》に出てくるほどに美しく、幻想的な建物を前にしているというのに
……、ミーアが感じるのは奇妙な嫌悪だった。

あるいは、違和感といってもいいかもしれない。

神殿とは「神の栄光を顕《あら》わす」という設計思想によって建てあげられるもの。そこには調和があり、完成された美があってしかるべきである。

にもかかわらず、目の前の神殿は……どこかがズレているような、そんな感覚があった。

あるべき場所にあるべきものがなく、あるべきでないものが、そこにある。そうした小さくも奇妙な違和感が積み重なり、見ているとどこか落ち着かない気分になってくる。

「邪教徒の神殿……」

その言葉が、ここまでしっくりくる建物は、そうはなさそうだった。

「ミーア、ボクは邪教と聞くと、つい例の者たちのことを思い出してしまうよ」

「ええ、混沌《こんとん》の蛇《へび》ですわね。わたくしも、それを考えておりましたわ」

人の作り出した秩序を嫌い、それに反する者たち。であれば、このような、設計思想のことごとくを冒瀆《ぼうとく》し、それに逆らうような建て方をしたとしても、不思議ではないのかもしれない。

「これは思わぬところで、思わぬものを見つけてしまったかもしれませんわ！」

謎に包まれた組織、混沌の蛇。

その尻尾を捕まえられる可能性が出てきたとあって、ミーアの鼻息は荒い。

「早速、入ってみましょう！」

そう言うと、ミーアはずんずん神殿の中に足を踏み入れた。

「これは……すごいですわね……」

神殿の中もまた、夢のような景色が広がっていた。

足元から、壁から、天井から、青く淡い光が降り注いでいた。それは、まるで、大地を照らす日の光に対抗するかのような、奇妙な光だった。

「なんだか、ここ、落ち着きませんわね……」

そうつぶやきつつ、ミーアは周囲に視線を走らせた。

神殿にはドアや仕切りはなく、あるのはただ、太い柱のみだった。

否……、もう一つ。もっとも奥まった場所に、それは掲げてあった。

透き通った神殿の中にあって、唯一、色を持ったもの。

灰色のそれは、岩から切り出した石板だった。

「なにか書いてあるな……」

アベルは、石板に顔を寄せたが、すぐにため息混じりに首を振った。

「だめだ。大陸共通語じゃない。ミーアは読めるかい？」

「ええ、これは、古代帝国語ですわ」

現在、ミーアが使っているのは大陸共通語である。対して、そこに書かれていたのは、はるか昔、ティアムーン帝国で使われていた言語だった。

ちなみにミーアも多少その心得がある。皇女の基礎教養というやつである。

「本当かい？　さすがはミーアだ」

アベルに褒《ほ》められて、ちょっぴり得意げな顔をするミーア。であったのだが……。

「ふふん、ちょちょいのちょいで読んでやりますわ」

そんな風に軽口《かるくち》を叩けていたのは最初だけだった。

読み進める都度、ミーアの眉間には深いしわが刻まれていった。

そこに書かれていたのは……ある男の妄念《もうねん》……、あるいは、呪いだった。

彼は、大切な人を理不尽に失い、心の中に底知れぬ憎悪を秘めた者だった。

この神殿を訪れた彼は、そこで、大陸を追われて身を潜めていた蛇と出会う。

人の作る秩序すべてを憎む蛇、その破滅的な考えに共感した男は、その理念を実現、あるいは、利用し世界に復讐《ふくしゅう》することを望んだ。

そんな彼に蛇は言う。

大陸には、肥沃《ひよく》なる三日月地帯と呼ばれる祝福された土地があるのだ、と。

豊作が約束されたその地には食料が有り余っており、それによって大陸全土は安定を約束されているのだ、と。

男は知っていた。

食べる物があれば、人は、たいがいのことを許すことができる。

人が剣を取り、殺戮《さつりく》に駆り立てられるのは、食べる物がなくなった時であるのだ。

それゆえに、人の作りし文明のすべてを滅ぼすためには、世界を混沌に堕《お》とし復讐するためには、肥沃なる三日月地帯が邪魔だった。

いったい、どうすればいいだろう？

けれど、悩むことはなかった。

男には叡智が与えられていたからだ。

人の邪悪を読み解く、悪の叡智が。


彼は思った。

その三日月地帯を穢《けが》す思想を広めようと。

食料を生み出す農業を、蔑《さげす》み憎む思想を広めようと。


彼は考えた。

思想を効率的に広めるには、どうすればいいだろう？　と。


答えはすぐに出た。

思想を広めるには国を建てるのがいい。

その国を使って《反農の思想》を自然に、緩やかに、その地に住まう者たちに広めて……肥沃なる土地を農地以外のものへと変質させ、使えないほどに汚染させる。


そうして、彼は決意した。

肥沃なる『三日月《ムーン》』を『涙《ティア》』で染める国を作ろう、と。

それは、ある男の妄念。あるいは……帝国を生み出した呪い。


男の名は、アレクシス。

三日月を涙で染め上げる《ティアムーン》帝国初代皇帝である。

第八話　ミーア姫、ステータスを盛る

「ミーア、今の話は本当なのかい？」

「……本当かどうかはわかりませんけれど、ここには確かに、そのように書かれておりますわ」

こいつぁ、トンデモないものを見つけてしまいましたわ……、などとミーアは頭を抱えた。

さらに、石板の最後には、

『我が血族は忘れるなかれ。その記憶に刻み込め。我らは世界を憎む者。混沌と破壊をもって、世に復讐する者である。努々《ゆめゆめ》忘れず、励め！』


などと、ご丁寧にも激励文《げきれいぶん》がついていた。

――うるさいですわっ！

思わず、ご先祖さまにツッコミを入れてしまうミーアである。

と、同時に、妙に納得する部分も確かにあった。

あの革命の時、ミーアがどれほど頑張っても上手くいかなかったこと。

その原因は、帝国内に潜伏していたサンクランドの密偵「白鴉《はくあ》」のせいだとばかり思っていたが、違ったのだ。帝国は最初から、「混沌の蛇」という滅びの因子を内包した存在であったのだ。

——すべての貴族が、初代皇帝の思惑を受けて行動しているとは思いませんけれど、帝国の長い歴史をかけて醸成《じょうせい》された流れを簡単に覆せなかったのは納得ですわ。それに、混沌の蛇に四大公爵家が関係しているというお話も……。

最初、それを聞いた時には「そんな国の重鎮が⁉」などと思ったものだが、こうして聞いてみると納得だ。

公爵が混沌の蛇にそそのかされたのではない。

初代皇帝がすでにそそのかされていて、帝室がその初志を忘れていただけなのだ。

——まぁ、忘れても当然とは言えますけれど……。

なにせ、覚えておく価値のないものである。

こんなもの覚えていたって、百害あって一利なしの、しょーもないものである。

——というか、これ、見なかったことにできないかしら……？　変にこんなの知ったら、騒ぎ出す連中がいそうですわ。

普通の貴族にとって、初代皇帝の思惑は、はっきり言って邪魔な代物だ。

今現在の体制で利得を得られている者にとって、その枠組みを揺るがすような要素は見なかったことにしたいもののはずで……。だからこそ、みんな忘れていったのだ。

——恐らく、お父さまも知らないはずですわ。今を幸せに生きるのに、邪魔でしかないものですもの。忘れて当然ですわ。

けれども、影響はゼロではないのだ。

例えば、没落した貴族などは、初代皇帝陛下の意向が云々などと言って、現在の体制を糾弾する材料にするかもしれない。

あるいは、歴史や伝統を無批判に受け入れてしまうような者に知られてしまったら……。

――これ……、少なくともエメラルダさんには絶対に見せないほうが……。

「なっ、なんなんですの、それは……ミーアさま？」

その声に、ミーアは思わず飛び上がった。

思考にふけるあまり、ミーアは気付いていなかったのだ。

神殿の中に入ってきた者たちの存在に……。

「ミーアさま……」

不安げな顔で自身を見つめるのは、ミーアの大切な忠臣の姿で……。そして、彼女に肩を借りるようにして立っていたのは……。

「アンヌ……それに、エメラルダさんまで、どうしてこのようなところに？」

「そんなことより、先ほどのお話ですわ。本当なんですの？」

ミーアは思わず舌打ちしたくなった。

――厄介な方に聞かれてしまいましたわ。

正直な話……ミーアとしては、初代皇帝の意志など知ったことではない。

たとえこの石板の記述が本物で、ティアムーン初代皇帝が、ここに書かれているような動機で国を建て上げたのだとしても……。

ミーアとしては、いちいちそれに従ってやる道理はない。

――というか、馬鹿正直にご先祖さまの言うことを聞いていたら、またギロチンの憂き目にあってしまいますわ！

ミーアとしては、こんなためにならないものなど、とっとと海の底にでも沈めてしまいたいぐらいである。

それは、国民のため？

それとも、内戦で命を落とす兵士のため？

否、もちろん、自分自身のためである。

ミーアは自分ファーストなのだ。

それゆえに国が亡びることなど望まないし、革命が起きることなど望むはずがない。

いつでも甘い物が食べられて、自分はベッドでゴロゴロしていられる生活。

それこそが、ミーアの理想！

その理想の前では、先祖の遺言など戯言《ざれごと》に過ぎず。

否！　むしろ、害悪ですらある。

帝国がどんな目的で作られたとしても、知ったこっちゃないのである！

目の前に新品のギロチンがあったとしたら、ミーアは処刑に使ったりなどしない。固い果実を割って、甘いジュースを得るために使うのだ。

なんのために作られたかではない。今、なにに使うのが一番役に立つかが重要なのだ。

けれど、そのように考えられない人も当然いる。

その筆頭が、今まさに、ミーアの前に立っていた。

――エメラルダさんに知られてしまったのは、失敗でしたわね。なんてタイミングが悪い。

ミーアは知っている。エメラルダは、貴族の伝統やら親の言いつけやらに縛《しば》られがちな人間である。

――エメラルダさん、わたくしと違って、いささかチョロイところがありますから、こんなのでもコロッと影響を受けてしまうかもしれませんわ。

「そんな……、そんなことを、初代の陛下が……」

ふるふると震えつつ、石板の文字をじっと読んでいるエメラルダ。

「こっ、こんなの気にする必要はありませんわ。大丈夫……」

ミーアがそう声をかけても、まったく反応を示さない。

「私たちの帝国が、このようなことを？　初代陛下の御心を行うために……」

――ああ、まずいですわ。ぜんっぜん、わたくしの声が聞こえておりませんわ！

うつろな目で、ぶつぶつとつぶやくエメラルダにミーアは慌てる。

――ああ、もう！　エメラルダさんって権威主義的なところがございますし、初代皇帝の権威を持ち出されては、いささか不利かもしれませんわ。

たしかに、ミーアは皇帝の娘であって、至尊の皇帝自身ではない。しかも、エメラルダとは血の繋がりもある、いわゆる親戚の娘なのである。

〝ありがたみ〟としては、どう考えても、初代皇帝の言葉のほうが上である。

――うう、これは、なんとかしなければ。エメラルダさんまで、蛇に傾倒していきそうですわ！

ミーアは、今のところエメラルダやグリーンムーン公爵は、混沌の蛇とは無関係であると考えている。この初代皇帝の極めて迷惑かつ悪質な想いを律義に汲《く》んでいるのは、きっと、別の公爵家の者だろう。

――そもそも、皇女たるわたくしやお父さまさえ継承していないであろうものを、勝手に実現しようとか思わないでもらいたいですわ！

それはさておき、そんな現在は無害なエメラルダであるが、このまま初代皇帝の言葉に影響されてしまうと、これは極めて厄介である。

どうすべきか……、しばしの黙考…………直後、閃《ひらめ》いた！

——そうですわ……、わたくしの、皇女の言葉が軽いというのならば、もっと重要度《ステータス》を盛ってやればいいのですわ！

権威では勝てない。けれど、ミーアには初代皇帝に勝るものがある。

すなわち、それはっ！

「ねぇ、エメラルダさん……」

ミーアは、エメラルダの正面に立ち、そっとその瞳を覗き込む。

「たしかに、初代皇帝陛下のお言葉は、とても重いかもしれませんわ。わたくしの言葉では……到底かなうものではございませんわ。ですから、言い直しますわ。エメラルダさん、耳を傾けていただけないかしら？　あなたの……親友であるこのわたくしの言葉に」

そう……、ミーアは自身の皇女という立場に上積みしたのだ。

「親友」という要素を。

たしかに、エメラルダは普段から、ミーアの親友を公言している人物ではある。けれど、ミーアはそれを認めたことは、ほとんどなかった。

別に親友とも思ってなかったし……。

けれど、今ここに、ミーアは正式に言うのだ。

「あなたを、わたくしの親友ポジションに認定して差し上げてもよろしくってよ？」と。

なるほど、たしかに初代皇帝の言葉は重い。初代皇帝を大切にし、その言葉を守ることは帝国貴族として当然の、称賛されるべき姿勢なのかもしれない。

けれど、初代皇帝の言葉に接した時、それをするのは別にエメラルダだけではない。

ゆえに、初代皇帝の言葉を忠実に守る忠臣というのは……、別に美味しいステータスではない。だって、当たり前のことだから。

けれど「皇女の親友」というポジション……、これは美味しい。

ミーアの親友を公言できる人間というのは、物理的にはそう多くはない。

茶飲み友だちは百人できるかもしれないが、親友は百人できないのだ。

となれば、レア度がどちらが上かは考えるまでもなく明らか……。

そのうえで、ミーアは言うのだ。

親友としての言葉の重みを、エメラルダに突きつけるのだ。

「初代皇帝陛下がどのような思惑で、帝国を建て上げられたのであろうと、それは些細《ささい》なこと。それよりも大切なことがございますわ」

「た、大切な……こと？」

「民を安んじて治めることですわ」

それが……、それこそが、食べたい時に甘い物を食べられる環境を維持するということ。

ゴロゴロとベッドに横になっていても、あまり文句を言われずに済む環境を維持するということ。

ミーアの理想！　黄金郷のヴィジョンにして、真に価値ある未来だ。

「もしも、ティアムーン帝国が、そのような悪しき目的のために作られたのだとしたら……、今、この時、わたくしが、それを破棄いたしますわ」

そう言ってから、ミーアは笑みを浮かべた。

「ねぇ、エメラルダさん、初代の皇帝陛下ではなく、わたくしの言葉に耳を傾けていただけないかしら？　過去の盟約に縛られて初代皇帝に忠義を尽くすのではなく、親友であるわたくしとの友誼《ゆうぎ》を選んでいただけないかしら？」

そうすれば、公式に皇女の親友と名乗ってもいいのよ？　と、ちょっぴり媚《こ》びたような、ゲスい笑みを浮かべるミーアなのであった。

第九話　親友

——ああ、いつも、この方はこうですわ……。

「こんなの気にする必要はありませんわ。大丈夫……」

目の前で、困ったような笑みを浮かべるミーアを見ながら、エメラルダは思い出していた。

それは、今から五年前のこと。

グリーンムーン公爵家で開かれたお茶会での出来事だった。

その日、エメラルダは少しだけ緊張していた。

なぜならば、その日のお茶会には皇女ミーア・ルーナ・ティアムーンが来る予定になっていたためだ。

皇女殿下のお茶会デビューを自身の屋敷でする。それが決まって以来、エメラルダは父の元で、しっかりと準備をしていた。

その甲斐あってか、お茶会はつつがなく進んでいった。

美味しいケーキにご満悦な様子のミーアは、お代わりを持ってきたメイドにニコニコ上機嫌に笑いかけた。

「あら、ありがと。えーっと、ニーナさん。また、食べ終わったら、お代わりお願いね」

得意げにその名前を口にするミーア。どうやら、メイドたちのやり取りを聞いて、名前を覚えていたらしい。

そのことを誇るかのようなその態度に、エメラルダは思わず苦笑する。

きっと、その無作法を幼き姫殿下は知らないのだと、そう思ったから……。

年上のお姉さんとして教えてあげなければならないと思ったのだ。

「ミーアさま、高貴なる身分の方は平民の名前などいちいち覚えないものですわ。だから、メイドの名前なんか呼んではいけませんわ」

「あら？　なぜですの？」

きょとん、と首を傾げてミーアは言った。

「なぜ、名前を呼んではいけませんの？」

「それは……」

エメラルダは一瞬、考え込んでから、

「それは、私やミーアさまが貴い血筋の者だからです。民の上に立つ者だからです。それが貴族というものの伝統であって……」

それは、エメラルダが立つ土台。いわば彼女の常識だ。

けれど……、

「そんなのバカらしいですわ」

幼き姫殿下は、たった一言でそれを切って捨てた。

「名前を覚えるほうが楽ですのに、どうして、そんなことをしなければならないのかしら？」

その言葉は、エメラルダにとって衝撃的だった。衝撃的すぎた……。

あまりに衝撃的だったために……、

「だって、あの方、わたくしたちとあまり年齢も変わりませんでしょう。どれだけケーキのお代わりをお願いしても断らなさそうですわ。お願いする時に名前を呼べたほうが楽……」

という、その後のちょっとアレな言葉を聞き逃してしまったほどだ。

昔から、ちゃっかり者のミーアである。

齢《よわい》八つにして、この打算……後の帝国の叡智の片鱗《へんりん》が見られるエピソードのような、そうでもないような……。

それはともかく、エメラルダはミーアの一言に感動してしまったのだ。

その言葉（聞き逃したところ以外）は、まさにエメラルダの胸中と合致したものだったからだ。

メイドの名前を覚えておいて、慣れ親しんだメイドを指名して世話をしてもらう。

遊び相手や話し相手になってもらう。

なにかをしてもらったらお礼をして、悪いことをしたら謝る。

そのほうがよほど楽で気持ちいいのに、どうしてしてはいけないんだろう？

それをしてはいけない理由って、なんだろう？

生まれた疑問を、エメラルダは父に尋ねた。

けれど、返ってきたのは困ったような笑顔だ。

「それが貴族というものだよ、エメラルダ」

その答えは到底納得のいくものではなくって……。けれど、そういうものか、とエメラルダは理解した。

納得する必要などない。そうなっているから、そうなのだ、と。

それは、いつしか、エメラルダを縛る鎖となった。

貴族のしきたりはエメラルダを形作ると同時に、彼女を縛る頑丈な鎖なのだ。

そして……だからこそ憧れたのだ。

その鎖に縛られない幼き姫殿下、ミーア・ルーナ・ティアムーンに。


「ねぇ、エメラルダさん……」

初代皇帝の、尊重すべきティアムーン帝国の開祖の、縛られるべき貴い言葉を前にしても……、ミーアの態度は変わらない。

気にする必要はないと言う。

エメラルダが抵抗すら諦めてしまうような強大な権威を前にしても、ミーアは揺らぐことはない。

いつだって、そうなのだ。

いつだって、変わることがないのだ。

貴族の常識という鎖に縛られない自由な翼を持った人。

エメラルダは、それを常識外れと思う。

皇女らしくない、帝室の権威と伝統を踏みにじる行為だと批難する。

だけど、本当はずっと……ずっと。

——ああ、そう。そうでしたわ……。私は、ミーアさまに憧れていたのですわ……。

エメラルダは思い出した。

ミーアに憧れて、だからずっと、ミーアの隣に立つ親友になりたいと思っていたのだ。

エメラルダは知っている。自分は本当は、ミーアの親友などではない。

親友になりたいと、ずっと願っていたけれど……そうはなれなかった。

だって。ミーアのように、自由ではいられないから。

エメラルダを縛る鎖は、予想より遥かに太くて頑丈だったのだ。

それを断ち切る勇気が自分にはないことを、彼女は痛いほどによくわかっていた。

自分はきっと、ミーアの友となるには相応しくない。

そんな諦めが、いつだってエメラルダの胸にはあって……だというのに……、

「過去の盟約に縛られて初代皇帝に忠義を尽くすのではなく、親友であるわたくしとの友誼を選んでいただけないかしら？」

ミーアは軽々と踏み込んでくる。簡単に、エメラルダの常識を裏切ってしまう。

こんなにもあっさりと親友であると……、初代皇帝への忠義ではなく、自身との友誼を選べと……。

それが、エメラルダにもできるのだと、呼びかける。

どうということもないことだと、いたずらっぽい笑みさえ浮かべながら……。

でも……、

「そんなの……無理ですわ」

口から零《こぼ》れ落ちたのは、否定の言葉だった。

それは、彼女を縛る貴族のしきたりのせいか？

あるいは、初代皇帝の権威が彼女を屈服させたのか？

否、そうではなかった。

それらの鎖は、ミーアが手を差し伸べてくれた時に、すべて溶けて消えてしまっていた。

けれど、最後の最後に、残るものがあった。

ミーアの手を取るのをエメラルダに躊躇わせたもの、それは彼女の胸に突き刺さった小さな棘《とげ》だった。

取るに足りない夢の出来事、あの日、打ちひしがれたミーアをお茶会に誘いながら、その約束を果たせなかったという悔い。

いつ、どこで、どんな風にかはわからないけれど、ミーアを裏切ってしまったという……気持ち。

決して本当にあったこととは思えないけれど、でも、胸に残る痛みは本物で。

それが、エメラルダに、ミーアの友と名乗らせることを許さない。

「私は、ミーアさま……、あなたを裏切りましたわ」

零れ落ちるは告解の言葉。

「はて？　そんなこと、ございましたかしら？」

きょとんと小さく首を傾げるミーアに、エメラルダは続ける。

「ミーアさまを、お茶会にお誘いして、その約束を守ることができませんでしたわ」

自分はいったいなにを言っているんだろう……、エメラルダは思わず呆れてしまう。

夢の話をされたって、ミーアも困るだけだろうと思って……。

でも、だけど……。

「そう、ですわね……。でしたら……」

ミーアは笑わなかった。それどころか、ものすごく真面目な顔をして……、何事か考えこんでから
……、

「わたくし、甘いケーキを所望《しょもう》いたしますわ」

口から出たのは意外な言葉。

「え？」

思わず、瞳を瞬かせたエメラルダだったが、直後に続いた言葉に息を呑んだ。

「うん、ケーキ。とっても美味しいケーキが食べたいですわ。だから……、この島から出たら、わたくしをお茶会に誘ってくださらない？」

ミーアは言ったのだ。

「そこで帝国への忠誠を誓いあうんですの」

エメラルダをまっすぐに見つめて……。

「大陸を滅ぼすための古い帝国にではなくって、すべての臣民の安寧《あんねい》を願い、そのために力を尽くす、そのような、新しい帝国への忠誠を」

その時、ふいにエメラルダは気づいた。

自らの頬に、すうっと熱い雫《しずく》が流れ落ちたことを。

――泣いてる？　私、どうして……？　泣くような理由なんか、どこにもございませんのに……。

それは、遠き日の約束。

果たされることなく、夢と消えた悲しい約束。

――あれは、ただの夢ですわ……。ミーアさまが知ってるはずございませんわ。でも……。

エメラルダは、ミーアを見つめた。

その顔に、なぜだろう、エメラルダは……、あの夢の中のミーアを見た気がした。

ミーアが……、あの時の約束を果たす、その機会を与えてくれているように見えて……。だから。

「はい……。ミーアさま、必ずお誘いいたしますわ。最高のお菓子職人を招いて、最高のケーキを……用意いたしますわ」

エメラルダは、差し出された手を取った。

かけがえのない親友の手を。


ちなみに…………この時、すでに時刻は夜になっている。

朝、昼、夕と食事を抜いたミーアは……、とても……とーってもお腹が空いていた。

まぁ、だから、どうということもないのだが……。

第十話 「すぐに戻りますわ」と言い残して、エメラルダは姿を消した

「さて……、エメラルダさんの招いてくださるお茶会に参加するためにも、なんとか脱出する必要がございますわね……。アンヌ、あなたたちは、どうやってここに？　というか、そもそもどうして、こんなところにおりますの？」

エメラルダの言いくるめに成功したミーアは、改めて状況の確認に入る。

「はい。実は……」

アンヌの説明を聞いて、ミーアは思わずため息を吐いた。

「なるほど、では、そちらからの道も崩れてしまったのですのね？」

自分たちが来たのとは別のルートがあると聞いて、少しだけ喜んだミーアだったが、すぐにその希望はしぼんでしまった。

「はい。崩れた瓦礫《がれき》を取り除くのは私たちでは難しそうです。それに、急な坂を上らないといけませんから……」

アンヌは、ちらりとエメラルダの足元に目を落としてから、

「残念ですけれど、こちらから出ることは難しそうです。ミーアさまたちは？」

「それが、わたくしたちも地面の崩落《ほうらく》に巻き込まれてしまって……」

ミーアは先ほど落ちた場所を思い出す。

「やはり、登るのは不可能そうですわ」

「そうだろうね。エメラルダ嬢がケガをしているというのなら、余計に厳しい」

「一応、落ちてきた場所には、反対側にも洞窟が延びていたのですけれど……」

それが地上に通じている保証はどこにもないわけで……。

「とりあえず、この神殿の周りに、ほかに出口がないかどうか調べてみましょう。そして、もしもほかにないようでしたら、先ほど、わたくしたちが落ちた場所まで戻るのがよろしいのではないかしら？」

生存術《サバイバル》の専門家《スペシャリスト》ミーアの提案に、その場の皆が素直に頷く……。大丈夫なのだろうか？

っと、そこで、それまで黙っていたアンヌが、そっと手を挙げた。

「あの、ミーアさま。少し休憩されてはいかがでしょうか？　エメラルダさまは、足にケガをなさっていますし、ミーアさまも少しお疲れに見えます」

指摘された瞬間、ふわわっと、ミーアの口からあくびが漏れた。

「なるほど、たしかにそうですわね……。では、少し休んでから行動を開始いたしましょうか」

しばし仮眠をとった後、ミーアたちは神殿の周りを調べた。より正確に言えば、ミーアが長めの仮眠をとっている間に、短期睡眠を終えた三人が手分けしてあたりの捜索を行ったのだが……。

その結果、やはり進めそうなルートは、アンヌたちがやってきたところと、ミーアたちがやってきたところの二か所にしかないことが判明した。

「あのもう一方の道が、外へと繋がっているとよろしいのですけど……」

一縷《いちる》の望みをかけて一行は、ミーアとアベルとの落下地点へと戻った。

着いてすぐに、アベルが口を開いた。

「水位が、また上がってるな。ここに来るまでの道もそうだけど、さっきより水が上がっている気がする」

その言葉のとおり、先ほどまでは足首までだった水位が、今はまた膝の上ぐらいになっている。

「なるほど、潮の満ち引きがあるということでしたら望みがありますわ。外の海に通じているということになりますもの」

エメラルダは、手に水をつけて、口元にもっていった。

「しょっぱいし、間違いなく海水ですわね。外に繋がっている可能性は十分に高いですわ。ただ……」

天井を見上げてから、ミーアたちのほうに視線を向ける。

「外に出るのは少し待ったほうが良いと思いますわ。夜の海は大変危険だと、聞いたことがございますの」

エメラルダの進言を入れて、ミーアたちは、再び仮眠をとることにした。

洞窟の中は若干冷えるため、皆で固まってである。

——この寒さは地下牢を思い出させますけど、ふふふ、なんだか、不思議と楽しいですわね。

お腹が減ってはいたが、なんだか楽しくなってきてしまうミーアであった。

——願わくば……これが、ひと夏の楽しい思い出になってくれればいいのですけれど。

やがて天井の穴から、うっすらと日が入ってくるようになった。

朝が来たのだ。

不思議なことに、日の光が見えだすと、水の中の青い光は消えていった。

――ふむ、夜になると光りだす生き物、なのかしら？

問題は、これから向かう先が闇に沈んでいることだった。

当たり前のことながら、洞窟の中までは光は入ってこない。かといって、松明を持って……というわけにも当然いかない。水の中を潜らなければならなくなったら火が消えてしまう。

「こんなこともあろうかと、ですわ！」

そんな時、得意げな声を上げたのはエメラルダだった。

おもむろに、エメラルダが胸元から取り出したペンダント。そこにはめ込まれた石は、淡い光を放っている。

「これがあれば、しばらくは視界が確保できますわ。この先がどうなっているのかわかりませんし、私が様子見をして参ります。途中で潜水する必要も出てくるかもしれませんし……」

そう言って、颯爽《さっそう》と服を脱ぎ捨てるエメラルダ。水浴びの時から着たままの水着姿になると、水の中に入っていこうとする。

「待ちたまえ。ここはボクが。ご婦人方は、ここで休んでいてくれたまえ」

慌ててアベルが止めるが、そんな彼をエメラルダは見下ろして言った。

「そういうわけには参りませんわ。アベル王子、試みに聞きますが、あなた、泳ぎが得意ですの？」

「いや、一応は泳げるが、得意というほどではないな……」

バツが悪そうな顔をするアベルに、エメラルダは勝ち誇ったように笑う。

「そう。では、ここは私に任せていただきたいですわ。私は幼い頃より、毎夏泳いでおりますのよ」

「しかし、そんな危険なことをご婦人にさせられないよ」

「お気遣いには感謝いたしますわ。けれど、アベル王子、あなた、少し自覚が足りないのではなくって？」

「自覚？　どういうことだろうか？」

首を傾げるアベルに、エメラルダは、ふふふ、と笑みを浮かべて、

「無論、決まっておりますわ。ミーアさまの伴侶《はんりょ》となる自覚です」

「なぁっ⁉」

かっちーん、と固まったアベルに、エメラルダは高らかに笑い声をあげる。

「星持ち公爵令嬢《エトワーリン》たるこの私が、親友であり、皇女でもあるミーアさまの旦那さまを危険な目に遭わせるなど、あり得ぬこと。まして、これはミーアさまご自身の命にも関わることでございますわ。失敗は絶対に許されない。ここは譲れませんわね」

今度は横で話を聞いていたアンヌが手を挙げた。

「でも、エメラルダさま、足首のケガは？」

「へ……？　ケガ、ですの？　あっ……」

っと、エメラルダは、少し気まずげに目を逸らして……。

「わっ、忘れておりましたわ。あっ、ああ、アンヌ……さんの手当てがよかった……のかもしれませんわね」

「はて……？」

エメラルダの言を聞き、きょとん、とミーアが首を傾げる。

「なっ、なにか文句でもありますの？　ミーアさま！」

ムッとした顔をするエメラルダに、ミーアは小さく笑みを浮かべた。

「いいえ。なんでもありませんわ」

それから、深々と頭を下げてから、言った。

「よろしくお願いいたしますわね、エメラルダさん」

そんなミーアに、エメラルダは小さく笑みを浮かべた。

「ええ。必ずや朗報を持ち帰ってみせますわ。そうして、この島から無事に帰ったら今度こそ、ミーアさまと盛大なお茶会をするのですわ！」

なんとなく……言ってはいけないセリフを、堂々と胸を張って言い放ってから、エメラルダは笑みを浮かべた。

それは柔らかな、およそ彼女が浮かべたことのないような、優しい笑みだった……。

「大丈夫。すぐに戻ってまいりますわ」

けれど……その言葉とは裏腹に……、水の中に姿を消したエメラルダは戻ってこなかった。

……『すぐ』には。

第十一話　ミーア姫、牽引《けんいん》される

「エメラルダさんの、あんな素直な笑顔、はじめて見ましたわ……」

水の中に消えたエメラルダを見送ってから、ミーアはぽつり、とつぶやいた。

まるで、毒気が抜けてしまった笑顔。

それは、いい笑顔なのだけど……なんとなく、胸がざわつく。

なぜだろう、ミーアは、あのお茶会の約束をした日のことを思い出してしまった。

あの日の別れ際のエメラルダも、あんな感じのいい笑顔をしていたのではなかったか？

「なんだか、エメラルダさんらしからぬ頼もしさでしたし……。なんだか、少し心配ですわね……」

そうして、そのまま、五分が経った。

「エメラルダさん、大丈夫かしら……」

心配そうにつぶやくミーアに、アンヌが笑みを浮かべた。

「大丈夫ですよ、ミーアさま。それに、まだ五分ぐらいですよ。エメラルダさまを信じましょう」

「ええ、そうですわね……」

そのまま、十分が経った。

「……大丈夫かしら、エメラルダさん。無理してケガしたりなんかは……」

「大丈夫だ、ミーア。彼女は、ボクたちの中でも泳ぎが一番上手いし、滅多《めった》なことはないさ」

ミーアを安心させるためだろうか。明るく軽い口調で、アベルが言う。

けれど、ミーアは重々しく頷くのみだった。

そして……、だんだん、だんだんとミーアの口数は少なくなっていき、三十分が経った頃には、すでに半泣きになっていた。

時間が経つにつれ、脳裏に無限に悪い想像が膨《ふく》らんでくる。

このような場所で、様子を見に行った者が帰ってこないということが、なにを意味するのか……？

それは考えるまでもなく明らかで……。さらに、先ほどの優しい笑顔が思い出されて……。

ミーアは、思っていた。

別に、エメラルダのことは親友だなんて思ってないし、せいぜいがちょっとした友達程度のものだと……。

しかし、思い返してみると、彼女との付き合いは割と長いのだ。

それはもう、お茶会デビューもそうだったし、お誕生会にも何度も招待されたし、ミーア自身の誕生日もしっかりとお祝いしてくれた。

最近は忙しくてそこまででもなかったが、昔は一緒にお揃いのドレスを仕立てて笑いあったこともある。

だから……ミーアは別に、エメラルダのことを唯一無二の親友だなどとは思わないけれど……、それでも、いい友だちには変わりなかったのだ。

失ってしまえば、涙が出るぐらいには……親しい人だったのだ。

「う、うう、エメラルダさん……。ひくっ、だ、大丈夫だって……、必ず、帰ってくるって……言ってましたのに……。ひどい、ひどいですわ……、うう、あなたは……また、わたくしを、裏切って……」

一時間も経つ頃にはミーアは大泣き状態になっていた。

顔中を涙でベットベトにして、えぐえぐ、としゃくりあげるミーア。その頭を優しく撫でつつ、慰めているアンヌも、若干涙目になってきたところで……。

ぱしゃり、と、後ろで水音が響いた。

と同時に、ぷはっと息を吐く音が聞こえて……。

「ふぅ、お待たせしてしまい申し訳ございませんでした。ただいま戻りましたわ」

あっけらかんとした顔をしたエメラルダが戻ってきた。

泳いで気持ちよかったのだろうか。若干、その顔はツヤツヤして、実に元気そうだった。

「外までは、ここから五分というところですわね。大丈夫、少し潜るところもございますが、ミーアさまでも行けそうですわ」

水を滴《したた》らせつつ、ミーアたちのところに来たエメラルダは、はて？　と首を傾げた。

「どうかなさいましたの？　なんだか、雰囲気が……」

「ずいぶんと、時間がかかりましたわね……」

すすす、っと近づいてきたミーアに、エメラルダは胸元のペンダントを差し出した。

「ああ、月灯石に日光を集めておりましたの。明かりがないと少し厳しい道のりですし。それと、冷えてしまった体を温めるために、少し岩の上で日光浴を……あら？　どうかなさいましたの？　ミーアさま？　はひっ⁉」

言葉の途中で、ミーアがひっしとエメラルダに抱き着いた。そのまま、お腹のあたりをギュウギュウと締め上げて、ミーアが言った。

「心配いたしましたわ！　すっごく心配したんですのよ！　もう、帰ってこないんじゃないかって……」

「まぁ、ミーアさま……」

エメラルダはちょっぴり驚いた顔をしたが……、

「大丈夫、大丈夫ですわ、ミーアさま。私は決して、親友であるあなたを裏切ることはございません。

すぐに優しい笑みを浮かべるのだった。

「ええ、もう、二度と……」

落ち着いたところで、改めてエメラルダからこの先のことを聞く。

「先ほども申しましたけれど、それほど距離はございませんわ。道も一本道で、迷うこともないでしょう。一か所、二か所、水の中を進まなければならない場所がございますけれど……ミーアさまぐらい泳げれば問題ないと思いますわ」

それを聞いて、顔を曇らせたのはアンヌだった。

平民であるアンヌは、ミーア以上に泳いだ経験がなかったのだ。

「ふむ、でしたら、アンヌさんは私と一緒に行くのがよろしいですわ」

こともなげに言ったエメラルダ。けれど、さすがにミーアは眉をひそめる。

「あなた……、エメラルダさん、ですわよね？　どうかなさいましたの？　頭でも打ったとか……」

「まっ！　酷《ひど》いですわ、ミーアさま。私はただ、親友たるミーアさまの大切なメイドだから、少しは優しくしてやってもいいかな、と思っただけですわ！」

強い口調でそう言って、それから、エメラルダはわずかに瞳を逸らした。

「それに、その……、いろいろお世話になりましたし……。恩義をきちんと返すのも、高貴なる血筋の者の礼というものではなくって？」

――ああ、ほんと、エメラルダさんは、面倒くさい性格ですわ。わたくしの親類とはとても思えませんわね……。

そうは思いつつ、ミーアは頷いた。

「わかりましたわ。エメラルダさん、アンヌのこと、お願いいたしますわね」

こうして、隊列は決まった。

先頭をエメラルダが行き、続いてアンヌが。さらにその後に、アベルとミーアが続く。

本来であれば、アベルが殿《しんがり》を守るべきではあるのだが、彼がミーアの前に出なければならないのには理由があった。それは……。

「ここからは少し深いな。足がつかなそうだよ」

「わかりましたわ！」

ミーアは心得た、とばかりに頷くと、すっと後ろを向き……、背泳ぎの形に浮いた。エメラルダ同様、服を脱ぎ、水着になったミーアの背浮きは抜群の安定感を誇っていた。

そのミーアの襟首を摑んで、アベルが前を泳いでいく。

そう、この順番にした理由は、アベルがミーアを牽引して泳がなければならないためだったのだ！

……まぁ、それはともかく。

前を行くエメラルダの、掲げた明かりを追っていく。

エメラルダの言うとおり、道のりはそこまで厳しくもない。

何度か泳ぎ、潜り、を繰り返し……、やがて前方に光が見えてきた。

「もうひと頑張りですわ。みなさん！」

エメラルダの励ます声が聞こえてくる。

別に頑張ってなかったが、それでもミーアはその声に励まされて、水をかく手足に力を入れた。そして……。

「ぁっ……」

視界に走ったまぶしさに、ミーアは思わず顔を覆う。

直後に感じたのは強い潮風。耳に入るのは、寄せては返す穏やかな波の音。

徐々に慣れてきた目には、晴れ渡る青い空が入ってきて……。

「あ……、ああ、無事に、出られたんですのね……」

思わず、安堵に力が抜けそうになる。といっても、仰向けに浮いているので、別に今まで力が入っていたわけではないのだが……。

それから、ミーアは改めて、近くにいる面々に目を移す。

少し離れたところにはエメラルダとアンヌ。そして、自分のすぐ近くにはアベルの姿があった。

――ああ、全員で生きて出られるなんて……夢みたいですわ。

思わず感動しそうになるミーアであったが、さらに、夢のような出来事は続く。

「あっ！　あれは、エメラルドスター号ですわ！」

歓声を上げつつ、エメラルダが指さした先、懐かしい船の姿があった。

「助かった……わたくしたち、助かったんですの？」

そうつぶやいて笑みを浮かべるミーアは、あと少しすると……思い出すことになる。

ミーア皇女伝のとある記述……。

自身が、こんな無人島に来ることになった、その原因の記述を。

平和な海に現れた巨大な影……。

それが、自分たちの背後に、音もなく近づきつつあることに、ミーアはまだ気付いていなかった……。

第十二話　大海の勇者、ミーア姫、猛々《たけだけ》しい雄たけびを上げる！

「ほらー！　ほらほらほら、ほーらっ！　無事でしたわ、やっぱり！　私のエメラルドスター号があの程度のショボい嵐で沈んじゃうわけないって思ってましたわ！　ほらー、ぜんっぜん無傷！　あの威容！　さすがは私のエメラルドスター号ですわ！」

なぜだか、エメラルダが勝ち誇った笑みを浮かべた。

いささか、ウザッ！　と思ったミーアであったが、まぁ、このまま何事もなく帰れるなら、これでいいか、と思い直す。

それよりも大事なことは……、

「さて、どういたします？　あそこまで泳ぐのは結構、大変そうですけど……」

エメラルドスター号までの距離は、およそ四百m（ムーンテール）といったところである。

――助けが来たのは嬉しいですけれど……、空腹にグッとくる距離ですわね。あちらから来ていただけると楽なんですけど……。

ミーアは小さく首を傾げて言った。

「例の小舟を出していただけると楽でいいですわね……。ここから呼びかけて届かないかしら？」

「さすがにこの距離は難しいんじゃないかな……」

ミーアの言葉に、苦笑したアベルは、

「よし。それじゃあ、ボクが先に行って、小舟を出してもらおう」

そう言って、颯爽《さっそう》と泳いで行ってしまう。

「ふむ、アベルに一人で苦労していただくのは少し気が引けますけれど……。たしかに、あそこまで泳いでいくのは大変そうですわね……」

高きところから低きところに流れていく、流水のごとき柔軟さがミーアの思考の特徴だ。

少しでも近づいていたほうが向こうからの助けと合流するのも早くなるはず……などと思ったりは当然しない。

——ああ、本当、海は力を抜けば体が浮くから楽ちんですわー。

などと、ぼんやり、空を見上げている。

下弦の海月《くらげ》の面目躍如である。

そうして、ポーッと海面を眺めていたミーアは、ふいに気付いた。

自分のほうにすぃーっと寄ってくる背びれに！

「…………あら？　なにかしら、あれは？」

ぽけーっと首を傾げるミーアであったが、直後、後ろのほうで悲鳴が上がった。

「みっ、ミーアさまっ！　たっ、たた、大変！　大変ですわ、あれ、あれあれっ！　ひっ、人食い魚ですわっ！」

「…………はぇ？」

一瞬、何を言われたのか、まったくわからなかったミーアであるが、ぽけーっと再び背びれに目を向け……その大きさを確認し……、それが人食い魚のものであった場合にどうなるのかを、即座に理解する。

すなわち、自分は今……生きるか死ぬかの瀬戸際《せとぎわ》にいるということを！

「急いでエメラルドスター号まで逃げますわよっ！　あっ、あちらも気づいて小舟を出してくれてますわ。ともかく、お急ぎになってっ！」

言うが早いか、アンヌの手を引いたままのエメラルダが泳ぎだした。

「ひっ、ひぃいっ！　ひぃいいいいいいっ！」

ミーアも慌てて泳ぎだす。といってても、ミーアにできることはそう多くはない。

くるりと華麗《かれい》に裏返り、背泳ぎの体勢をとり、バタ足する！

小さく頼りない足で、懸命に水を蹴る、蹴るっ！

けれど……当然、そのスピードはお察しである。

今は焦っているせいで、余計に、ぱっちゃぱっちゃ、と小さな水しぶきが立つばかりで、その体は一向に前へと進まない。

さらに、

「ひぃいいっ、ひぃいいいいいいいいいいっ！」

ミーアの泳ぎ方は、息継ぎが楽な反面、後ろがとてもよく見える。

すぃーっと自分のほうに向かってくる、太くて巨大な背びれが、ガッツリ見えてしまって。

「ひぃややああああああ、きっ、来てますわっ、近づいて来てますわっ！」

本来であれば、人食い巨大魚《メーガロドゥン》に狙われた時点で、逃げ切れるものではないのだが……、ミーアを追いかけてきている背びれは、なぜか、急いで距離を詰めてこようとはしなかった。

まるで、獲物をいたぶるかのように……、ゆっくり、ゆっくり近づいてきているのだ。

——う、ぐぐ、おっ、おのれ、バカにしておりますわね。かくなる上は……っ！

もはやこれまで……とばかりにミーアは覚悟を決めた。

そうなのだ、そもそも皇女伝の記述が本当ならば、自分はあの人食い巨大魚を殴り倒すことになっているのだ。倒せるのだっ！

ギリッと歯を食いしばると、ミーアは雄々しくも気合の雄たけびを上げる。

歴戦の戦士が上げるような、猛々しい雄たけび（ミーアの中では）は……、周囲の者の耳には、

「ふひゃあああっ！」

などという奇声に聞こえていたが、そのようなことを気にしている余裕は、もはやミーアにはない。

ミーアは近づいてくる巨大怪魚に向けて思い切り腕をブンブン、と振り回した。

それは、ちょうど、幼い男子が、こうすれば誰も近づいてこられないから最強だ！　と考えてするような、腕をぶんぶんぶん回す動作だった。誰をも傷つけられそうもない、そんなヘナチョコパンチであったのだが……、そこで奇跡が起きた！

ミーアの手が、巨大怪魚の鼻《はな》っ面《つら》をぴしゃん、とひっぱたいたのだっ！

ぶにょぅん、という微妙な手ごたえ。反射的に目を開いたミーアは、自分から遠ざかっていく背びれの姿を見つけた。

直後、小舟が近づいてきた。

「すごい！　すごいですわ、ミーアさま！　人食い巨大魚を殴り倒すなんて！」

小舟の上から、エメラルダが差し伸ばした手を取り、引き上げてもらう。

「ふ、ふふふ、あ、ああ、当たり前ですわ。このぐらい、わたくしにかかれば、かかっ、簡単っ、簡単ですわっ！　どんとこいですわっ！」

得意げに胸を張るミーアであったが……、そそくさと引き上げられた小舟の真ん中のほうに場所を移して、しっかりと、落ちないように掴まる。

「さっ、さぁ、帰りますわよっ！　とっとと！　急いでっ！」

そうして、涙目で勇ましく言うのだった。


……ちなみに、すでにお察しのこととは思うが、ミーアが殴り倒したのは人食い巨大魚《メーガロドゥン》ではなかった。

平べったい魚を縦にしたような、大人しい魚……、学術名『オーシャン・フルムーンフィッシュ』、通称『ムーンボウ』と呼ばれる魚だった。

岩にぶつかっただけで死んでしまうこともあるムーンボウだったが、幸いにもミーアのへなちょこパンチでケガをすることはなく……。

えらい災難だったなぁ、などと思いつつ、すぃーっと泳ぎ去っていくのだった。

平和な海の光景だった。

第十三話　人それぞれの忠心《フェティッシュ》

一方、ミーアたちが地下にいる間、シオンたちが何をしていたかというと……。

話は、少し前に遡《さかのぼ》る。


エメラルダを捜すべく、シオンとニーナは泉の周辺をくまなく見て回ってから、洞窟へと戻ってきた。

けれど、洞窟で待っているはずのアンヌの姿はなく、しかもミーアとアベルも帰ってこなかった。

「やれやれ……、ティアムーンの女性たちの間では、無人島で姿を消すのが流行ってるのか？」

そう軽口を叩いたシオンだったが、さすがに困惑を隠せていなかった。

戻ってきたキースウッドと合流したシオンは、とりあえず、所在のわかっているアンヌの行方を追った。そして、洞窟の奥が崩落しているのを発見してしまう。

さらに、ミーアたちの向かった先で、がけ崩れの痕跡を発見して、さすがに言葉を失った。

そんなシオンに、キースウッドの努めて冷静な声が届いた。

「もしここから落ちたのだとしたら……、下でケガをして動けなくなっているのかもしれません」

「ああ……、そうだな」

彼の指摘が何を意味するのか、わからないシオンではなかった。

仮にミーアたちが生きていたとしても、助け上げるのは、ほとんど不可能。

つまりは、ミーアたちが助かるのは絶望的であるということで……。

――いや、諦めるな。方法はあるはずだ。

絶望に膝を屈することなくシオンは、考えを巡らせる。けれど、いくら考えても助け出す方法は思いつかなくって……。

だが、その直後に状況は一変する。

浜辺で海岸線を見張っていたニーナが、小走りにやってきたのだ。

「エメラルドスター号が戻ってきました」

「なんだって？　それならば、急ぎ船員の手を借りたい。縄があれば、あそこから降りていくこともできるかもしれない。まだ、希望を捨てるには早い」

そう思っていたシオンだったが、直後に入った続報で、さらに驚愕することになる。

「まさか、全員無事で、すでに船に乗っているとは……」

なにがどうなって、そのようなことになったのか……。シオンにはまったく理解できなかった。

「いったい、どんな魔法を使ったんだ？　ミーアは……」

「すごかったんですよ！　巨大な人食い魚を殴りつけて倒してしまったんですから！」

船員の話を聞いたシオンは、再びつぶやく。

「…………いったい、どんな魔法を使ったんだ？　ミーアは……」

ともあれ……、シオンたち三人が乗った小舟の空気は明るいものになった。

なにしろ、生存が絶望視されていた全員が、大したケガもなく、すでに保護されているというのだ。

自然、みなの口は軽くなった。

「それにしても、あなたも大変ですね。ニーナ嬢」

ふと思い出したといった様子で、キースウッドが言った。

「なんのことでしょうか？」

唐突にキースウッドに話しかけられて、ニーナは小さく首を傾げた。

「貴女の主であるエメラルダさまのことですよ。苦労が絶えないのでは？」

その問いに、ニーナは微かに首を傾げて、宙を見つめてから、

「そんなことはありません。楽しくお仕事をさせていただいておりますが……」

ニコリともせずに答える。

「え？　いや、しかし、名前も呼んでもらえないようですし……」

「そこがいいんじゃないですか！」

食い気味に返ってきた答えに、一瞬、黙り込むキースウッド。そんな彼に、ニーナは小さくため息を吐いた。まるで、聞き分けのない子どもを優しく諭《さと》すように……。

「ベタベタしない、そういうドライなところがイイのです。そこがグッとくるのです」

……ちょっと何を言ってるのかわからない、という顔をするキースウッドとシオンであったが、ニーナは構わずに続ける。どうやら、エメラルダがこの場にいないのと、彼女が無事だったことで、テンションが非常に上がっているらしい。

「そして、時々そういう設定を忘れて、名前を呼びそうになって慌ててるのも、また、趣《おもむき》があってよいのです。ミーア姫殿下のことが大好きで、一緒に遊びたいのに意地になって誘えないのも見ていて微笑ましい。大胆な水着を着て王子殿下を誘惑してやろうと意気込んでたのに、いざとなったら、ま

ったくもって勇気が出ない、あの小心者ぶりなど、見ているだけで、もう……」

キースウッドの目から見ると、ニーナは、まるで路傍《ろぼう》の石に芸術性を見出す、売れない芸術家のようだった。

――これは、理解できない世界かもしれない。

などと、思っているキースウッドの肩を、ぽん、と叩いてニーナが言った。

「エメラルダさまの良さがわからないなんて、キースウッドさんは女性を見る目がありませんね。それに、振り回されることもまた、仕える喜びではありませんか？」

「なるほど。前半部分は同意しかねますが、後半に関してはわかる気がします」

そうして、キースウッドとニーナは笑いあった。それは、どこか共犯者めいた笑いだった。

お互い、難儀な主に仕えてはいるが、なるほど、仕え甲斐があるという点においては、もしかしたら、一致している部分があるのかもしれないと……。

そんな風に笑いあう二人を見て、シオンは不思議そうな顔をするのだった。


さて、エメラルドスター号に引き上げられたミーアは、先に乗っていたアベル、エメラルダとアンヌと、無事を喜び合った。どうやら、エメラルドスター号は、嵐の際に、風をよけるために船を移動させたものの、船体が損傷。流されてしまったらしい。修理に時間がかかったことを、船長から謝罪されたが、それは仕方のないことだろう。

さらに、ほどなくして、島へと送り込まれた者たちとともに、シオン、キースウッド、ニーナの三人も合流することができた。

ミーアたちを見たシオンは、開口一番に言った。

「あまり心配かけないでくれ、ミーア。エメラルダ嬢が無事だったのはよかったが……、いったい何があったんだ？」

「話せば長いですけれど、地下でとんでもないものを見つけてしまいましたわ」

「とんでもないもの、か……」

シオンは、ちょっと苦笑いを浮かべてから、

「君たちが、誰一人欠けることなくここにいるってことが、そもそもとんでもないことだから、これ以上、驚きようがないと思うが……。というか、君は化け物魚を殴り倒したと聞いたが……、それ以上にとんでもないことなのか？」


そんな二人を尻目に、エメラルダへと歩み寄る者がいた。

メイドのニーナだ。

彼女は、エメラルダが元気そうなのを見て取ると、思わず安堵のため息を吐いてから、

「エメラルダお嬢さま、ご無事でなによりです」

いつもどおりの口調で話しかけた。

「ああ……ええ、そうね。少し足をひねってしまいましたけれど……」

「そうでしたか。私がついていながら、エメラルダお嬢さまにご不便をおかけしたこと、大変申し訳ありませんでした」

「いや、そんなことはございませんわ。あれは、私が勝手にしたことであって……」

もにゅもにゅ、と、何やら歯切れ悪く言いながら、まるで、助けを求めるように、エメラルダが視線を巡らせる。その視線の先には、ミーアのそばに付き従うアンヌの姿があった。

アンヌは、エメラルダの視線に気付いたのか、小さく笑みを浮かべて、それから、グッとこぶしを握って見せた。

それは精いっぱいの勇気を出そうとしているエメラルダへのエール。ともに苦境を潜り抜けた仲間への励ましだ。

それを受けたエメラルダは、小さく頷いて見せてから、なけなしの勇気を振り絞った。

「あなたにも心配をかけましたわね……。あー、えっと……、に、にに、ニーナ……」

「…………は？」

エメラルダに名前を呼ばれたニーナは、なんとも言えない微妙な顔をした。

「あの、どうされたのですか？　お嬢さま……、そんないきなり私の名前を呼ぶなど……」

おろおろと、先ほど足をケガしたと聞いた時以上に、狼狽《ろうばい》しているニーナに、エメラルダは殊勝《しゅしょう》な顔で説明する。

「私は、反省いたしましたの。今まで、あなたにずいぶんと失礼なことをしておりましたわ。名前だって、あなたは気付いていないかもしれませんけれど、ちゃんと、覚えておりますのよ？　それを私は……、本当に悪いことをしてしまいましたわ」

真摯《しんし》に謝罪の言葉を口にするエメラルダに対して、ニーナは……、

「えー……それ、言っちゃうんですかー」

なぜだか、ものすごーくガッカリした顔をした！

「あの……、お、お嬢さま？　その、そういうの大丈夫なので。あの、いつもどおりでいてください。私のことは、どうぞ、今までどおり、そこのメイドとかなんとか適当に呼んでいただければ……」

「まぁ、なぜですの？　私がニーナの名前を呼ぶと、なにか問題がございますの？」

「イメージというものがあるといいますか……あっ、そうです。メイドの名前とか呼ぶのは、グリーンムーン公爵家のしきたり的にも、貴族の常識的にも、あまりよろしくないというか……」

ニーナは、ぴしゃりと言う。

「ともかく、そういうのは、ちょっと……あの、ほんとに結構ですから」

それを聞いたエメラルダが、すーっと視線を動かした。その向かう先には、アンヌの姿があって……。

遠くからエメラルダたちの様子を見ていたアンヌは……、そっと目を逸らすのだった。

世の中にはいろいろな忠誠の形があるんだということを、初めて知ったアンヌであった。

「さっ、なにはともあれ、帰りますわよ！」

これ以上、ここにいても仕方ない。

ミーアの号令を受けて、エメラルドスター号は、ガヌドスへの帰還の途《と》についたのであった。

エピローグ　開戦の序曲

無人島を出港してから二日。

エメラルドスター号は、予定より少し遅れてガヌドス港湾国に帰港した。

港にはグリーンムーン公爵家の家臣団のほか、皇女専属近衛隊《プリンセスガード》の者たちも揃っていた。

「ああ、ようやく着きましたのね……。なんだか、文明の匂いがいたしますわ」

基本的に極めて豪華で、贅沢な船上生活を営むことができるエメラルドスター号ではあったが、ミーア的にはお風呂が楽しめないのが致命的だった。

そんなわけで、港についてホッとため息を吐いてしまうミーアであった。

どうやら、安堵したのはミーアだけではないらしく、二人の王子殿下も、従者の面々も疲れた顔をしていた。

さすがに無人島での暮らしは慣れない者たちには、相応の負担だったらしい。

唯一、エメラルダだけがツヤツヤした顔をしていたが……。

「ミーアさま、ご無事のご帰還、心からお祝いいたします」

船を降りて早々、ディオン、バノスを従えたルードヴィッヒが歩み寄ってきた。

「ああ、ただいま帰りましたわ……。なかなか大変でしたわ。ふぁあ……」

あくびを噛み殺しつつ、ミーアは、ルードヴィッヒのほうに目をやった。

「積もる話は、また明日ということにして、今夜はエメラルダさんのところでのんびりさせていただきますわね」

「そうですか……。では、護衛として、ディオン殿とバノス殿がご一緒することを、許可いただきたく思います」

「はて……？」

一瞬、首を傾げたミーアであったが、直後、その鼻が危険な香りを察知する。

ルードヴィッヒの言に、わずかながらも緊張を感じ取ったのだ。

「……警戒すべき事態が起きた、ということですわね。わかりましたわ。エメラルダさんにお願いしてみますわね……」

ちなみに、ミーアのお願いは、エメラルダに二つ返事で了承された。

それどころか、ルードヴィッヒや他の皇女専属近衛兵《プリンセスガード》たちも、館の中に泊まることを許可してしまったのだ。

以前からは考えられない協力的な態度に、ルードヴィッヒは察したのだ。

「……ああ、ミーアさまは……、ついにエメラルダさままで籠絡《ろうらく》されたのか」

と。


そうして、一同は、ガヌドス港湾国内にあるグリーンムーン公爵家の別邸へと場所を移した。

ちなみに別邸には、海で泳いで帰ってきた時のために、小さいながらも浴場が備えられていた。

ということで、着いて早々、ミーアは湯浴《ゆあ》みを楽しんだ。

それから、ふわっふわのガウンに着替えたミーアは、そのままベッドにダイブして足をパタパタさせていた。

「うふふ、ふかふかのベッド。ひさしぶりですわ」

などと、上機嫌に毛布に顔をモフモフ押し付けているところに、ルードヴィッヒたちが改めて訪ねてきた。

「まぁ、ルードヴィッヒたちが……。ふむ、たしかに先ほどの感じは少し気になりましたわね。かまいませんわ、通して」

そうして、部屋に入ってきたのは、ルードヴィッヒとディオンの二人だった。

ルードヴィッヒは、お風呂上がりで、くつろぎモードのミーアを見て、少しだけ目を見開いた。

「これは……お疲れのところ、大変申し訳ありません」

「かまいませんわ。寝るには少しばかり早い時間ですし」

少しどころか、今はようやく夕方に差し掛かった時間だったが、ツッコミを入れる者はいなかった。

無言で、ディオンが楽しそうに笑みを浮かべているのみであった。

「そうでしたか。実は、一刻も早くこのガヌドスについてお聞きいただきたいことがございまして、こうして参上した次第です」

「ええ、こちらもいろいろと話しておく必要がありますわ。まずは、そちらの話から聞かせていただこうかしら……」

そうして、ルードヴィッヒの口から語られたのは、ガヌドスに張り巡らされていた、極めて婉曲的《えんきょくてき》な陰謀の話だった。

――あの帝国革命の裏に、そんな陰謀まであったんですのね……。

少なからず衝撃を受けつつも、今度はミーアが無人島で見たもののことをルードヴィッヒに話した。

正直、あれが本物かどうかはわからないし、今後どうしていくのがよいのかも、あまりわかっていないミーアである。

ここはぜひ、思考・考察担当であるルードヴィッヒに頼りたいところであった。

「……ミーアさまが見たという石板は、我々の祖先がガレリア海を越えてやってきたという説を実証するものと言えるでしょうね……」

ミーアの話を一通り聞いたルードヴィッヒは、深々とため息を吐いた。

それから、部屋に備え付けられていた机の上に地図を広げる。

「ミーアさまが発見なされた神殿が、恐らくはこのあたりの島でしょう。その先、ガレリア海を越えた場所の、いずれかの地より、我らの祖先は海を渡ったという説があります。理由は不明でしたが、その石板の文言を鑑《かんが》みると、恐らくはなんらかの争いに敗れたのでしょう」

手ひどい被害を受けて、多くの犠牲を出したその者たちは、安住の地を求めて海を渡った。そうして、たどり着いたのがあの島だった。

「その後、疲れ果てて、すでに希望を失いかけていた者たちを鼓舞《こぶ》して、無人島から大陸へと渡らせたリーダー、それが、初代の皇帝陛下だった。そして、彼らがたどり着いた最初の土地が……」

「ガヌドス港湾国だった……か。なるほど」

ルードヴィッヒの話を引き継ぎ、ディオンが口を開いた。

「その時に、初代の皇帝陛下の頭の中には、ある程度の陰謀が形を成していた。だからこそ、いつでも切れる食糧供給ルートを確保するために、この地の者たちと密約を結んだうえで、肥沃なる三日月地帯に進んだ、か」

ルードヴィッヒは頷いてから、少しの間だけ黙り込んだ。

「あるいは、初代皇帝はこの地に信頼のおける者を残したのかもしれない。ガヌドス港湾国はこの地に住まう漁師たちがまとまってできた国だが、彼らをまとめ上げたのは、もしかしたら初代皇帝の縁者だった可能性もある。そして同じく、自らの信頼のおける側近だったイエロームーン公爵に、ガヌドス国王とともに、体制を作らせた」

「最古にして最弱の公爵。イエロームーン公爵家ですわね……」

そういえば、とミーアは思う。

自分の中には、イエロームーン公爵への印象はほとんどなかった。

その娘はセントノエル学園に通っていたはずだったが、にもかかわらず、そちらもまったくと言っていいほど、顔の印象がない……。

まるで、ミーアから姿を隠しているかのように。あるいは、印象に残らないよう立ち回ってでもいるかのように……。

「で、どうします? 姫さん。ここはいっそのこと、わかりやすく僕が行ってサクッと……」

考え事に没頭していたミーアは、危うく聞き逃しそうだったディオンの言葉を聞きとがめる。

「そんなことしたら、大混乱ですわっ！」

仮にも星持ち公爵。帝国を代表する四大公爵家の一角なのだ。暗殺などされたら一大事である。

しかし、それ以上に、ミーア的には、そうしたくない理由がある。

そう、ミーアは自信があるのだ！

もし仮に、そんな大陰謀に携わる陰謀家が、ミーアと同じく過去の世界に飛ばされてしまったら……、まず間違いなく自分では勝てない。

だからこそ、ミーアは、できれば死なせずにことを収めたいのである。

「それに、来年には飢饉が来ますわ……。その時には、帝国内すべての貴族の助けが必要になる。ここでイエロームーン公爵を失っては、彼の派閥の貴族に無用な混乱を生むことになりますわ」

イエロームーンの派閥に連なるすべての貴族が黒であるならばわかりやすくてよいのだが、もしも、まともな貴族がいるなら、それを排除して混乱を生むことは、それはそれでイエロームーンの企みどおりということになってしまうかもしれない。

となると……。

――理想はイエロームーン公爵家の中で、混沌の蛇の関係者のみを拘束して、血縁の者に後を引き継がせることですわ。公爵のみが、初代皇帝の意を受けて陰謀に加担しているというのであれば、とても楽でいいのですけど……。

ミーアはため息混じりに、首を振った。

「イエロームーン公爵ならびにその周辺への監視の強化。それと、彼らのどの層までが陰謀に加担しているのか、調べることができますかしら？」

ミーアの顔を見て、ルードヴィッヒは小さく頷く。

「ミーア姫殿下の仰せとあらば、この身に代えましても……」


かくて、戦いは始まる。

それはティアムーン帝国を縛る、初代皇帝の盟約を破棄するための戦い。

その結末がどこへ向かうのか、今はまだ誰も知らない。

第二部　導の少女　了　第三部『月と星々の新たなる盟約Ｉ』へ続く

番外編　ベルの小さな幸せⅡ

夜の足音が近づいてくる夕刻。

夕食の前、体を綺麗に拭いてもらいながら、尊敬する祖母の話を聞くのは、ベルのお気に入りの時間だった……。


用意した桶にたっぷりと水を汲《く》み、そこに柔らかな布を浸す。冬には、凍るように冷たい水だが、夏の間は、むしろひんやりと心地よい。

布を軽く絞り、それから、エリスはベルの背中を拭いてやる。

追っ手の目から隠れての逃亡生活だ。そうそうお風呂に入れてやることはできないが……、それでも、できる限りのことをしたい、とエリスたちは、いつでもベルを身綺麗にさせていた。

帝国の叡智の血を継ぐ者として相応しく、美しくしなければ、と気合を入れて、幼い肌を拭き清めていく。

けれど……、ふいに、その手が止まった。

綺麗に浮かび上がった肩甲骨、その下に続く背中の肉付きの薄さに、エリスは唇を噛んだ。

痩《や》せたベルの体は、かつての自分自身を思い出させた。肌艶も、姫の身にしてはあり得ないほどに悪い。

——本当はもっと良いものを食べさせてあげたいのに…………。申し訳ありません、ミーアさま……。

不憫《ふびん》さと申し訳なさが胸いっぱいに広がりかけたところで……。

「それにしても、大魚を殴り飛ばしてしまうだなんて、ミーアお祖母さまは泳ぐのがとてもお得意だったんですね、エリス母さま」

ベルが明るい声で言った。

唐突な言葉に、一瞬の戸惑い……その後にやってきたのは微かな後悔だ。

ベルはミーアに似て、とても聡《さと》い娘だった。きっとエリスが暗くなっていることを察して、わざと明るく話しかけてきたのだろう。

エリスを元気づけるために……。

それが分かったからこそ、エリスもあえて明るい声で答える。

「ええ、とてもお上手だったそうよ。アンヌ姉さんに聞いたところでは、三日月のようにお美しい泳ぎ方だったとか」

「わぁ！　すごいです！」

三日月のような泳ぎ方……というのが、具体的に想像できたわけではないが、なんだかすごく綺麗っぽい！　という雰囲気に流されて、ベルはパチパチと手を叩いた。

ベルは、とても……こう……、素直な子なのだ！

「ミーアさまは、なんでもできる方だったのよ？　詩歌や作劇の才能もあったみたいで、はじめて会った時なんか、私の小説を一瞬で読み解かれたばかりか、続きまで正確に言い当ててしまわれたの」

あの時のことを思い出すと、今でも新鮮な驚きが胸を支配する。なにしろ、エリスの頭の中にある物語をズバリと指摘した挙句、それを褒めてくれたのだ。

「あの時は、嬉しかったわ……」

そんな話を聞かされたベルは、目をまんまるにして、口をぽっかーんと開けた。

「ふわぁ……ミーアお祖母さまってすごかったんですね」

「そうよ？　あと、ミーアさまのお得意なことといえばやっぱり、乗馬は欠かせないわ」

「お馬さん、ですか？」

「ええ、ミーアさまはセントノエル学園では馬術部に所属されておられて、すごい腕前だったとのことよ。私が聞いた話だと、なんでも、天馬を乗りこなすことまでできたとか……」

その言葉に、ベルはびっくりした様子で目を見開いた。

「天馬⁉︎　そんなのいるんですか？」

当然のごとく、呈された疑問に対して、エリスの答えは……、

「うふふ、どうかしら。冗談だったのかもしれないし、そういう比喩《ひゆ》だったのかもしれない。だけど、ミーアさまなら、本当に天馬に乗られたことがあったとしても、私は驚かないわ」

なかなかに、悪質なものだった！

天馬がいると断言すれば明確なウソになる。

それならば、さすがにベルだって気付いたことだろう……たぶん。

けれど、エリスの答えは違った。天馬がいるかはわからないが、ミーアが乗りこなしたとしても不思議ではない……などという、あえて断言することを避けたものだったのだ。

これにより、天馬の存在自体はどちらかというと疑っていると、冷静さをアピールしつつも、その

冷静な視点からいっても、ミーアが天馬を乗りこなせるだけの実力を持っていた、という主張が完成してしまう。

……極めて悪質な騙しの手口に、ベルはコロッと騙された。

「ミーアお祖母さま、すごい方だったんですね」

とっても、素直な娘である。

ベルの反応に気をよくしたエリスはますます、調子よく語った。

「そうよ。天馬ですら乗りこなされるのだから、どんな馬でも完璧に乗りこなしていたんでしょうね。大きな馬も小さな馬も、速い馬も力が強い馬も……。もしかしたら、ユニコーンなんかにも乗っておられたかもしれないわね」

「ふわぁ、すごいです！」

エリスとアンヌとルードヴィッヒ、ミーアの忠臣たちによって教育を施されたベルは、人の話を疑うことなく信じる、素直ないい子に成長していた。

将来が、ちょっぴり不安になってしまいそうだ。

「すごいなぁ。どんな乗り方だったんだろう？　ミーアお祖母さまの馬に乗る姿、見てみたかったです」

そうして、ベルはキラキラと瞳を輝かせた。

大好きなアンヌ母さまが食事を作ってくれるのを待ちながら、大好きなエリス母さまと尊敬する祖母の話をする……、その時間はベルにとってささやかだけれど、たしかに幸せな時間だった。

第三部
月と星々の新たなる盟約I

THE NEW OATH BETWEEN THE MOON AND THE STARS

プロローグ　ルードヴィッヒ、飛翔する！

ミーアは、グリーンムーン公爵家の別荘にて三日間の静養期間を経て後、ガヌドス港湾国を後にした。

ガヌドス側が表立って害を加えてくることはないだろうが、それでも念には念を入れての早めの行動である。

「ああ、なんだか、海を離れる時になって、急に暑くなってきましたわね……」

奇《く》しくも、その日は冷夏の中にあって、例外的に気温が大変高い日だった。

風通しのあまりよくない馬車の中……、先行して母国へと帰っていったシオン、アベルらの姿もなく、いるのはルードヴィッヒとアンヌのみ。

ということで、ダラダラ汗を垂らしたミーアは、ぐんにょり脱力していた。

――ああ、本当に暑いですわ……。こう、避暑地でもう二、三日ゆっくりしていきたいですわね……。

ああ、そういえば、クロエが北のほうの国は、夏でも涼しいって言ってましたわね……。

ぼんやーり、そんなことを考えていたミーアは、うっかり……。

「あー、北に行きたいですわね……」

などとつぶやいてしまった。

それを聞いたルードヴィッヒは、一瞬、思案顔で黙り込んだ後……、

「なるほど……そういうことですか……さすがですね」

合点がいったという顔で頷いた。

「…………はぇ？」

きょとりん、と首を傾げるミーアに、ルードヴィッヒは力強い笑みを浮かべる。

「初代皇帝陛下のあの陰謀が本当なのだとしたら……、歴史のある門閥《もんばつ》貴族であればあるほど、信用できなくなる。むしろ新参の貴族……、すなわち辺土の貴族たちのほうが信用できるし、説得も容易ということになる。そういうことですね？」

ティアムーン帝国は、帝都ルナティアを中心に広がる、中央貴族領から始まり、南北へと領土を拡大していった。必然的に、辺土と呼ばれる新しい領土は北と南に存在することになる。

そして、南にはルドルフォン辺土伯がいるため、次に味方につけるべきは北……。

「……ということでしょうか？」

全然、そういうことではなかったわけだが……。

「……ええ、まぁ、そんなところですわ。よくわかりましたわね、さすがはルードヴィッヒですわ」

当然のように、ミーアは乗る。

どんな小さな波であれ、逆らうことなく身を委ねる。

そう、ミーアはついにマスターしたのだ。

究極の奥義《おうぎ》「背浮き」を。

これさえあれば、どんなことがあっても溺れることはない！

牽引してくれる相手さえしっかりしていれば、ミーアは脱力しているだけでよいのだ！

「であれば、専門家がいたほうが良いでしょう……。連絡の時間も含めて、三日ほどいただきたいのですが……」

「ええ、構いませんわ」

そんなこんなで、急遽《きゅうきょ》、ミーアの寄り道が決まったのだ。


「できれば、こういうことは事前に言っておいていただけるとありがたいんですがね、ミーア姫殿下」

帝国北部、ギルデン辺土伯領の領都。その宿屋にやってきたバルタザルはがっくり疲れた顔をしていた。

ルードヴィッヒの言葉どおり、ちょうど三日後のことだった。

そんなバルタザルに対して、ルードヴィッヒは一言。

「慣れろ」

無慈悲に切って捨てる。それから、

「それで、事前に知っておくべき情報は？」

「エーリッキ・ギルデン辺土伯爵。二十八歳。父から継いだ領地をなんとか盛り立てようとしてるところだ。中央貴族からは、例に漏れず、反農思想をしっかり植え付けられてるよ」

バルタザルは、ガシガシと頭をかいてから、

「俺は何度か来て説得してるが、農地をつぶして円形闘技場を作ったり、劇場を作ったり、遊興施設を大々的に作って、貴族の避暑地にしてしまいたいらしい」

「ほう……」

ミーアは、思わず、感心の声を上げた。

――たしかに、ここは少し涼しいですし、避暑地にはちょうどいいですわね。海があるわけではないけれど、帝都などよりは過ごしやすいですし……。それはなかなかに悪くない考えのような気がいたしますわね……。

ミーアとしても、涼しくて、遊ぶ場所がたくさんある場所ならば、夏の間、引きこもることもやぶさかではない。

「物見遊山《ものみゆさん》の地として経済を成り立たせようということか。鉱山のような資源がない場所にあっては、正しい考え方と言えるのかもしれないが……」

ルードヴィッヒは難しい顔で黙り込むが、すぐに首を振った。

「ともかく、実際に会って話してみよう」

ギルデン辺土伯邸の応接室に通されたミーアは、しばらくして現れたエーリッキ・ギルデンを素早く観察する。

――ふむ、見た目的には悪い印象はありませんわね……。

成金貴族のように過度に飾り立てるでもなく、さりとて、異教の蛮族のような異文化の服を身にまとうでもなし。

ごく常識的で、どちらかというと堅実な格好をしている。

もっとも辺土といっても、この地が帝国に編入されたのは、ミーアが生まれる前のこと。

いつまでも蛮族のような格好をしているはずもないのだが……。

――辺土という言葉が持つイメージですわね。

「お初にお目にかかります。ミーア姫殿下。エーリッキ・ギルデンにございます。この地を統べる辺土伯の地位をいただいている者です」

「ご機嫌よう、ギルデン辺土伯。此度は、急な面会に応じていただき、感謝いたしますわ」

ミーアはニコリ、と完璧な皇女スマイルを浮かべ、スカートの裾をちょこん、と持ち上げる。

「姫殿下の求めならば、応ずるのが臣として当然のこと。我がギルデン家としても、これほど光栄なことはございませぬ。ですが……本日はどのようなご用件で？」

いぶかしげに首を傾げるギルデンに、ミーアは単刀直入に切り出す。

「なんでも、この地の農地を縮小し、代わりにさまざまな施設を作ろうとしているとか……。そのお話を聞きにきましたの」

「なるほど……」

ギルデンは、ミーアの背後に控えるバルタザルに目を向けてから、納得の笑みを浮かべた。

「やはり、その話でしたか……」

それから、ギルデンは姿勢を正し、両手を組んで、ミーアを見つめた。

「ご存知かはわかりませんが、我が領土は帝国の北の果て。この地は寒さで、もともと作物が育ちづらいのです。ですから、使えない農地は全て潰《つぶ》して別荘地にしたり、あるいは、なにか、ほかの産業を生み出せればと考え、領民を説得しているところなのです」

――ふむ……、本音が半分、建前が半分といったところかしら……。

ミーアは冷静に分析する。

恐らくは、この地で作物が育てづらいこと、すなわち、この地が農地にはあまり向いていないと彼が考えているのは本当だろう。けれど、それ以上に、他の貴族の反農思想に当てられてという部分が大きいのではないだろうか。

「なるほど……。あなたの考えはわかりますけれど、それよりは、もっと、この土地特有のものを大切にしたほうがいいのではないかしら？　広大な農地をせっかく持っているのにそれを潰してしまうのはもったいないないですわ」

ミーアの言葉に、ギルデンは冷ややかな反応を返す。

「しかし、帝国では、いかに農地が広かろうと、なんの評価にもならないではないですか？」

――やはり、そう来ますわよね……。うーん、手ごわいですわ。

この地に蒔《ま》かれた反農思想の種に、ミーアは頭を抱える。

それでも諦めることなく、ミーアは続ける。

「なるほど、しかし、評価にならないのは人の集まらぬ無駄な建造物を造るのも同じこと。はたして、石造りの大規模な闘技場や劇場を造ったとして、人々は来てくれるかしら？　農地を潰し、農業ができなくなったうえ、役立たずの建物しか残らなかった、などとなったら目も当てられませんわ」

ギルデンは、なるほど、しっかりと知識を身につけている。どのようにして人を呼び、お金を落とさせるのか、しっかりと考えてもいるのだろう。

されど、そのアイデアは、別に彼独自のものではない。

莫大なお金をかけて、北の果てに、遊山《ゆさん》のスポットを作ったところで、人が来てくれるか？　とミーアは揺さぶりをかける。

ちなみに、涼しい場所に劇場や遊技場があれば、ミーアならば迷わず利用するのだが……。

——涼しくて遊べる場所があるならば、そんなに素晴らしいことはございませんわ！　そのうえで冷たい氷菓子など用意していただければ、言うことなしですわ！

そうは思うのだが……、ここはあえて、私情を捨てて大義をとる。指導者の鑑《かがみ》なのである。

「だから、わたくしとしては、しっかりと農業自体も維持しつつ、避暑地として人を集められるような魅力を用意すればいいと思っておりますわ」

「……では、具体的にはどうせよと？」

まるで試すように、ギルデンが見つめてくる。好き勝手言うからには、きちんと対案があるんだろうな、この野郎……というやつである。

「そうですわね……うーん、例えば……」

ふいにミーアの脳裏に、セントノエル学園にある花園の光景が浮かぶ。

ラフィーナが、丹精込めて手入れしている花園は、それはそれは素晴らしいものだった。

そう、帝国貴族も農業は軽視しているが、園芸は評価するのだ。

そのような、美しい花畑を作れば、農地としての機能もしっかり維持できるのではないか。

元より、ミーアがすべきことは時間稼ぎだ。来年にもやってくる大飢饉まで、農地を維持させておければそれでよいのだ。あれを経験すれば、農地を減らす、などということを言い出せるはずもなし。

そんな発想から、ミーアは言った。

「……では、花などを植える、とかどうかしら？」

「は？　花……でございますか？」

思わず、といった様子で聞き返すギルデンに、ミーアは深々と頷いて見せた。

「セントノエル学園には美しい花園がございますの。あれは一見の価値がありますわ。ぜひに、と他人に勧めたくなりますわ。同じように、この地にも他人に勧めたくなるような花園を作ったらいかがかしら？　そうすれば、農地を潰さずとも良いんじゃなくって？」

「しかし……、そんなもので客が来ますでしょうか？」

「植える花の美しさ次第でしょうけれど……。中央正教会の教えでは、わたくしたちが死した後に行く天国は、美しい花で飾り立てられた場所だと聞きますわ。この地も、ひと夏を過ごす天国のような避暑地として、周囲に宣伝すれば人も集まるのではないかしら？」

ギルデンは、黙って思案に暮れていたが、ふいに顔を上げてミーアを見た。

「一つお聞きしたいのですが、姫殿下は、なぜ、そこまでして農地を残すようにとおっしゃるのですか？」

その問いに、ミーアは一瞬悩んだ。

——飢饉が来るからできるだけ農地は減らしたくない、とはさすがに言えないですわね……。

ルードヴィッヒたちならばいざ知らず、初対面のギルデン辺土伯には通じないだろう。となれば、ミーアが取る戦略は一つしかない。

できるだけ、高慢に見えるような笑みを浮かべて、ミーアは言った。

「ラフィーナさまがお持ちの立派な花園をわたくしも羨《うらや》ましくなった……。それ以外の答えが必要かしら？」

皇女のわがままで押し切る！　ミーアはそもそも、わがまま姫として知られているのだ。

——この程度のわがまま、通せぬはずがありませんわ！

ミーアは自信をもって胸を張る。

「……なるほど」

そんなミーアを見て、ギルデンは納得したような顔で頷いた。


ミーアにとっての誤算が、一つだけあった。

それは目の前の男、ギルデンが予想以上の切れ者であったということ。

情報収集に余念のなかったギルデンは、すでにミーアが一部で《帝国の叡智》とあだ名されていることを知っていた。

ゆえに、読む。

ミーアの意志を深読みする。

深く深く掘り下げ、掘り下げて、そして読み切る！

結果、彼は到達した。ミーアがなにを言いたいのか。

――なるほど、ミーア姫殿下は辺土貴族の我々に対しても慈悲深き方と聞く。我が領地の窮状《きゅうじょう》を知り、できるだけ領民に負担がかからぬ形で問題を解決せよ、と言っておられるのか……。

実際問題、ギルデンは苦労していた。

農民たちの中には、未だに不満を口にする者も多く、少しでも失敗すれば、ギルデンへの信頼は一気に揺らぐことになるだろう。

さらに、円形闘技場などの巨大施設を作るには、金銭が圧倒的に不足している。結果、多額の負債を抱え込むことになるため、決して失敗などできないのだ。

――けれど、姫殿下の提案されるようなことであれば……、支出はそれほどではない。金を借りずとも済むはず。しかも……。

それを「ミーアがラフィーナに対抗するために作った」と宣伝することができれば……。ミーア姫殿下のお墨付きの避暑地であると、ふれ回ることができれば……。

それは極めて強力な宣伝となる。

もしかしたら、皇帝陛下も足を運ぶかもしれないのだ。中央貴族たちも、決してこの地を軽視したりはしなくなるはずだ。

――夏の間、花を植えるだけであれば、領民の負担も最小限。それで、避暑地として外貨を集められれば……。

素早く、頭の中で計算するギルデンであった。


一方、一連のやり取りに驚愕したのは、ルードヴィッヒの隣に控えていたバルタザルだった。

彼は一瞬、唖然《あぜん》とした後、

「麦を植えていない時期に……、花を植え、土が痩せるのを防げと……、そういうことですか……」

震える声で言った。

「ん？　どういうことだ、バルタザル」

不思議そうに尋ねてくるルードヴィッヒに、バルタザルは興奮した様子で答える。

「ああ、知らなくても無理はないだろうな……。実は俺も知ったのはつい最近のことなんだが……、一つの作物を同じ土地に植え続けると、土が痩せ、作物が病気にかかるらしい。連作障害というらしいのだが……」

声を潜めて、バルタザルは続ける。

「だから、ペルージャン農業国などでは、同じ土地に二種類の違う作物を植えることで、それを防いでいるらしいんだ」

「なんだって？　それでは、どうして国内で、その技術を広めないんだ？」

「あいにくと農民ってのは保守的でな。自分たちの農地にあまり手は加えたくないらしい。それに、あのクソッたれな反農思想のせいで、領主の貴族も農業改革に興味がないんだよ」

本来なら、そういうところで、貴族の強権を使ってもらいたいところなのだが……と、バルタザルは呆れた様子で首を振った。

「ところがどうだ？　ミーア姫殿下の提案は。この地の農民は、自分たちの農地を潰すことに、すでに渋々ながらも納得している。それよりは、麦を植える合間に花を植えろと言われたほうがマシだろう。反対はほとんど出ないはずだ」

では、領主のほうはどうか？

彼もまた断りはしないだろう。一面の花畑を作り、貴族の避暑地として魅力が出ればいいのだから。しかも、皇女ミーア公認の避暑地というお墨付きがもらえるならば、文句のつけようもない。

あえて、農地を潰して、などとは言いださないはずだ。

「あとは、麦の裏作になり、貴族連中を惹《ひ》きつけるような花を探せばいい……か」

ルードヴィッヒも感心した様子で頷いた。

「しかし、ミーアさまは、まさかその花にまで、なにか心当たりがあるのだろうか……？」

と、つぶやいてから、バルタザルは、思わずといった様子で苦笑した。

「いや、ここまで方向性を示していただいたのに、仕上げまでやられては、我々の立つ瀬がないな。よし、花の選定は俺のほうで進めさせてもらおう」

やる気を刺激されているバルタザルを横目に、ルードヴィッヒは思っていた。

――とはいえ、この北の地が、あまり農地としては適さないのも確かだ……。恐らくミーアさまは、そのような北の地であっても例外なく、農地を減らさないという姿勢を見せるために、このようなことをしたのだろうな……。


そんな予想をしていたルードヴィッヒであったから……、この北の地が、聖ミーア学園の優秀なる研究者、アーシャとセロの両名の新発見の現場となり……ついには、寒冷地に強い小麦を生み出すことになった時には、あまりのことに目を回しかけた。

「ミーアさまは、そこまで……そこまで考えておられたということか……」

こうして、ルードヴィッヒは、妄想の翼を力強く羽ばたかせ、どこまでもどこまでも高く高く、飛翔していくのだった。

第一話　瘦せる…………ミーア皇女伝が！

ギルデン辺土伯領を後にして、ようやく帝都に着いたミーアは、さすがに疲労の色を隠せなかった。

「ああ、遊びに出かけたはずなのに、なんだか、どっと疲れましたわ……」

などと色々言い訳をしつつ、ミーアは十日ほどベッドの上でゴロゴロ過ごした。

しかしながら、当然のごとく、そんなおサボりモードのミーアを放っておいてくれるほど、この世界は優しくなかった。

二日ほど経った頃には、ルードヴィッヒが訪ねてきて、帝国内の状況の報告を入れるようになった。

まぁ、それでもミーアはゴロゴロをやめなかったが……。

意地があるのだ……、ミーアにだって。皇女のプライドというものが……。

ゴロゴロすると決めた以上は、ゴロゴロするのだ！

「それにしましても……、帝国の食糧自給率の低さが、まさか、初代皇帝のせいだったなんて思ってもみませんでしたわ……」

ミーアは、改めてルードヴィッヒから渡された資料を流し見た。

「でも、あのギルデン辺土伯については、まだ、わからないではなかったですけれど……」

彼の所領は、農耕に向いていない気候ではあった。

貧しい領地をどうにかしようときちんと考えていたし、気持ちはわからないでもない。

「でも、ほかの貴族たちはこの状況を見ても、まだ農地を減らそうとしてるんですの？　これでは、いずれ国が傾くなんてこと、わかりそうなものですけど……」

「人は、見たくないものは見えなくなってしまうもの。自分にとって都合のいいものだけに目を向けるものですから……」

ルードヴィッヒはため息混じりに首を振る。

「みながみな、ミーアさまのように、ありのままの情報に耳を傾けてくだされればよろしいのですが……」

そんなルードヴィッヒにミーアは小さく首を振った。

「そんなことはありませんわ……。わたくしだって見たくないものを見ないことがございますわ……」

ミーアの中にあるのは苦い実感だった。なぜなら彼女もまた、そのミスをしてしまっていたからだ。

思い出すのは前の時間軸でのこと…………ではなかった。つい先日の、無人島での経験である！

――わたくしは……読むのが恥ずかしいから、ミーア皇女伝を、あまりまともに取り扱っておりませんでしたわ。

自分にとって都合の悪いもの、見たくないものを遠ざけた。過剰な脚色がなされていて参考にならないと、思い込もうとした。

その結果が、あの海での出来事だ。

――まさか、本当にあんな化物魚がいるだなんて、思ってもみませんでしたわ……。恐ろしい怪物でしたわ。あの背びれの大きさから考えるに、きっと口の大きさは、人間など容易《たやす》く呑み込んでしまえるぐらいあるのではないかしら……。

ミーアの脳裏に、ギザギザの歯を備えた超巨大魚の姿が思い浮かぶ。

――あの事件はきちんと書いてありましたのに……。事前に知ることができたのに……、失敗でしたわ。もっと備えをしておくべきだった。運よくわたくしのところに来たから、わたくしの華麗なる一撃をもって倒すことができましたけれど、先にアンヌやエメラルダさんのところに行っていたら……。それに、もしもアベルが食べられていたら……。

自分の大切な人たちに危害が及んでいたらと想像するだけで、ミーアは背筋が寒くなる。

――こんなことではいけませんわ。もっとしっかりしなければ……。

気を引き締めるミーアである。

パンパンッと自ら頬を張り、思いっきり気合を入れる。

——二度と、あのような失敗はいたしませんわ。どれだけ不都合な真実があろうと、わたくしは決して目を逸らすことはいたしませんわ！

……ちなみに、こんなにシリアスになっているのだが……、ミーアが殴り倒したのは言うまでもなく、巨大人食い魚ではなく、ムーンボウである。

恐らく、海に棲む生物の中では、トップクラスに温厚なお魚さんである。

まぁ、なにはともあれ、ミーアは学園に戻ったらもう一度、皇女伝を読み直してみようと決めるのだった。


そうして、夏休みが終わり……、ミーアはセントノエルに帰還を果たした。

「お帰りなさいませ、ミーアお姉さま！」

部屋に入ると、元気のいい声でベルが出迎えてくれた。

心なしかツヤツヤ、ぷっくりした顔のベルを見て、ミーアは思わず息を呑む。

「まぁ、ベル、少し太りましたわね……」

「？　そうでしょうか？　えへへ、そんなこと、ないと思いますけど……」

ニコニコ笑うベルを見て、ミーアはため息を吐く。

——アンヌがいないからって、甘いものをたくさん食べてましたわね。リンシャさんは、少しベルに甘いのかしら……。まったく……。

まぁそれでも、出会った頃の悲惨な様子を思えば、こちらのほうが全然いい、と思い直すミーアである。

「ベル、あなた、少し運動したほうが良いですわ。わたくしと一緒に馬術部に入りなさい。それと、ダンスも教えて差し上げますわ」

「え？　ミーアお姉さまが、教えてくださるんですか？」

「ええ、よく考えたら、冬に行われる聖夜祭でもダンスの時間があるでしょうし、わたくしの孫娘として、恥ずかしくないようにして差し上げますわ」

それを聞いたベルは、瞳をキラキラ輝かせて、ミーアを見つめてきた。

「ありがとうございます！　ミーアお祖母さま！　ボク、頑張ります！」

ミーアは、うむ……などと偉そうに頷いてから、

「あっと、そうでしたわ。それより、ベル、申し訳ないのですけど、あなたの皇女伝を少し見させていただいてもよろしいかしら？」

「え？　はい、もちろんいいですけど……」

不思議そうな顔をしていたベルだったが、すぐに自らの枕の下から一冊の本を取り出した……枕の高さ調節に使っているのだろうか？

――この子って、変なところで適当なところがありますわね。誰に似たのかしら……？

しきりに首を傾げるミーアである。

「どうぞ、ミーアお姉さま」

「ああ、どうもありがとう」

差し出された『ミーア皇女伝』を受け取ったミーアは、んっ？　と小さく首を傾げた。

「あら……変ですわね……。なんか、心なしか、皇女伝が……痩せたような？」

以前は、もっと重かったような気がするが、今はミーアの日記の半分程度の重さしかない。試しに、指で厚さを測ってみるが、前より確実に薄くなっている気がする。

「変ですわね。ねぇ、ベル、これ、何ページか抜けてるのではなくって？」

ミーアは皇女伝を裏返して、詳しく観察を続ける。

――うーん、特に異常はないようですわね。

てっきり皇女伝の秘密を知った何者かがページを抜き取ったのかと思ったが、そんな痕跡はない。

どちらかというと、本自体が薄くなった印象なのだ。

それは、そう……まるで、最初から皇女伝が、この厚さで作られたかのようだった。

――不思議なことですわ……。これはいったいどうなって……。

本を開いたミーアは……、その深刻さにすぐに気付くことになった。

なぜなら……、皇女伝は、しっかりと終わりまで書いてあったのだ。

「なっ……こっ、これは……」

ミーアの人生を最初から最後まで書き記した皇女伝、その厚さが短くなるというのは、すなわち……っ！

「わっ、わっ、わたくしが、死ぬ……？　こっ、この、冬に……!?」

ミーア・ルーナ・ティアムーン。享年十三歳と十一カ月。

聖夜祭の夜に殺される。

第二話　ミーアベル、お祖母ちゃんにお友だちを紹介する！

「なっ、こっ……、ふぁぇっ？」

などと、なんとも言えない声を上げつつも、

――わたくし、一体全体、どんな死に方をするんですの？

ついつい自分の死因を確認してしまうのは、ミーアの悲しい性《さが》である。

ギロチンに毒殺……。その後に来るのは、はたしてなにか……？

楽に死ねるのか、あるいは……。

まず一番の興味はそこだった。

ミーアは素早く皇女伝に目を通していく。その結果……、

「やっ、夜盗《やとう》に襲われた挙句、殺されて……、その後、死体は狼にかじられる？　これは、ろくな死に方じゃなさそうですわ……」

ミーア、震える。

毒によって全身血まみれで死ぬというのも結構な酷さだったが……、今回のものは、それと同じぐらいには酷そうだ。ベッドの上で死ねない分、むしろ悪化したといえるのかもしれない。

「ま、まぁ、殺されてから食べられるだけならば、それに関しては痛くもないんでしょうけれど……夜盗に殺されるっていうのは……どうなのかしら？」

ミーアは仮にも帝国の皇女殿下である。

人質としての価値は当然あるはずなのに、身代金が支払われたりした様子もない。

「……ということは、捕まる以前に殺されてしまったということですわね。弓で射られたのか、刃で突き殺されたのか……。う、ぐふぅ……、想像したら気が遠くなってきましたわ……」

ミーアは、ふらふら、っとベッドのほうに歩み寄ると、そのままこてん、と転がった。

「それにしても……、わたくし、どうして、夜盗に襲われることに……？」

ミーアは、改めて皇女伝に目を通す。結果、以下のことが分かった。

まずミーアが、聖夜祭の最中にセントノエル島を抜け出したということ。

どうやら、島の外にある平原を、馬で夜駆けしている際に、夜盗に襲われたということ……。

「なるほど……、ふーむ……むむむ……」

ミーアは、二度、三度とそのページを見直した後に、深々とため息を吐いた。

「まーったく、わかりませんわ。わたくしが、いったいどうして、このようなことに？」

そもそも、聖夜祭の時にセントノエル学園を抜け出すこと自体が考えづらいことである。

いったいなぜ、そのようなことをしたのか……？

「なにやら、しょーもない目的のために抜け出した……という臭いがいたしますわね。でもまぁ……、幸いにして、セントノエル学園に引きこもっている分には問題ないはずですわ。不用意に島を離れるなんてことをしなければ、大丈夫……大丈夫なはず……」

そもそも、このセントノエル島は、ラフィーナによって築かれた安全地帯。島を渡ることも容易ではないはず……。

そうは思うのだが、ミーアの中に一抹の不安が残った。

なぜなら、その日は聖夜祭。セントノエルにおいて、最も人の出入りが激しい時期なのである。

なるほど、確かに暗殺者などの対策から、入ってくる者に対しては万全の対応を行うだろう。けれど……、では、出ていく分にはどうか？

こっそり、なにかに隠れて出ていくことは可能なのではないか？

ミーアが、こっそりお金を握らせるなどして、夜駆けに行きたいから、と、商人に声をかけることは……、もしかしたら、可能なのではないか？

もし可能だったとして、いったいなぜ、そのような事態に陥ったのか……？

「ともかく油断は命取りになりますわね……。セントノエル島に引きこもっているのが最善策。けれど、いざという時のための備えをしなければなりませんわ」

この場合、まずできるのは聖夜祭に、どのようなことが起こるのか、しっかりと事前に予想しておくこと。

「まずはラフィーナさまに聖夜祭の時にどのようなことをするのか、聞いておく必要がございますわ。情報収集ですわね」

それともう一つ……。

「馬で出かけるというのであれば……、乗馬技術を磨いておく必要がありますわ」

相手は夜盗。あるいは狼である。

自分の足で走るならばまだしも、馬に乗ってさえいれば、なんとか逃げられる可能性もあるかもしれない。

「減量のためにも、ここは、馬術部の活動をみっちりやっておかなければなりませんわね……。それにしても……」

当面の方針を決めたところで、ミーアの関心は別のものに移る。

皇女伝は、ミーアが死亡したところで終わっている。だから、学園都市がどうなるかも、新型の小麦や、飢饉がどうなるかもわからない。

そして、それ以上に気になるのが……。

──わたくしの子孫、特にベルのことは気になりますわね……。わたくしが死んでしまったなら、孫娘であるベルだって生まれてこないはずで……。それってどうなっておりますの？

見たところ、目の前で首を傾げるベルに異変はなさそうだが、それは皇女伝の記述と食い違っているのだ。

──まさか……、ベルがウソを言っている？　わたくしを騙そうとしている刺客《しかく》なんじゃ⁉

ミーアはじとーっとした目で、ベルを見つめた。ベルは、どうかしましたかー？　といった感じで首を傾げている。頬がつやつやして、とても平和な雰囲気だ。

……とても殺伐《さつばつ》とした刺客には見えない。

──それに、そもそもが皇女伝を持ってきたのはベルですわ。皇女伝を信じ、ベルの言葉を信じないというのもおかしな話。一つを信じるならば、もう一つも信じるべきですわね。つまり、記述が食い違うことには、やはりなにかの理由があるのですわ。

ふーむ、と唸りつつミーアは、ベルと皇女伝を見比べて……、やがて一つの結論に辿り着いた！

それは……。

「ああ……なるほど。面倒くさいから、ですわね……」

すとん、とミーアの中で、腑に落ちる感覚があった。

つまりはこういうことだ。

日記や皇女伝の記述を書き換えること、それは、恐らく、そう難しいことではない。少ない労力でできることなのだ。ゆえに、ちょくちょく書き換わる。

けれど、ベル……。すなわち、人間の記憶を書き換えたり、あるいは、その人間を消したり、再び出現させたり、それをするのは、恐らく大変なことなのだ。

自身のちょっとした行動いかんで、それをいちいち修正するのは、とても疲れることなのだろう。

——だから、神さまは、ある程度、歴史の向かう先が決まってから修正をする、ということなのではないかしら？

考えてみれば、それはとても簡単な話だ。

パンに塗るジャムの種類であれば、簡単に変えることができる。けれど、ディナーのメニューをコロコロ変えられては、材料を用意するほうはたまったものではない。

全部、最初に決めて、定まってから命令を下せ、と言われることだろう。

……というか、前の時間軸で、そのようなことを言われた記憶が、ミーアにはあった。その当時は、まだまだミーアのわがままが通る時だったから、とてもとても婉曲に言われたわけだが……。

——うふふ、それにしても、労力をできるだけ少なくだなんて、神さまもナマケモノですわ。

勝手に推理をした挙句、勝手に親しみを感じてしまうミーアなのであった。

っと、そんな感じで難しいことを考えていたからだろうか。ミーアはベルの話を聞き流していた。

「あの、ミーアお姉さま、聞いてますか？」

「あっ、ええ、聞いておりませんでしたわ。ごめんなさいね」

ミーアは、はふぅっと小さく息を吐いて首を振った。

「いろいろありすぎて、少し考え事をしておりましたわ。それで、なにかしら？」

「はい、実はですね、ミーアお姉さま。ボク、夏休みの間にすごく仲良くなったお友だちがいて……、その子を紹介したいんですけど……」

「まぁ、ベルにお友だちが？　それはぜひ、会っておかなければいけませんわね」

素早くベッドから起き上がると、にっこり、優しいお祖母ちゃんスマイルを浮かべるミーア。であったが、直後、その笑みがひきつる。

なぜなら……、

「お初にお目にかかります。ミーア姫殿下……」

部屋に入ってきた少女が……、にっこりと可憐《かれん》な笑みを浮かべる少女が……、

「皇帝陛下の忠実なる臣、イエロームーン公爵家が長女、シュトリナ・エトワ・イエロームーンです」

そう、名乗ったから……。

第三話　真理の体現者、ミーア姫

「……………はぇ？」

ミーアは、思わず、ぽっかーんと口を開けて、目の前の少女のことを見つめた。

ふわふわと輝く黄金の髪、風で髪が揺れるたび、心地よい花の香りが漂ってくる。頬をかすかに赤く染めたシュトリナは華やかな笑みを浮かべて、ミーアのほうを見つめていた。

けれど、その灰色の瞳に、徐々に怪訝《けげん》そうな光が宿っていく。

ミーアが、ずっと黙って見つめていたからだ……。

――あっ、まずいですわ……。

ミーア、咄嗟《とっさ》に笑みを繕いなおして、口を開いた。

「はじめまして、わたくしはミーア・ルーナ・ティアムーン。以後、お見知りおきをお願いしますわね」

それから、ミーアは小さく首を傾げた。

「それにしましても、縁戚でもあるイエロームーン家のあなたと初対面なんて、なんだか不思議な感じがいたしますわね」

「はい。申し訳ありません。リーナは生まれた時から体が弱く……。ミーアさまのお誕生会にも参加することができませんでした」

「まぁ、そうでしたの。これは変なことを聞いてしまいましたわね」

「ふふ、もう昔のことです。ミーアさまは、お優しい方なのですね」

そうして、シュトリナは、そよそよと揺れる花のように笑った。

森で歌う小鳥のように、笑った。

完全無欠な貴族の令嬢、よく笑い、愛らしく明るく……およそ、悪印象の抱きようのない少女だった。

ゆえに、ミーアの脳裏では、カーンカーンカーンカーンッ！　と警鐘《けいしょう》が鳴り響き続けていた。

——こっ、このタイミングでイエロームーン公爵家の令嬢が、わたくしに近づいてくる？　どっ、どう考えても怪しすぎますわっ！　そもそもなんで、わたくしはこの子のこと知らないんですのっ!?　おかしすぎますわ！

前の時間軸を合わせても、ミーアにはシュトリナの記憶がなかった。というよりは……イエロームーン家の関係者の記憶自体が、そもそもとても少ない。

他の四大公爵家の者たちのことは、それなりに印象に残っているというのに……。

『我らは古いだけで、四大公爵家としては最弱ですから……』

そんな、謙遜の言葉を言われた記憶があるが……せいぜいがその程度。

彼らに対する情報が圧倒的に不足しているのだ。

これはいったいどうなっているのか？　と焦るミーアに、ベルが嬉しそうに話を続ける。

「リーナちゃん、じゃなかった。シュトリナさんとは図書室で知り合ったんです。それから、ずっと一緒にお勉強してもらってるんですよ」

「あっ、え、えーと、そう、なんですのね……。それはお世話になりましたわね、シュトリナさん」

ミーアが目を向けると、シュトリナは澄まし顔で頭を下げる。

「いいえ、とんでもありません。ご挨拶《あいさつ》にうかがうのが遅れてしまい、申し訳ありませんでした」

「それは別に構いませんけど……」

と言いつつも、ミーアはじっくりシュトリナの観察を続ける。

——たしかに、入学して以来、わたくしのところには、まったく顔を見せませんでしたわね。それなのにこのタイミングで……？　絶対に怪しいですわ！

判明した初代皇帝の思惑、それに合わせるように痩せ細ったミーア皇女伝。

そして……、現れたイエロームーン公爵の関係者。

すべてが一本の糸で繋がっているようにしか思えなくって……。

——実に怪しい、怪しすぎますわ！

名探偵ミーアの勘が告げていた。

目の前の少女は黒。犯人！　お近づきになるにはあまりにも危険、と。

——これは、びしっとベルに近づくなと言うべきかしら……？

ミーアは、しばし思案する。が……。

——いえ、そうですわね。わたくしが与《あずか》り知らぬところで動かれるのは、むしろ恐ろしいですわ。でしたらいっそ、ここでしっかりと繋がりを持っておいたほうがいいでしょう。せっかく敵の側から来てくださったのですから、そのほうが監視しやすいはず。

サフィアスを生徒会に入れたのと同じ理屈である。

それに……、とミーアはベルのほうを見た。

ニコニコとご機嫌に笑っているベル。嬉しそうにお友達を紹介する孫娘を前に、ミーアとしてはあまり水を差すようなことは言いたくはなかった。

それでも、一応は「気を付けるように」と従者であるリンシャには言っておこうと思うけれど。

「これからも、どうかベルと仲良くしてあげてね、シュトリナさん」

「はい。リーナも素敵なお友達ができて、すごく嬉しいです」

シュトリナは、花のように華やかな笑みを浮かべた。

その、非の打ちどころのない笑みに、やっぱりミーアは警戒心を抱いてしまう。

――ふふん、下手なことをしたら、すぐに尻尾《しっぽ》を摑んでさしあげ……。

「あ、そういえば、ミーアさまは、野草の類にご興味がおありとか……」

ふいに、シュトリナは言った。

「あら……？　よくご存知ですわね。ベルに聞いたのかしら？」

「いえ、噂を耳にしただけなんですけど、実はリーナも好きなんです。草花って。だから、領地の中の野草を採ってきてみたり、ご本を読んで勉強もしてるんですよ」

「……ほぅ！」

ミーア、少しだけシュトリナを見直す。

てっきり屋敷にこもって、なにか怪しげな策謀に加担する不気味な少女と思っていたのだが……。

――ふむ、わたくしと同じ生存術《サバイバル》の心得があるとは思いませんでしたわね……。惜しいですわ……。もしも敵でなかったら、一緒に、革命が起きた時にどうやって生き残るかで……、盛り上がることができたかもしれませんのに……。

などと、ちょっぴり残念に思うミーアであったが……。

「それに、キノコとかも楽しいですよね」

その一言に釣られる。

「まぁっ！　シュトリナさん、キノコ好きなんですの⁉」

釣り上げられる。

「はい。実はキノコも研究してて、採ってきて食べたりもしてるんです。お鍋料理なんか、いいですよね」

「まぁ、まぁっ！　それ、わたくしもやってみたかったんですのよ？　よかったら、今度、教えてくださらないかしら？」

見事な一本釣りだった！

「もちろんです。今度、一緒にキノコ狩りにいきましょう」

ずがーんっ！　とミーアの背筋に雷が落ちた。

かつて、ミーアをキノコ採りなどという、危険な遊びに誘った者がいただろうか？　否、いない！

ミーアは、ほわわあっ！　と笑みを浮かべた。

シュトリナに対する好感度が、一気に上がり、

――もしかして、シュトリナさん、普通にいい子なのかもしれませんわ。お父さまのイエロームーン公爵はダメでしょうけど、この子は陰謀とかに関係ないのかも……？

などと……、すっかり気を許しそうになっているミーアである。

人は、見たいものだけを見て、見たくないものは見ないもの。

そんな真理の体現者こそが、ミーアなのであった。

第四話　その恨みの消費期限

さて……、アツいキノコ談義によりシュトリナとの親交を深めた後、ミーアはラフィーナの部屋を訪れた。

「ご機嫌よう、ラフィーナさま。ご無沙汰しておりますわ」

自室を訪ねてきたミーアを見て、ラフィーナはぱぁっと春の日差しのような、明るい笑みを浮かべた。

「まぁ、ミーアさん、お久しぶりね。どうぞ入って」

「……失礼いたしますわ」

対して、ミーアの表情は硬い。それも当たり前のことだろう。初代皇帝が、ラフィーナの天敵、混沌の蛇の陰謀に加担していたと報告しなければならないのだ。

――さすがにラフィーナさまであれば、先祖の罪は子孫の罪、なんてことは言わないでしょうけれど……。

それでも、気分の良いものではないだろう。

まして、今回話すべきことは、それではない。

――聖夜祭のこと、少しでも情報を得て、備えをしなければなりませんわ。なんとか、死の運命から逃れなければ……。

悲痛な覚悟を固めていたミーアであったが……。

そんなミーアの緊張を感じ取ったのか、ラフィーナは少し黙って、まじまじとミーアの顔を見つめてから、

「今、お茶を用意するわね。ミーアさんと一緒に食べようと思って、特製のベリーパイを用意してあるのよ」

「まぁっ！　そのようなものが？　いただきますわ！」

一気にテンションがV字回復したミーアである。

サクサク、ほろほろの甘いパイを食べて、ほふぅ、っと幸せなため息を吐く。幸せが口から漏れ出してしまったのだ。

「ああ、このパイ生地の甘みと、ステラベリーの酸味が絶妙ですわね。素晴らしいですわ。とっても幸せな気分になりますわね」

にっこにこ、と満面の笑みを浮かべるミーア。

そんなミーアを見て、ラフィーナも、嬉しそうな顔をする。

「ふふ、良かった。元気が出たみたいね。それで、良い夏休みは過ごせたかしら？」

言われて、ミーアは思い出した。自分がなんのために、ここに来たのかを。

「そうですわね……。とても有意義な夏休みだった、と言えると思いますわ……」

そうして、ミーアは話し出した。この夏のこと、あの島のことを……。

南の島での大冒険を楽しそうに聞いていたラフィーナだったが、初代皇帝の話になると、さすがに驚愕を隠せない様子だった。

「そう……。そんなことが……。まさか、ティアムーン帝国にそんな秘密があっただなんて……」

ラフィーナは思案顔で小さくため息を吐いた。

「話を整理しましょうか……。つまりはこういうことね？　大昔、大陸を追われた邪教集団がいた。後に混沌の蛇と呼ばれるようになる者たちは、ガレリア海の小島に身を潜め、そこでひそかに隠れ住んでいた」

「地下の神殿がございましたけれど、立派なものでしたわ」

暗闇でも光を得て、行動できるようにするあの工夫は……。あの島に暮らしていた者たちの技術の高さを窺《うかが》わせた。

「その辺りのことを調べると、蛇のルーツがわかるかもしれないわね。その神殿の造りを調べれば、いつの時代のどういう建築様式に基づくものなのか、とか……」

ラフィーナは、しばし思案に暮れていたが……。

「そうして、島で生活していた彼らに、やがて転機が訪れる。それが、ティアムーン帝国の祖先である狩猟民族の者たちだった。初代皇帝に率いられ、同じく故郷を追われた彼らは、混沌の蛇の者たちと出会い、そして感化された……」

「それが、初代皇帝のみなのか、他の貴族たちもなのかは不明ですけれど……」

「受けた影響の深さも問題ね。はたして、初代皇帝は心の底から混沌の蛇に傾倒してしまったのか？あるいは、それを利用しようとしたのか……」

今までに出会ってきた陰謀に加担する者たちの中にも、白鴉のような者たちもいれば、ジェムのような者もいる。

「ティアムーン帝国という大国を造ってしまうような優秀な人だから、蛇の教義なり、考え方なり、信者なりを利用したとも思えるけれど……。逆に、自分の願望のために国一つを造ろうなんて、妄執的なところもあるから、蛇への強力な信仰を持ってしまったのかもしれない」

と、そこで、ラフィーナは小さく首を傾げる。

「それはそうと、ミーアさまのお父さま……、ティアムーン帝国の皇帝陛下は、そのことをご存知なの？」

「はて……お父さまが、ですの？」

ミーアは一瞬、頭に父親の顔を思い浮かべてから、

「それはあり得ませんわ」

きっぱりと断言する。

ミーアの中での、父に対する信頼は揺らぐことはない。そう、ミーアは心から信頼しているのだ。

「お父さまは、わたくしにどれだけ好かれるかしか、考えておられない方ですから」

父親の、ウザさを……！

娘に「パパと呼びなさい！」と命令してくるような父が、娘の命を危険に晒《さら》すような陰謀に加担するわけがない。

「うふふ、そう。お互い苦労するわね。もっとも皇帝一族が、そんな風になるなんていう計算違いのおかげで、こうして笑っていられるのだけど……」

ラフィーナは苦笑して、それからふいに黙った。

なにか、思いもかけないようなことに気づいてしまったかのように……、深刻な表情を浮かべている。

「どうかなさいまして？」

「いえ、別に大したことはないんだけど……、少しだけ思ったの。一から国を建て上げる、そんな能力の高い人が、そんな計算違いするかなって」

ラフィーナは、いったん間を置くように、紅茶に口をつけた。しばし、考えをまとめるためか、瞳を閉じて、黙ってから……。

「恨みは、幸福に上書きされるものよ、ミーアさん。もしも、皇帝となった時、それでもなお、人は先祖の復讐心を持ち続けて実現しようとするものかしら？」

ラフィーナの問うているのは、至極、まっとうなことだった。

例えばの話、父親が抱いた恨みを子が晴らすことは、あり得ないことではないだろう。祖父の恨みを孫が晴らすことだってあり得るかもしれない。では、曾祖父は？　その先は……？　見たこともない先祖のために、復讐心を持ち続けることは、可能なのだろうか？

「しかも、それだけではないわ。自分で国を建て上げるということは、必然的に自らが民を従える、もっとも高い身分につくということ。現に、その人は初代皇帝となり、その血筋はミーアさんたちに受け継がれた。でも、国の頂点についた、二代目、三代目が、国を挙げて世界を滅ぼそうなんてするかしら？　自分が幸せなのに？　それを壊してまで、先祖の恨みを晴らそうとするものかしら？」

自らの置かれている環境、それが幸せであればあるほど、先祖の復讐心を維持するのは難しい。そんなもの無視して、今を楽しんでしまえ！　となる可能性が高いからだ。

初代皇帝の戦略は、最初から破綻《はたん》していたと言っても過言ではない。

「それは計算違いかしら……、それとも、それすらも計画に入っているのか」

思案に暮れるラフィーナを尻目に、ミーアは……、

――いずれにしても迷惑な話ですわ！　お父さまといい、ご先祖さまといい、まったくうちの一族は……。こんなだから、常識人のわたくしが苦労するのですわ！

などと、プリプリ怒っていた。

真の常識人であるルードヴィッヒの苦労が偲《しの》ばれる話である。

それはさておき……。

「あの、ラフィーナさま、それで、お願いがあるのですけれど……。聖ヴェールガ公国からあの島に人を送って、調べていただけないでしょうか？」

本来であれば、ティアムーンから調査団を送って詳しく調べたいところだ。しかしながら、初代皇帝の陰謀を知ってしまった今となっては、とてもではないが、それはできない。

「陰謀家の子孫がそれをするわけにはいきませんし……」

「そうね……。混沌の蛇のルーツがわかるかもしれない貴重な島だわ。我がヴェールガが動かないわけにはいかなそうね……」

ラフィーナに快く引き受けてもらえて、ミーアは少しだけ気持ちが軽くなる。

「助かりますわ。海図の手配なんかはエメラルダさんのほうにも話を通しておきますわね……。ところで、ラフィーナさま、お聞きしてもよろしいでしょうか？」

「あら？　なにかしら？」

きょとん、と首を傾げるラフィーナに、

「この冬に行われる聖夜祭のことなのですけれど……」

ミーアはおずおずと言った。

「どのような準備をして、わたくしは何をすれば良いのか、早めに教えていただけないでしょうか？」

それを聞いて、ラフィーナは嬉しそうに微笑んだ。

「あら……、こんな時なのに生徒会長の仕事のことを考えてくれてるのね」

「もっ、もちろんですわ！　ラフィーナさまに任されたことですから」

ミーアは誤魔化すように笑みを浮かべた。

第五話　小心者の戦術論《チキンタクティクス》

「ミーアさんは、去年の聖夜祭のこと、覚えてるかしら？」

「ええ、もちろんですわ」

ラフィーナの問いかけに頷きつつ、ミーアは昨年の出来事を思い出していた。

聖夜祭――それはセントノエル最大の行事だ。地上に下った聖神が、人に希望の灯を与えたという伝承に基づき、その一年の感謝を神にささげる祭りである。

一年の最後の月の初週に開かれるそれは、厳粛な燭火ミサ《キャンドルサービス》とその後のにぎやかな祝祭とによって構成されている。

ミサは、みなで聖堂に集い、各々が使い捨ての木製ランプを手に持って行う。決められた聖歌とラフィーナの説教があり、さらに、最後にみなで、ランプを外の焚き木《キャンプファイヤー》に投げ込んで、大きな炎とするのだ。

神の希望が地上を照らすことを象徴的に表現した儀式である。

その後、夜を徹しての宴会が開かれる。

宴会は学園の中のみならず、セントノエル島全体で行われ、生徒たちはこぞって街に繰り出し、その日を祝うのだ。

去年はミーアも友人たちとともに露店巡りをし、寮に戻ってからもクロエの部屋に集まり、朝までおしゃべりに興じたのだ。

……ちなみに、前時間軸のミーアについては、おおむねお察しのとおりである。

シオンが誘いに来るのを部屋でじっと待っていたのだ。

途中でエメラルダあたりが遊ぼうと誘いに来たが、もしも一緒に出かけている間に、シオンが誘いに来たら大変である。

だから、ずっと待っていたのだ。約束もしていないのに、じーっと。

待って、待ち続けて……気づいたら朝、鳥がチュンチュン鳴いてるのを聞いて起きるパターンである。

そんな寂しいイベントを過ごしていたものだから、去年の聖夜祭は、それはそれは楽しかった。忘れられない思い出になっているのだ。

「そう。それでは、お祭りの流れ自体はわかってるわね。生徒会で担当しなければならないのは、主に後半の宴会のほうなの。普段は学園に入らない商人の出入りもあるから事前に審査したり、警備体制も普段とは変える必要があるわ。といっても、生徒会が直接細かいことを指示するのではなく、各担当者から上がってくる報告書をチェックして、欠けがないか確認する作業だけど……」

「なるほど。事前の作業が多そうですわね。当日はどうなっておりますの？」

「当日は、生徒会の仕事はあまりないわね。いちいちこちらに報告を上げずに、現場で対処できるように準備をしておくから」

――ふむ、なるほど。たしかに、ラフィーナさまは、当日は自由に動けませんものね。

聖ヴェールガ公国公爵令嬢ラフィーナは、中央正教会の聖女でもある。

聖夜祭の当日は、学園付き司祭《チャプレン》の手伝いとして燭火ミサに参加し、その後のパーティーでは、来賓への挨拶回りなど、とにかく忙しい。

ゆえに、事前にラフィーナがいなくとも、問題なく動くように体制を整えておくのだ。

「大変そうだけど、毎年のことだから。警備責任者も運営を取り仕切る執事長も動きはよくわかってると思うから、そこまでの負担ではないと思うわ」

ラフィーナはミーアを励ますように優しげな笑みを浮かべる。

けれど、ミーアはほっと一安心、とは当然ならなかった。

むしろ、不安感は増すばかりだ。

なぜなら、当日の仕事があまりないということは、言い換えれば……。

――外に出ようと思えば、いくらでも出られるということですわ……。

生徒会の仕事に忙殺されるのなら、あるいは、生徒会室にこもって仕事をしなければならないと言われたら……、ミーアが島を出て野盗に襲われることは物理的に不可能になる。

ラフィーナや他のメンバーを説得してまで、ミーアが一人で島外に出るなどということは、考えづらいからだ。

けれど、自由行動が許されているなら、一気に皇女伝の記述が現実味を帯びてくる。ミーアが島外に出るハードルが下がってしまうのだ。

——あ、でも、この皇女伝のわたくしは、島の外に出たら殺されるってことを知らなかったわけですし、迂闊《うかつ》にも遠乗りのために、島外に出た可能性も……。

ミーアは、そんな自分を思い浮かべてみた。

——大いにあり得そうですわ！

思わず、つぶやく。

例えば、事前の準備で、いろいろな欲求がたまっていて、それを発散するために馬で島外に出るだとか。

祭りで賑わう島を馬で駆けるわけにはいかないから、当然、場所は島外になるわけで……。そんなことを自分がやらかす可能性は十分に高いようにミーアには思えて……。

——ならば、話は簡単ですわ。どれだけ忙しくって、いろいろ欲求がたまっていたとしても、このセントノエルから出ていくなんて、馬鹿なことをしなければいいだけのことですわ。というか、部屋から一歩も出ずにいればいいだけのこと。なんなら生徒会室で慰労会《いろうかい》など開いて一晩明かすことにしてしまってもよいですわね……。そこでキノコ鍋でも出せば……。

そう納得しようとするのだが……。なぜだか、胸の内のモヤモヤは一向に収まらなかった。

——とっ、ともかく、当日までにできることをやっておくべきですわ。それだけは確かなことですわ！

油断は簡単に死に繋がる。

だから、ミーアは決して油断しないのだ。

それこそが、小心者の戦術論《チキンタクティクス》なのだ。

第六話　赤月の麗しの令嬢からの挑戦状

翌日から、ミーアの馬術特訓が始まった。

毎日毎日、授業が終わると馬術訓練用の馬場に行き、夕方まで馬に乗る日々。

おかげで体中が筋肉痛になったが、構っている暇などなかった。

「ああ、嬢ちゃん。今日も来たのか？」

飼育小屋に行くと、林馬龍《リンマーロン》が苦笑で出迎えてくれた。

「最近、王子殿下たちより熱心に練習してるんじゃないか？」

「あら？　そんなことございませんわ」

ミーアはそう言いながら、飼育小屋の馬の顔ぶれを見ていく。

ちなみに、セントノエルの飼育小屋には、馬が二十頭ほど揃っている。

ミーアのお気に入りは、気性の穏やかな白馬である。素人であっても乗りこなせる良馬であり、毛並みも美しいとあって、ミーアもお気に入りなのだ。

「まぁ、熱心に練習するのはいいことだが……。ん？　もしかして、嬢ちゃん、今度の……」

「失礼するよ」

と、馬龍の言葉をさえぎって、凛《りん》とした少女の声が響いた。

「あら……この声は……」

ミーアは、その声に聞き覚えがあった。

なにげなく声のほうに目を向けると、そこにいたのは、

「ご機嫌麗しゅう。ミーア姫殿下」

恭《うやうや》しく頭を下げる赤髪の令嬢……、ルヴィ・エトワ・レッドムーンだった。

「まぁ、ルヴィさん……？　こんなところで、どうしましたの？」

それを見て、ミーアはきょとんと首を傾げた。

ちなみにミーアは、ルヴィとは顔見知り程度での関係である。

四大公爵家の邸宅に行く機会は少なくはないし、行けば相手をしてもらっていた記憶はあるのだが
……。

——かといって、じっくり話をするという感じではありませんでしたし。仲がいいとはとても言えませんわね。

なので、ミーアの印象としては良くもなく悪くもなく……。

もっともレッドムーン公爵家自体には、前時間軸において兵を出し渋られたことから、あまり良い印象はないのだが……。

——まぁ、あの当時は、どこの貴族も自らの領地を守るので必死だったというのはわかりますけれど、精強なレッドムーン家の私兵団を派兵できていたら、戦況は変わっていたかもしれませんわね……。あ、でも、あの時点で、敵にはシオンと鬼のディオンさんが揃ってましたし……、そうなるとレッドムーン家の援軍があってもあまり意味があるようには思えませんわね……。

などと、いろいろ考え事をしていたものだから、危うく、ルヴィの言葉を聞き逃すところだった。

「実は、姫殿下に決闘を挑もうと思って、参上しました」

「……はて？　決闘……ですの？」

ルヴィは涼しげな笑みを浮かべながら、飼育小屋のほうに歩み寄った。

「少し小耳に挟んだのですが、姫殿下は、最近、馬術の鍛練に熱心に取り組んでおられるとか……」

飼育小屋の馬の鼻面を撫でながら言う。なんだか、馬の扱いに慣れてそうだなぁ、とか、そういえば、レッドムーン家では、女子も剣術や馬術を習わされるって聞いたことがありましたわね……、などと思いつつ、ミーアは頷いた。

「ええ、まぁ、そうですけど……。それがなにか？」

「それはつまり……、秋に開かれる馬術大会へ出場されるつもり、ということですね？」

「…………はて？」

馬術大会？　と首を傾げるミーア。そういえば、そんなのもあったなぁ、などと思い出す。どうやら、アベルとシオンも出場する予定らしく、ここ最近はミーアと同じく、ここに通っているらしい。

まぁ、正直、ミーアとしてはそれどころではないので、出る予定は一切なかったのだが……。

「おお！　やっぱりそうだったか。最近、熱心に練習してるからそうじゃないかと思ってたんだ」

馬龍が納得の声を上げた。

――いや、まだ、わたくしなにも言ってないのですけど……。

と、ミーアが反論する間を与えず、ルヴィは言った。

「そこで、馬術大会の《速駆け》で、姫殿下に決闘を挑みたいと思いまして」

涼しげな顔に挑発的な笑みを浮かべて、それから、ルヴィは片膝をつく。

「ミーア姫殿下、受けていただけるだろうか？」

正々堂々たる決闘の申し込み。

それに対して、ミーアは……。

——これ、受ける理由が一つもございませんわね……。

断る気しか起きなかった。

あいにくと、ミーアには挑まれた勝負を律義に受けてやる義理はない。

なるほど、エメラルダのように、裏でコソコソ動き回られるよりは、こちらのほうがマシと言えるのかもしれないが、だからと言ってそんな面倒なことを受ける必要がどこにもない。

——そもそも、ただ勝負を挑んできてるわけではないでしょうし……。

ただ単に、馬術の腕を競いたいだけであるならば、こんなことをせずに馬術大会に出ればいいだけである。ミーアが出場すると思い込んでいるのだから、おのずとそこで優劣は明らかになるのだ。

それを、わざわざ『決闘』と言ってきているあたりが、実に臭《くさ》い。

そんなミーアの予想は当たる。

「そして、もしも私が勝った暁《あかつき》には、ミーア姫殿下の兵を一人、私にいただきたい」

「ああ、レッドムーンの良兵集め、ですわね……」

ミーアは納得のつぶやきをこぼした。

軍政を司る黒月省に強いつながりがあるレッドムーン公爵家は、自家の私兵団の強化に余念がない。

国の内外から、見込みのありそうな兵士を貪欲にスカウトしているのだ。

そのありようは「レッドムーンの良兵集め」と呼ばれ、広く知られていた。

——けれど、あいにくとそんな勝負、わたくしの側には受ける理由が……。

「いいじゃねぇか。嬢ちゃん。こんな風に堂々と勝負を挑まれたら、人の上に立つ者として受けないわけにはいかないってもんだぜ」

「…………はぇ？」

ふと見れば、馬龍が実によい笑顔で、ミーアのほうを見ていた。

その顔からは、ミーアが断るなどと微塵《みじん》も思っていないことが窺えた。

「え……？　あ、でも……」

「心配すんなって。馬術部でも全力で応援するし。アベルのやつもきっと応援してくれると思うぜ」

豪快な笑みを浮かべる馬龍を見て、ミーア、早くも察する。

——こっ、こ、これは……。

ミーアは、唖然としつつ、自らを飲み込まんとする流れに気がついた。

——ぐっ！　いつもの断れない流れができつつありますわ。

過去の反省から、ミーアは自分にとって重要そうな人物の観察と分析を怠らないようにしている。

そして、林馬龍という先輩は……、馬好きに対して無条件に甘いところがある。チョロイ男なのである！

そして、先ほど、馬の鼻面を優しく撫でるルヴィに、温かな目を向けていた。

実にチョロイ男である！

また、裏表がなく豪快な性格をしている。すなわち、正々堂々、正面から申し込まれた決闘とか、大好きなのだ。

それゆえ、その決闘の申し出をここで断れば、確実に馬龍と気まずい雰囲気になってしまう。

馬術の研鑽《けんさん》において、彼の助言はかなり有効だ。

そして、これからの危機を乗り切るために必要不可欠なものといえる。であれば、できるだけ仲良くしておきたいところではある。

加えて、彼はアベルの兄貴分のような存在でもあるのだ。今後、一点の曇りもなく、アベルとイチャイチャするためには、馬龍の祝福をもらわなければならないのだ！

ミーアはしばし黙考、メリットとデメリットの検討に移る。

――とりあえず、勝負を受けなければ、わたくしが兵を失うこともない代わりに、馬龍先輩との仲が若干悪くなる。できればそれは避けたいところ。では、勝負を受けた場合はどうかしら？

ミーアが勝った場合は当然、兵を失うこともない。さらに、なにかしらの条件だって当然、付けておけるだろう。例えば、レッドムーン家の私兵団から、兵を借りて何かをする、といったこともできるかもしれない。

では、負けた場合はどうか……？

――ルヴィさんが欲しい兵といえば、十中八九ディオンさんでしょうね……。

ミーアの脳裏に、鋼鉄の槍をあっさりと斬り飛ばす、凶悪な笑顔の騎士が浮かんだ。

帝国最強を豪語してはばからないあの実力、確かにレッドムーン家が欲しがったとしても不思議ではない。

「うーん、ディオンさんなら……まぁ、別に……」

思わず、つぶやきが漏れる。

なにしろ、自らの首を斬り落とした男である。

もちろん、彼がレッドムーン家のスカウトを受け入れるかはわからないが、そうなったとしても、さほどの痛手ではあるまい……などと考えるミーアであったのだが……。

なぜだろう、少しだけ心がざわついた。

かの騎士を失うことが……なにやら、大きな損失のように思えて仕方ないのだ。

――よくよく考えてみれば、あの方にはいろいろと命を救っていただきましたし……、一度の首狩りが、一度の救命によって贖《あがな》われるものだとしたら、彼の功績は十分のはずで……。よくよく考えると、結構な忠臣という気も？　でも、あの方、近くで剣を持ってると、なんか油断すると首を落とされそうな嫌な緊張感があるんですのよね……。

悶々《もんもん》とするミーアに、ルヴィは小さく首を傾げた。

「うん？　ディオン？　誰それ……」

腕組みし、しばし思案に暮れていたルヴィだったが、すぐにポンと手を打った。

「ああ、そういえばいたな。腕のいい騎士だって聞きましたが……。帝国最強とか、名高い騎士でしたっけ……。でも……」

ルヴィはすうっと瞳を細めて、ミーアを見つめる。

「生憎《あいにく》と私が欲しいのは彼ではありませんよ」

まるで歴戦の騎士のごとく、鋭い殺気を放つ眼光をミーアに向けて……ルヴィは言った！

「だって、彼……」

胸を張って言い放った！

「ちょっと、小さいでしょう？　背が……」

「……えーっと」

ミーアは思わず、ディオンの姿を脳裏に浮かべる。

「別に小さく、はないんじゃないかしら？　平均的な殿方よりはむしろ大きいほうかと思いますけど……」

「わかってないですね、姫殿下。騎士っていうのは、もっと大きくて、力強くないとダメなんですよ！　体の大きさは魂の大きさ、人としての器の大きさでしょう！　強いだけじゃダメ。大きくないと！」

……言い放ったっ！

ルヴィ・エトワ・レッドムーン。

帝国軍に多大なる影響を誇る、レッドムーン公爵家の麗しきご令嬢は……。

「大きくないと！」

無類の大男好き《マッスルマニア》として、知られていた。

第七話　ミーア姫、決闘を快く受け入れる！

「はて……？　大きい方というと……」

ああ、そう言えばルヴィがそんなフェチだと聞いた気がするなぁ、などと思いつつ、ミーアは自らの皇女専属近衛隊《プリンセスガード》の人員を思い浮かべる。

その中で、該当するのは……、

「もしや……バノスさんのこと、ですの？」

問いかけに、ルヴィはうっとりとした顔で頷いた。

「そう。私は彼が欲しい。ああ、彼に我がレッドムーンの私兵団を率いてもらえたら……」

――でぃ、ディオンさんを止められる唯一の良心ではございませんのっ⁉　あの方を失ったら、わたくし、心の安定を維持できませんわ。引き抜きとか、あり得ませんわっ！

仮に、この勝負に乗るとして……、なにを賭ければバノスと釣り合うだろうか……。

しばし検討するが、ミーアはその答えを見いだせなかった。

ミーアの中で、天秤が一気に傾きかける。勝負を引き受けないという方向に。

――ぐぅっ……しっ、しかし、馬龍先輩との関係が……。なっ、なんとか、しなければ……、どうすれば……。

窮地《きゅうち》に陥ったミーアの脳が、急速に活性化する。

どうすればこの危機を乗り切ることができるのか……。

思考の時間はせいぜい数瞬。されど、ミーアの叡智はここで、一つの真理に到達する！

それは、そう……、決闘を成立させるのに、必要にして不可欠な法。

すなわち……なにかを賭けた勝負事というのは〝賭ける物が等価〟でなければ成立しないという究極の真理。誰が安い金銭のために命をチップとして賭けのテーブルに乗せるだろう？

命を懸けた勝負の場合には、勝利によって得られるものは、命と同等、あるいはそれ以上の価値を持つものである必要があるのだ。

ミーアは朗らかに笑った。

その真理にこそ到達してしまえば、あとは逃げ出すのは容易。

——わたくしが断るのではなく……、相手に断らせればいいのですわ！　ふっふっふ、存分に吹っ掛けてやりますわ！

即座に作戦を組み立て、満を持してミーアは口を開く。

「勝負を引き受けること、それ自体は構いませんけれど……、もしも、わたくしが勝った場合には……どういたしますの？」

「無論、姫殿下が望まれるものを差し出しますとも」

その答えにミーアは、ニンマリしそうになるのを懸命にこらえて、しかつめらしい顔を作ると、

「では、そうですわね……。わたくしは、あなたの……剣を所望いたしますわ」

「え……？」

ルヴィは、きょとん、と瞳を瞬かせた。

「それは……あの、どういう意味でしょうか？」

「言葉のとおりですわ。レッドムーン家は武門の家。その家に生まれし者は男も女も剣術を叩き込まれる。剣をなによりも大切にし、誇りとする家柄なのでしょう？」

「つまり……、私が負ければ、剣を捨てよ、と」

そう、ミーアが差し出せと言っているものは、まさにそれだった。

ルヴィの最も大切なもの、誇りである剣。それをベットしろと、ミーアは言っているのだ。

——ふふん、レッドムーンの良兵集めとはいっても、しょせんはコレクション感覚のはず。きっと、これも、軽い戯れのつもりで持ち掛けてきた勝負に違いありませんわ。

そもそも……、とミーアは冷静に分析する。

公爵家の令嬢が皇帝の娘たるミーアに堂々と表立って決闘を申し込んでくることなど、あり得るだろうか？　否、あり得ない。

そう、ティアムーン皇帝の権勢は未だに健在なのだ。

自分にルヴィが「本気の決闘」を申し込んでくることはあり得ないはずだ。

であるならば、彼女の言っている決闘を、どのように解釈すればよいだろうか……？

――本気の決闘でないのならば、それは、あくまでも軽い戯れ……お遊びということになりますわ。

そうなのだ、それがあり得るとするならば、それは決闘と銘《めい》打《う》ったお遊びに過ぎないはずなのだ。

考えてみれば、ルヴィが差し出せと言っている人物……、バノスは、なるほど、ミーアにとっては重要な人物である。けれど、客観的に見れば、彼はあくまでも庶民。一兵士に過ぎないのだ。

一庶民の処遇をめぐっての勝負など、四大公爵家の者にとってはお遊びに過ぎない。

しかも、なにも命を差し出せと言っているのではない。帝国軍から公爵の私兵団への移動とはいえ、言ってしまえば、ただの帝国内の配置換えに過ぎないのだ。

――大方、わたくしが馬術大会に出ると知って、暇つぶしに遊んでみよう、ぐらいのつもりなのでしょうけど……。

ゆえに……そのようなお遊びに「命ほどに重い剣」、すなわち「自らの誇り」を差し出せと言われては、彼女も取り下げざるを得ないはずだ。

さらにさらに！

「解釈はご自由に。ですが、わたくしの兵は例外なくわたくしの大切な忠臣なのです。本来、それを賭け事の賞品のように扱うこと自体、不快極まるというもの。それでも、あなたがそれを求めるというのであれば、相応の覚悟をしていただきたいですわ」

単なるお遊びに、なんてものを求めやがる！　というクレームを受けないよう、予防線もしっかり張っておく。

バノスは自分にとって大切なものなのだ！　と主張しておくことで、相手にも、相応に重いものを求めることができるようにしておくのだ。

これはただのお遊びでは済まないが、それでもよろしいか？　と、ミーアは脅しをかけたのだ。

――ふふん？　どうかしら？　たかが一兵士を自分のところに移籍させるためだけに、あなたの大切なものを懸けられて？　やれるものなら、やってみるとよろしいですわ！

すべてをやり終えた爽快感に身を浸しながら、ミーアは満足げに息を吐き……、

「……わかりました」

「……………はぇ？」

ルヴィは、真っ直ぐにミーアを見つめてから、言った。

「私の誇り、魂でさえある剣を懸ける……、たしかに、それでこそ、私の覚悟に相応しい」

涼やかな笑みさえ浮かべ、ルヴィは言う。

「それでこそ、決闘に相応しい。ミーア姫殿下、あなたのお覚悟はしかと受け取りました」

――え？　え？　断らない？　な、なんですの？　この方、どんだけ大男好きなんですのっ⁉

ミーアは、見誤っていた。

ルヴィの中にあるもの……。それが、単なる収集欲であると……。

レムノ国王のような、趣味の延長に過ぎないのだと……。

その気持ちが、もっと純粋で……身を裂くような思いであることなど……、その覚悟が、身を滅ぼしかねないほどに強い炎であることなど……。

想像もしなかったのだ。

「正々堂々、勝負です。ミーア姫殿下」

そうして、大きく頭を下げると、ルヴィ・エトワ・レッドムーンは颯爽とその場を後にした。

「……はぇ？」

残されたミーアは、ただ茫然《ぼうぜん》と、その背中を見送ることしかできなかった。

——なっ、なぜ、このようなことに……？

しばしの忘我の時を経て後、ミーアは焦り始めていた。

——よ、よくよく考えたら……、イエロームーン公爵家も怪しいですけれど、レッドムーン公爵もなにも、混沌の蛇と関係している四大公爵家が一つだけとも限らない。ベルのいた未来世界では、信用できるわけではございませんし……。

四大公爵家は二対二で争っていたという。

——レッドムーンも混沌の蛇と関係があって、わたくしの戦力を削《そ》ぎに来たという可能性は大いに考えられますわ。ここでバノスさんを失いでもしたら、戦力ダウンはもちろん、ディオンさんを抑えるものがいなくなってしまう。

ミーアは、うぐぅっと唸った。

お腹を押さえて、もう一度、うぐぐ、っと唸る。

「お、お腹が痛くなってきましたわ……。く、どうして、こんなことに……」

「はっはっは、いやぁ、嬢ちゃんもなかなか言うなぁ。格好良かったぜ」

一連のやり取りを横で見守っていた馬龍が、豪快な笑い声を上げた。

「まぁ、馬術部でも全面的に応援してやるから、頑張りな」

――うう、笑い事ではございませんのに。馬龍先輩、他人事《ひとごと》だと思ってますわね……。

恨めしげな目で見つめるミーアを尻目に、馬龍は腕組みした。

「しかし、速乗り勝負だとすると、嬢ちゃん、『月兎馬《つきとば》』を乗りこなさないとなんねぇな」

「……月兎馬……？　はて、それはなんですの？」

「その名のごとく、月の兎《うさぎ》のごとく、速き馬のことだ。歴史上に出てくる有名な騎士なんかは、大抵この馬に乗ってる。早馬って呼ばれるのも大体が、月兎馬のことなんだ。馬術部の飼育小屋にいるのは二頭なんだが……。一頭は今、出産を控えてて動けねぇんだ。もう一頭は……」

と、そこで、馬龍は悪戯っぽい笑みを浮かべた。

「ああ、縁があるな。嬢ちゃん」

「はて？　なんのことですの？」

「今、動ける月兎馬は、嬢ちゃんにくしゃみを吹っ掛けたあの馬だよ」

言われて思い出すのは、新入生ダンスパーティーの日の出来事で……。

「ああ、あの馬ですのね……」

ミーアは若干ひきつった顔で、飼育小屋に目を向けた。

第八話　変幻自在のミーアの手のひら

馬龍の連れてきた馬を見て、ミーアは、ふーむと唸り声を上げた。

「この子が月兎馬……。ちなみに、名前はございますの？」

「ああ、こいつは荒嵐《こうらん》って名前だな」

「荒嵐……。なんだか、すごく勇ましい名前ですわ」

ミーアが見つめると、荒嵐は、ぶっふと鼻を鳴らし、口をにいいっと広げた。

「……あら？　この馬、もしかして、今、わたくしに笑いかけましたの？」

「ははは、さすがに馬が笑ったところは見たことねぇな」

馬龍は苦笑いして肩をすくめる。

「そ、そうですわよね？　ですけど、なぜでしょう……なんだか、ものすごーく、馬鹿にするみたいな笑いに見えましたけど……。やっぱり気のせいかしら……」

ぶつぶつ言いつつ、ミーアは馬を観察した。

その馬は見た目でいえば、普通の馬と大差なかった。

大きさも普通だし、角が生えてたり、翼がついてたりということもない。どこにでもいそうな馬だ……。

「ふーむ……見ただけではわかりませんわね。やはり、乗ってみなければ……はて？」

と、そこでミーアは思い出す。

「そう言えば、わたくし、この馬に乗ったことございませんわね……」

首を傾げるミーアに、馬龍は悪戯《いたずら》っぽい笑みを浮かべた。

「そりゃそうだ。なんせこいつらは、ともかく速い。よっぽど慣れた生徒じゃないとすぐに落とされてケガしちまうからな」

「ほう！」

ミーアは、再び月兎馬、荒嵐に目をやった。

――なるほど……、つまり馬龍先輩は、わたくしであればこの馬に乗っても問題ないと、そう判断されたということですわね……？

ミーアの顔が一瞬、ドヤ顔になりかけるが……。

「まぁ、正直、嬢ちゃんは頑丈そうだし、落ちてもなんだかんだで、なんとかなるだろ」

「……ん？　あら？　変ですわね。褒められたはずなのに、あまり嬉しくないような……」

「ははは。まぁ、冗談は置いておくとして、どうだ？　ちょっと乗ってみるかい？」

「ああ、そうですわね。慣れておいたほうがいいでしょうし……」

馬龍がああは言っていたものの、実際のところミーアには自信があった。

なにしろ、ここ最近のミーアはかつてないぐらいに頑張っていたのだ。

――ふふん、月兎馬、なにするものぞ、ですわ。このわたくしが、見事に乗りこなして差し上げますわ。

鼻息荒く、ミーアは荒嵐に飛び乗った。

……はずだったのだが……。

――おかしいですわ。なぜ、わたくしが、こんな扱いに……？

荒嵐の背に、ちょこん、とおさまったミーア。その後ろには、

「しっかり摑まってるんだぞ、嬢ちゃん。手を緩めたら危ないからな」

ミーアを包み込むようにして、馬龍の大きな体があった。

――こ、これではまるで、わたくしが子ども扱いではございませんの？

などという抗議の意味を込めて、ミーアは言った。

「あの、馬龍先輩？　まぁ、二人乗りをするのはよろしいのですけど、前にアベルと一緒に乗った時には、わたくしが後ろで、こう……、前のほうに摑まる感じでしたけど……」

「ああ、あれはうちの一族の乗り方なんだ。普通は乗り慣れてない側が前に乗るほうが安定するんだよ」

「あら？　それは知りませんでしたわ」

てっきりああして乗るのが普通だと思ってましたけど……、などと首を傾げるミーアに、馬龍は微笑んで見せた。

「うちの一族じゃ、老人から女子供に至るまで、みんな馬に乗れるのが普通だからな」

「まぁ、それでしたら、きちんとアベルに教えてくださればよろしかったのに。人が悪いですわ」

ミーアは、唇を尖らせた。

――わたくしが落ちるなんておかしいと思いましたわ！　やっぱり乗り方がおかしかったんですのね！

ミーアがよそ見をしたのが主な落下原因であるのだが……。

――まったく、馬龍先輩、肝心なところで気が利かないですわね。そう言えば先ほどもルヴィさんのお話にホイホイ乗せられてしまいましたし……。

むぅうっとミーアは唇を尖らせる。

ミーアの中の馬龍の好感度が1弱下がった。

「ははは、すまねぇな。しかしまぁ、嬢ちゃんが乗るにはやっぱりあの位置じゃねぇかと思ったのさ。なにしろ、嬢ちゃんは、アベルの大切な人なんだろう？」

馬龍はそう言って、意味深な笑みを浮かべる。

「ん？　どういうことですの？」

「もともと、あの乗り方は夫婦《めおと》乗りって言ってな、戦士が大切な恋人を背中にかばいながら戦う時の乗り方なんだ。俺たちの祖先の大英雄が、愛する妻を背にかばいつつ、数百人の敵の中を駆け抜けたって話に由来してるてな。だから、あの乗り方で後ろに乗るのは、その男にとって大切な人ってことになるんだが……」

馬龍は、茶目っけたっぷりに片目を閉じた。

「アベルと嬢ちゃんにぴったりの乗り方だろ？」

——さすがは馬龍先輩！　実に気が利きますわっ！　よくよく考えれば、あの乗り方のおかげで、アベルといい雰囲気になれましたし！　いいことずくめでしたわっ！　それに、ルヴィさんのことだって、こうして月兎馬と出会うきっかけになりましたし。本当に、さすが馬龍先輩ですわ！

ミーアの中の馬龍の好感度が120上がった！

表から裏、裏から表、ミーアの手のひらは変幻自在に翻《ひるがえ》る。

「しかし、まさか落ちるとは思わなかったから、あの時は随分と肝を冷やしたっけな。ああ、そう言えばきちんと謝ってなかったっけな。あの時はすまなかったな」

「うふふ、そんなの全然気にしておりませんわ。馬龍先輩らしくもない。謝る必要なんかぜんっぜんございませんわ！」

ミーアはよく翻る手のひらをヒラヒラ振りながら上機嫌に笑った。

先ほど感じた不満は、すでに記憶の彼方である。記憶の彼方がすぐ近くにあるのが、ミーアの数少ない美点である。

「そうか。はは、さすがは嬢ちゃんだ。相変わらず器がでっかいな」

感心したように笑う馬龍だったが、ミーアはすでに聞いちゃいなかった。

――それにしても、実になんともいい名前ですわね。夫婦乗り、アベルとわたくしが、夫婦。うふふ、なんだか、あの馬に乗った時から運命で結ばれてたって感じで……、こう……いいですわね！

あの時、かばってくれたアベル、すごく格好良かったっけ……、などと甘々妄想モードに入っていたミーア。

次に馬龍が口にした不穏な言葉をも、華麗にスルーした。

「まぁ、今回は嬢ちゃんを後ろにしたら飛ばされちまいそうだし、ちょっとシャレにはならないからな。そんなことしたら、アベルに怒られちまうよ」

そんな不穏な言葉を……。

「さて、それじゃあ行くか。しっかり摑まっててくれよ、嬢ちゃん。振り落とされるなよ？」

「へ？　あ、ああ、そんなの余裕ですわ。見事、乗りこなしてみせますわ」

ミーアは胸を張って言い放った。

「むしろ、馬龍先輩がいなくっても軽ーく乗りこなしてみせますわ！　ここ数日のわたくしの努力、披露して差し上げますわ」

そう豪語していたミーアは……、数瞬の後、風になった！

第九話　ミーア姫、風になる

「ひぃいいいいいいいやああああああああっ！」

広い馬場に、ミーアの大絶叫が響き渡る。

小さな体を押し倒そうとするかのように、前方から吹き付けてくる風！　強風！　暴風！

それはまるで、分厚い壁のごとく、ミーアの全身にぶち当たってきた。

幸いなことに、ミーアの後ろには、馬龍の分厚い体があるから、後ろに吹き飛ばされないのは良いのだが……、その分、豪風と胸板という、二枚の壁に押しはさまれて、ミーアはぺしゃんこになりそうになっていた。

流れる風に髪が乱れ、恐ろしい勢いで踊っている。

ミーアは吹き飛ばされないように、懸命に手綱を握りしめ、ギュッと、前のめりに体を硬くする。

涙で滲《にじ》んだ視界の隅で、周囲の景色が糸を引きながら後方へと飛び去っていくのが見える。

馬場と外とを隔てる柵が、青々と茂る木が、草が、周りで見ている人が、すさまじい勢いで後方へと飛び去っていく。

ふいに、前方で舞い上がる落ち葉。それが、ものすごい勢いで、ミーアの髪をかすめて消えた。通り過ぎる瞬間、びしゅんっ！　と鋭い音が耳元で鳴った。

その音に似たものをミーアは知っていた。

以前、ルールー族に矢を射られた時、そっくりなものを聞いた記憶がある！

「ふひゃあああっ、ひやあああああっ！」

絶叫しつつ、ミーアは少し前の自身の発言を悔いていた。

――ああ、なぜ、わたくしは、あんなことを言ってしまったのかしら？　なぜ、あんなことを……？


馬場に出てきたミーアは、早速、馬龍の操る月兎馬に試乗した。

一周、二周と回る、そのスピードは、先日、ミーアが馬を暴走させた時よりも速かった。

その暴力的なまでの速度感に、早くも若干の涙目になるミーア。そんな様子を察した馬龍は言ってくれたのだ。

「今日は、軽く流すだけにしておくか？　徐々に慣れていけばいいわけだし……」

それに対して……ミーアはひきつった笑みを浮かべる……。

――軽く？　いっ、今ので軽く流しただけなんですの？

などと、内心ではビビりまくるミーア。

その時に、素直に言っておけばよかったのだ。今日は、もうこれで終わりにしましょう、と。今日は軽く流すだけでやめておきましょう、と……。

けれど、ミーア、ついつい言ってしまった。

「ふふん、余裕ですわ。軽く流しただけとおっしゃいますが、たしかにこの程度、軽いもんですわね」

見栄があったのだ……。馬龍なしでも乗りこなして見せるとか、そんな大口を叩いてしまった以上、弱気なところは見せられない。

さらに、

「そっ、想像してたより、ぜんぜん大したこと、ございませんわね。月兎馬なんていっても、チョロイものですわ！」

そんなことまで口にしてしまった。

『もう、月兎馬の実力も見極めましたし、今日はこのぐらいで勘弁してやりますわ』

などと言って、さっさか逃げ出そうとしていたミーアは、そこでふと気が付いた。

目の前、馬の耳が微妙に角度を変えていることに。

まるで、自分たちの会話を聞こうとするかのように、こちらを向いていることに……。

直後、荒嵐がぶひひぃいいいいいんっと高くいないた。

「あっ、やべ……」

後ろから、馬龍の不穏なつぶやき。直後に、

「嬢ちゃん、しっかり摑まってな。あと、口を開くな。舌を噛むぞ！」

「……はぇ？」

鋭い警告の声。同時に再びの太く雄々しいいななきの後、荒嵐は走り出す。

ごう、っと、風の出す轟音《ごうおん》が、耳に飛び込んできて……。

そして、ミーアは風になった。

――あ、ああ、ついつい調子に乗ってしまう。わたくしの悪い癖ですわ……。

荒嵐がコーナーを曲がる。と同時に、体が吹き飛ばされそうになるのを、ミーアは必死にこらえる。根性でしがみつき、なんとか目を見開く。

瞬間、視界に飛び込んできたもの、それは、こちらをチラッと振り返る荒嵐の顔だった。

その口元が、にぃっと笑ったように見えて……。

――くっ、こっ、こいつ……わたくしのこと、ナメてますわね⁉　ナメくさっておりますわねっ⁉

ミーアの闘志に火がついた。

――こっ、この程度で音を上げるなどと思ったら大間違いですわ。こっ、こんなの、ギロチンに比べれば……、それに、ディオンさんに殺気を向けられることを思えば、よ、よゆ、よゆー！　……あ、やっぱり嘘《うそ》。ごめんなさい、ごめんなさい、ひぃいいい！　許してくださいましー！

そんな感じで、月兎馬を堪能したミーアは、ようやく、馬から降りることができた。

地面に足をつけた瞬間、体が、フラーッと揺れる。

「っと、嬢ちゃん、大丈夫か？」

慌てて、馬龍が駆け寄ろうとするが、その前に……。

「おっと、ミーア。足元、気をつけたまえ」

「君にしては不用心だな」

「…………はぇ？」

両腕を支えられる。ぼやーっと顔を上げると、二人の王子がミーアの顔を覗き込んでいるのが見えた。

「……あ、あら？　アベルとシオン……。こんなところでなにを？」

「馬術の鍛練だが……。来たら、ミーアが速乗りをしていたから、見学させてもらってたんだ」

涼しい顔で言うシオン。その言葉を継いで、アベルが言った。

「ついにミーアも月兎馬デビューか。乗り心地はどうだったかね？　足元がおぼつかないようだけど、大丈夫かい？」

優しげな笑みを浮かべるアベルに、ミーアは思わず見とれそうになって……。

「え、ええ、問題ありませんわ」

精一杯の虚勢を張って、ミーアは言った。

「ふ、ふふん、こ、こんなの、わたくしにかかれば、よ、よゆう……ですわ」

支えてくれた二人にお礼を言ってから、ミーアは優雅に荒嵐のほうに歩み寄る。

優しくその鼻先を撫でつつ、小さな声でつぶやく。

「……先ほど、わたくしのこと、笑ってましたわね？　ずいぶんとナメた真似をしてくれたものですわ。わたくしが、誰だか、わかって……んっ？」

と、ふいに荒嵐が、大きく息を吸い込んだ、かと思った次の瞬間……、ミーアのほうを向いて……。

ぶわぁああああっくしょんっ！　と、ド派手なくしゃみをした。

「うひゃあああっ！」

風と涎《よだれ》と鼻水の嵐に巻き込まれたミーアは、こてん、っとその場に尻餅をついた。

「あ……あぁ……」

呆然と荒嵐のほうを見て、それから自らの体を見下ろす。

ベタベタと頬に張り付く髪の感触、ぐっちょり濡れたシャツがなんとも気持ち悪かった。

「あー、嬢ちゃん。荒嵐は人間の言葉をある程度理解できるから、あんまりナメられないように気を付けな」

馬龍の注意の言葉と同時に、荒嵐は、にぃいっと口角を上げてミーアを見下ろした。

――こっ、こいつ、わたくしのこと、完全にナメてますわっ！

第十話　ミーア姫、復讐鬼と化す！

「……ああ、酷い目に、遭いましたわ……」

ぐじゅぐじゅ、と湿った足音をさせながら、ミーアは共同浴場に向かった。

「大丈夫ですよ、ミーアさま。すぐに洗い落とせますから」

ミーアの傍らで、そうアンヌが慰めてくれる。

「すぐに、いつもの綺麗なミーアさまにしますから！」

腕まくりをするアンヌの瞳には、闘志の炎が燃え上がっていた。

幸いなことに、セントノエルの共同浴場は、温泉を引いてきている関係上、いつでもお湯が溜まっている。すぐにでも入ることができるのだ。

「うう、ぐちょぐちょですわ……」

ねっちょり濡れた服を脱いでも、顔や髪がネトネトしているので、気分はまったく良くならない。

どよーんっと重たい気持ちのまま、浴場に足を踏み入れたミーアであったが……。

「あら？」

鼻をくすぐる香りに、小さく首を傾げた。

湯気とともに漂ってきたのは、香草のなんとも芳《かぐわ》しい香り。それは、嗅いでいると心地よくて、眠たくなってしまいそうな、気分を落ち着かせる香りだった。

「なんだか、いい匂いがしますわね」

いつもとは違う空気に、ミーアがあたりを見回す、と……。

「こんにちは、ミーア姫殿下」

「あれ？　ミーアお姉さま？　どうしてここに？」

浴槽のほうから声が聞こえる。視線を巡らせたミーアは、そこに知人の姿を見出した。

「それはこちらのセリフですわ、ベル。それにシュトリナさんまで、こんなところでどうしましたの？」

孫娘ミーアベルと、その友人シュトリナだった。

――ふーむ、こんな時間に二人でお風呂に入ってるなんて、珍しいですわね……。

首を傾げつつもミーアは、洗い場に据えられた木の椅子に腰を下ろす。と、すぐさまアンヌが歩み寄ってきて、ミーアの髪を洗い始めた。

シャワシャワと、頭の上で鳴る心地よい音、ミーアは気持ちよさそうに瞳を閉じた。

馬のネバネバ粘液が洗い流され、サラサラな髪が戻ってくるのを実感しつつ、ミーアはシュトリナに声をかけた。

「珍しいですわね。ティアムーンの貴族はあまり、共同浴場は好まないと思っておりましたけれど……」

そう言いつつ、ミーアはシュトリナのほうを横目で観察する。

――わたくしのこと、上手いこと丸め込んだと思ってるのかもしれませんけど、そうはいきませんわ！

ミーアは鼻息を荒くする。

なにしろ、相手は敵の可能性が極めて濃厚なイエロームーン公爵家の令嬢である。油断することなど、あり得ぬこと。怪しい素振りを見せれば、すぐに糾弾《きゅうだん》してやる、とミーアは視線を鋭くする。

浴槽のふちに腰かけたシュトリナ、その幼くも華奢《きゃしゃ》な肢体は、先日見た時と同様、造りの良いお人形さんのようだった。

肉付きの薄いか細い手脚、その肌は病的なまでに白い。

なるほど、病弱と自分で言っていたのも嘘ではないのかもしれない。

少なくともあまり力が強そうには思えない。

――っていうか、この子……、殴り合いの喧嘩をしても勝てるんじゃないかしら……？

持ち前の観察眼によって、相手の戦闘能力のおおよその部分を察知したミーアは……、妙な自信を覚えてしまう。

そんなミーアに、シュトリナは可憐な笑みを浮かべた。

「実は……ベルちゃんと相談して……、後でミーア姫殿下もお呼びするつもりだったんです」

「あら、わたくしを……？　ここに、ですの？」

「ええ。ラフィーナさまにお願いして、リーナの知ってる香草をお風呂に入れてもらったんです」

そう言って、シュトリナは、両手でお湯をすくい上げた。

「ほう……」

先ほど入ってきた時の良い香りは、それか……などと思いつつ、身を清めたミーアは、いそいそと浴槽に近づく。と、お湯にぷかぷか浮いている草花の入った袋が見えた。

「これは、なんの草ですの？」

「はい。それは、ムーンビーズというハーブですね。体のこりをほぐす効果があるって言われてます。どうぞ、お試しください」

そう言ってシュトリナは、にっこり笑みを浮かべた。

その笑みに誘われるようにして、ミーアは、お湯の中に身を沈める。

思わず……、声が漏れた。

「ああ……、これは……。たしかに、体がほぐれていく感じがしますわ。じんわり温かくて、とっても気持ちいいですわ」

湯船に首まで浸かって、ミーアは、両手足をうーんっと伸ばした。

つま先から、じわじわと心地よい熱が伝わっていく。

小さく口を開き、ミーアは、おふぅ、っと息を吐いた。

……なんというか、ちょっと……残念な吐息だった。

「ベルちゃんから、最近、ミーア姫殿下が馬術の特訓をしてるって聞いて。少しでも疲れがとれたらいいなって思ったんです」

再びお湯に入り、ミーアのすぐそばまでやってきたシュトリナ。

その優しさにあふれた言葉に、ミーアは、

「まぁ！　そうなんですのね！」

ひどく感動した！　心から湧き上がる感動に、その瞳には涙さえ浮かんでいる。

基本的に、チョロインであり、なおかつフロインであるミーアは、オフロ関係のことに高倍率の好感度ポイントが存在している。

シュトリナの行動は、見事、そのポイントを射抜いた。

この上、なにかお風呂で食べられるスイーツなど持参していたりしたら、親友《マブダチ》認定されていたかもしれない。

「ベルは、とってもいいお友達を持ちましたわね」

ニコニコ、上機嫌な笑みを浮かべるミーア。それに応えるように、ベルも満面の笑みを浮かべる。

「うふふ、ありがとうございます。ミーアお姉さま。ボクも、リーナちゃんのこと、大好きです」

上機嫌に笑いあう、祖母と孫。実に平和な光景だった。

「ああ、本当に素晴らしい湯加減ですわ……」

ミーアは、すべすべになった右腕をお湯の上にあげる。両手でお湯をすくい上げ、顔にぱしゃぱしゃとかける。

この、ちょっと熱めなお湯が、実になんとも気持ちよかった。

ミーアお祖母ちゃんは、ポカポカが後まで残る、ちょっぴり熱めが好みなのだ。

「ところで、ミーア姫殿下、そんなに馬術の鍛錬をされているということは、もしかして、秋の馬術大会に出場なさるんですか？」

ふいに、シュトリナが言った。

「ああ、やっぱりそう思われてしまうのですわね。本当は、そんなつもりもなかったのですけど、成り行きで出ることになりそうですわね……」

ミーアは、先ほどのやり取りを思い出して、ため息を吐いた。

「それじゃあ、今度、練習の見学に行ってもいいですか？」

「あら、シュトリナさんも馬術に興味がありますの？」

きょとんと首を傾げるミーアだったが、すぐに笑みを浮かべた。

「なら、遠慮なさらずに来たらよろしいですわ。馬も結構可愛らしいですし……一部を除けばですけど……」

ミーアの脳裏に、にやにやとくしゃみをぶっかけてきた、あの馬のことが思い浮かぶ。

――あいつだけは、許しませんけれど……。ええ、あのクソ生意気な馬だけは絶対に許しませんわっ！

グッと拳を握りしめ、心に誓う復讐鬼ミーア。

――今度、目の前でスイートニンジンケーキを食べて差し上げますわ！　見せつけてやりますわ！

……ちなみにそれは、帝国で料理長が考案し、レシピを送ってくれたお野菜スイーツだった。

食堂で採用予定のメニューだった。

第十一話　その恋に、身を焼かれたとしても……

ルヴィ・エトワ・レッドムーンが初恋をしたのは、彼女が十歳の時のことだった。

ティアムーン帝国四大公爵家の一角、レッドムーン家に生を受けた彼女は、順風満帆《じゅんぷうまんぱん》な人生を送っていた。

生まれながらにして、運動能力に恵まれた彼女は、剣術も馬術もお手の物だった。

三人いる弟たちを凌駕《りょうが》するその剣の腕前に、父であるレッドムーン公爵もご満悦で、「婿《むこ》をとらせて、我が家を継がせよう」などと半ば本気で吹聴《ふいちょう》するぐらいだった。

また、彼女自身も幼心《おさなごころ》に、自らにかかる父の期待に精一杯応えるべく、研鑽《けんさん》を積み重ねていた。

輝かしき英雄の才は、彼女の明るい将来を約束するものだった。

そんな彼女に、一つの転機が訪れる。

それは、彼女が父と共に軍の見学に行った時のことだった。


「強そうな方々がいっぱいですね、父上」

「ははは、そうだな。こう……強そうな大男を見ると、ワクワクするな！」

良兵集めが趣味の父は、血がうずくのか、子どものようにはしゃいでいた。

その後、軍首脳部との会合に向かうという父と別れ、ルヴィは練馬場《れんばじょう》にやってきた。

「退屈だったら、馬にでも乗せてもらいなさい」

そんな父の言葉に従って来たのだ。

すでに幾度も乗馬経験を積み重ねていた彼女は、その日も、ごく普通に馬に乗って時間を潰すはずだった。

けれど、そこで事故が起こる。

ルヴィの乗っていた馬が、突如として暴走してしまったのだ。

「こっ、こら、止まって！　だ、だめ、だめだってっ！」

なんとか馬を止めようと手綱を思い切り引っ張った瞬間、驚いた馬が前足を大きく振り上げた。

「あっ……」

びゅんっと体が投げ出される。

ぐるん、ぐるん、回る視界。

音を消した世界、奇妙に速度を失った時間……、ゆっくりと迫ってくる地面。

ルヴィはぎゅっと目を閉じて体を硬くする。

受け身をとれ、と剣術の師匠には言われていたけれど、咄嗟《とっさ》のことに、体は思うように動かなかった。

彼女にできたのは、ただただ、襲ってくるであろう痛みに、覚悟を決めるだけ……。

けれど、地面に向かっていた体が、急に止まる。

「……ぇ？」

なにが起きたのかわからず、固まったままのルヴィに、

「大丈夫ですかい？　お嬢さま」

声がかけられた。太くて、深みのある男の声。

恐る恐る目を開けたルヴィはそこに、一人の男の姿を見た。

——ふわぁ……、大きな人……。

少女を怖がらせないようにと、不器用な笑みを浮かべた男、それこそがバノスだった。

その日の胸の高鳴りは、ルヴィの内から決して消えることはなかった。

言ってしまえば、それは、ただの一目惚れ……。

幼き日の一瞬のときめき、年端《としは》もいかぬ少女の憧れ、恋未満の他愛もない感情であったかもしれない。

けれど、ルヴィの中で、その一瞬は、宝物のように輝き、その光を増し続けた。

——あの人に、会いたい。もう一度、あの人と会って、言葉を交わして……そして。

その想いはいつしか、彼女の生きる目的へと変わっていた。

成長し、軍内部のことをある程度理解できるようになったルヴィは黒月省に通った。

あの日、自分を助けてくれた者が何者なのか……、まだ、生きているのか？

数年の時をかけて調べを進めたルヴィは、ついにその男を見つけ出す。

百人隊副隊長バノス。

それが男の名だった。

見つけ出しさえすれば、自身の手中に収める方法はいくらでもあると、ルヴィは考えた。

最も簡単なものは監督官として、私兵団に来てもらうことだ。

黒月省に圧力をかければ、その程度のことは容易いこと。良兵集めが趣味の父も、腕利きのバノスであれば、文句は言わないだろう。

あとは、お近づきになったバノスに、徐々にアプローチしていけばいい。

身分差があるから、すんなりと結ばれることはないだろうが、いざとなれば家など捨ててしまえるほどに、ルヴィの恋心は激しかった。

ルヴィは大男好きであると同時に、恋の炎に身を焼く情熱の人でもあった。

ともかく、彼を自分の近くに置いておきたい。それが一番の望みだった。

けれど、その計画が実現することはなかった。

ルヴィが動くよりも先に皇女ミーアが、彼と彼の部隊とを近衛に引き抜いてしまったからだ。しかも、皇女専属近衛隊《プリンセスガード》という、自らの直轄部隊に編入してしまったのだ。

皇女の権限の強い、半ば私兵団のようなあの部隊には、黒月省であっても、おいそれと口出しできない。

結果、ルヴィは、恋する男をミーアに奪われた形になってしまった。

「人の恋路を邪魔するなんて、ミーア姫殿下もずいぶんと野暮《やぼ》なことをするな……」

ぼやきはしたけれど、彼女が足を止めることはなかった。大切な者を得るための彼女の戦いはすでに、数年前から始まっていたのだ。

この程度のことで諦めることはあり得ない。

ミーアがセントノエル学園に入ってきてから……、ルヴィはずっと機会を窺っていたのだ。

そして、時機が来たと見て……動いた。


正直な話、決闘を申し込んだところで、引き受けてもらえるかどうかはわからなかった。

そもそも、皇女に公爵令嬢が決闘を挑むこと自体が非常識極まりないこと、帝国内ではとてもではないが、できないことだった。

だからこそ、ルヴィは、ここ、セントノエル学園で仕掛けた。

中央正教会という権威のもと、聖女ラフィーナが治めるこの学園ならば、多少のことであれば、大目に見てもらえる。年若い者同士のトラブルというのは、日常茶飯事であり、それをいちいち国家間、あるいは貴族の家同士の問題として取り扱うことはできないからだ。

さらに、エメラルダやサフィアスから聞いた、ミーア姫の人となり。最近の皇女殿下はたいそう寛容で、少々の無礼は意に介さない人物に成長されたという。

これならば、決闘を引き受けてもらえるかもしれない。

また、馬術部に決闘を申し込みにいったのも、立会人《たちあいにん》として林馬龍を選んだのも計算の内だった。比較的、高身長の馬龍もまた、ルヴィの興味の対象であり、それゆえ、彼の性格もすでに調べてあった。

あの場で挑めば、恐らくは別の決闘内容にはならないだろう、とルヴィは計算していた。

ミーアは馬術大会に向けて猛特訓を繰り返していたらしいし、馬龍の手前、別のもので勝負とは言いづらい。

かくて、ルヴィは、自身にとって圧倒的に有利な決闘条件「馬術大会での勝負」を設定することに成功する。

戦《いくさ》とは、戦い始める前に、趨勢《すうせい》が決まるもの。

剣を交えるのは、あくまでも、結果を確定させるための行為に過ぎず、実際の勝敗はすでにその前の段階で決まっている。

かつて、聞いた戦略論の話が頭を過る。

それゆえ、負けた時のリスクなど、考慮に値しない。否、そうではなく……。

「いや、あの方を、我が手に収めるためだ。少しばかりの無茶ならばしなければね。私の命ぐらいは安いもの……。我が公爵家の存続にだって興味もない」

それに、仮に、勝算がなかったとしても、それはそれで構わない。

一番辛いのは、負けることではない。大切な者を得るために、戦いすらできないことなのだから。

今も、胸を焦がす感情があった。

あの日の出会いによって生じた恋の炎、未だに少女の胸に宿り、決して消えることはない。

「バノスさま、あなたを必ず、我がもとに……」

ルヴィ・エトワ・レッドムーン。

赤き月の公爵令嬢は、燃えるような恋の情熱を持った少女だった。


一方、そんなこととは露知《つゆし》らぬミーアは……。

「うふふ、スイートニンジンケーキ、作っていただきましたわ。予定どおり、これを目の前で食べて、見せびらかしてやりますわ！　別に、復讐なんて器の小さいことではありませんわ。あくまでも馬術の向上のため……、そう、馬にナメられないためですわ！」

ルンルン、鼻歌を歌いつつ、飼育小屋に向かったミーアは……。

「ふふーん、ああ、とーっても美味しいですわ。最高ですわ。うふふ、どう？　うらやましいでしょう？　ぜーんぶ、あなたの目の前で食べて差し上げ――ひゃっ!?　や……、ちょっ、まっ、こ、これは、わたくしの、あ、あああ！　だ、ダメ！　わ、わたくしのケーキが………」


無事にニンジンケーキを荒嵐と一緒に食べて、親睦を深めたのだった。

めでたし、めでたし。

第十二話　天馬姫《ペガプリ》ミーア、苦戦する

「行きますわよ、荒嵐」

その日も、ミーアは馬場を訪れた。

ここ数日、ミーアは月兎馬の荒嵐との練習に明け暮れていた。

優しく、その首筋を撫でて、それからミーアは軽く馬の脇腹を蹴った。

実のところ……ミーアは馬術に関しては結構、真面目に取り組んでいた。

なにしろ、ギロチンの運命にとらわれていた時から、馬はミーアの命綱。馬術は決して手を抜くことのできぬ技術であると、ミーアは心得ていたのだ。

そして、最近の集中乗馬訓練もあった。その結果、ミーアはここに来て、ついに一つの真理へと到達する。

「乗馬とは、結局のところ馬と呼吸を合わせることが肝要……。つまりは、ダンスのステップと同じようなものですわ！」

という真理に。

ゆっくりと歩きだす馬。その脇腹を、ミーアは、右、左、と軽く合図を送る。

この際、馬が歩きやすいリズムで合図を出してやるのが大切である。これにより、馬は気持ちよく、スムーズに歩くことができるのだ。

さらに、速度を上げる時も同じだ。馬の呼吸に合わせて体のバランスをとりつつ、足で適切に指示を与えていくのが大切である。

——要は、馬の呼吸に合わせることが大切ですわ。

そして、ミーアは気付いたのだ。

相手の呼吸を読み、動きを合わせること……。なんのことはない、それは、ダンスと同じではないか、と。相手のステップに合わせ、音楽に合わせ、体を動かすこと。

それはまさに、社交ダンスと同じなのである。

ところで、すでにお忘れかと思うが、ミーアはダンス上手である。達人の域に達していると言っても過言ではない。ゆえに、ミーアは、比較的スムーズに馬術を体得した。

すでに普通に走らせるのは問題ないどころか、その腕前はなかなかのもので、これはもう、「天馬姫《ペガプリ》」を名乗ってしまおうかしら？　などと調子に乗っているぐらいである。

「ふむ、この速さの時には三拍子、もう少し速くなると四拍子の足運びになりますわね。ということは、こちらからの合図のタイミングは……」

などと……、自らのダンス経験と馬術を繋げて、より理解を深めていく。

そう、ついに、ミーアは「ダンス技能」から「乗馬技能Cマイナス」をスキル派生させてしまったのだ！

だから、月兎馬を乗りこなすことだって可能とミーアが思ったとしても、不思議はなかった……のだが……。

「ぐぬっ……」

馬龍の勧めで、ゆっくりとした歩み、常歩《なみあし》で荒嵐を進ませていたミーアだったが、馬上で小さく呻《うめ》き声を上げた。

——微妙にリズムがズレるんですのよね、こいつ……。こっちが気持ちよく乗っている時に限って……。

そうなのだ……。ミーアが気持ちよーくリズムに乗って合図を送っていると、ふいに、荒嵐がリズムを変えてしまうのだ。

それも露骨にではなく、徐々に、じわじわーっと変えてくるので、そのズレた感じが、微妙に気持ち悪いのだ。

これが常歩ならばよいのだが、少し速度を速めた速歩《はやあし》の場合には、もっと大変だ。馬の上下動が大きくなるため、馬上の人間は、座ったり立ったりを繰り返して、その衝撃を緩和する「軽速歩《けいはやあし》」という動作をする必要があるのだが……。

これもなぜか、荒嵐と微妙に呼吸が合わずに、ミーアは何度もお尻をぶつけることになってしまったのだ……。

「うう、お、お尻がジンジンしますわ……。こ、こいつ、絶対わざとやってますわ！」

などという恨み言が聞こえたのかどうなのか……、荒嵐はくるりとミーアのほうを振り向いて、ぶひひん、っと口の端を上げて見せた。

「お、おのれ……。こいつ……、昨日、目の前で、ニンジンケーキを食べてやったのを根に持っておりますのね……っていうか、あれ、半分以上、あなたが食べてしまったでしょうに……」

歯ぎしりしつつ、ミーアは荒嵐から降りる。

——ああ、相性最悪ですわ……。わたくし、もっと素直で可愛らしい馬のほうが好みですのに……。

ちなみに、馬術大会に参加する者たちは、ほとんどが自分の家から馬を連れてきていた。

そして、速乗りに参加する者たちは、そのほとんどが月兎馬を連れてきており、当然のことながらルヴィも月兎馬を用意しているだろう。

対抗するには同じく月兎馬に乗るしかないのだが……。

――ぐぬぬ、どうして、馬術部にはこんなやつしかいないんですの？

かといって、帝国から馬を送ってもらうわけにもいかない。以前、馬術部に入りたての頃に普通の馬を送るようお願いした時にも、

「大きい馬に乗って、落ちたりしたら大変ではないかっ！」

などと、皇帝からの横槍が入り、安全な小型馬《ポニー》しか送ってもらえなかったのだ。

――それにしても、どうしたものかしら……。このままでは勝負にならないですし……。

腕組みしつつ、考え込むミーア。と、その時だった。

「やぁ、ミーア。調子はどうだい？」

ぱから、ぱから、と馬を駆り、アベルが近づいてくるのが見えた。

「あら、アベル。今日も鍛練ですの？」

「もちろん、勝ちたいからね」

ちなみに、アベルが出るのは、馬上剣術の部門である。シオンも同じだ。

「それにしても、さすがはアベル。しっかりと馬を乗りこなしておりますわね」

「そうかい？　ミーアだって頑張っていると思うけど……」

「わたくしは頑張っているのですけど、この馬が……ひゃっ！」

どす、っと後ろから押されて、ミーアは思わず転びそうになる。

「んなっ⁉」

振り返ったミーアは、自らを鼻っ面で押す荒嵐の姿を見つける。

――こっ、こいつ……、やっぱりわたくしを馬鹿にして……？

きぃっと睨みつけようとするミーアだったが……。

「ああ、もしかすると、ボクがミーアと仲良くしてるから、嫉妬《しっと》したのかもしれないな」

ふと、アベルが思いついたように言った。

「きっと、ミーアのことが好きなんだよ」

「まぁ、わたくしのことが……？」

ミーアは、小さく首を傾げる。

――ふむ、なるほど……。そう言えば男子は、好きな女の子の気を引くために、意地悪をするもの、
とアンヌが言っておりましたっけ……。

ミーアは、荒嵐のほうを見て、ニマァッと、こう……実に、うざぁい笑みを浮かべた。

「なぁんだ、そういうことでしたの？　そういうことなら……ん？」

と、ミーアは気付く。荒嵐の鼻がひくひくとしていることに……。

こういう動きをした後には、大体の場合……。

「ま、まさか……、逃げっ！　うひゃあああああっ！」

ぶぇえぇくしょんっ！

びちゃびちゃびちゃ……。

暴風のようなくしゃみに巻き込まれたミーアは、こてん、っと尻餅をつくのだった。

第十三話　ミーア姫、応援する！　……馬を

「もっ、もも、もう、我慢なりませんわっ！　我慢なりませんわっ！」

厩《うまや》に荒嵐を引っ張ってきたミーアは、ぎりぎりと歯ぎしりする。

布で拭いたものの、その髪はしっとり……ナニカに濡れていた。

「うう、早くお風呂に入りたい……。でも、その前にっ！　馬龍先輩に、相方の馬を変えてもらいますわっ！」

覚悟を決めて、馬龍がいるという、特別厩舎《きゅうしゃ》のほうに向かったミーア……、であったのだが……。

「あら？　おりませんわね……」

厩舎の中には誰もいなかった。「誰も」というか「一頭も」というか……。

不思議なことに、小屋はがらんとして、馬の姿がまるで見当たらなかった。

「そう言えば、ここに入るのって、初めてですわね……あっ」

と、そこで、ミーアは気付いた。

小屋にただ一頭だけでたたずむ馬がいることを。

「まぁ……すごく綺麗な馬ですわ……」

ミーアは、思わず、その姿に見とれる。それは、純白の毛並みの美しい馬だった。

まるで、女王のような気高い様子で、馬はまっすぐにミーアを見つめていた。

「あなたは……」

「こいつはな、花陽《かよう》。荒嵐と同じ、月兎馬だよ」

ふと見れば、すぐ後ろに馬龍が立っていた。

掃除の最中だったのか、手に巨大な馬房用のフォークを持っていた。

「月兎馬……、ああ、そういえば、出産を控えて走れない子がいるって言ってましたわね」

言われてみれば、たしかに、その馬の体はふっくら丸みを帯びているように見えた。

「とても美しい馬ですわね……」

ミーアは小さく笑みを浮かべる。と、そんなミーアを花陽は、じっと静かに見つめていた。その瞳は、やわらかな温かみを感じさせるものだった。

「まぁ、この子……とても優しい目をしておりますわね……」

「そうだな。こいつは雌だし、月兎馬の中ではかなり穏やかなほうだ。こいつが走れるなら、こいつに乗ってもらうところなんだが……」

「あー、それはとても残念ですわ……」

と言いつつも、ミーアは、ふむ、と考える。

――今回の馬術大会では間に合わないかもしれませんけど……、冬までは、どうかしら？

聖夜祭の夜……、ミーアは遠駈けに出かけて、野盗に殺されるのだ。

その際、もしも、足の速い月兎馬に乗ることができていれば、命が助かるかもしれない……。この花陽であれば、こちらの意を汲んで走ってくれそうだし……。あのバカ馬と違って……。

ミーアは期待を込めて、馬龍のほうを見た。

「ちなみに、なんですけど……、馬龍先輩？　この子、いつ出産で、いつぐらいから走れるようになるのかしら？」

「あー、そうだな。大体、あと十日ぐらいで産まれるかな。そうしたらすぐにも走れるが、人を乗せて全力で走るとなると、一週間もあれば行けると思うぜ」

「ほう……ということは……」

十分に冬の聖夜祭までは、間に合うではないか……。

それからミーアは、改めて花陽のほうを見た。ジッとミーアを見つめてくる澄んだ瞳。そこには実に知的な光が灯っていた。

――ああ、荒嵐のアホ面とは大違いですわ！　そう言えば月兎馬は、とても頭のいい馬だと言っておりましたし、きっとあの荒嵐のアホが例外なんですのね……。

感心しつつも、ミーアは思う。

――頭がいいということは、きっと恩義を受けたら、しっかりと覚えておけるはずですわ。あの荒嵐は知りませんけど……、この子は賢そうですし、間違いありませんわ……。ということは……。

ミーアの本能が告げる。

この馬とは仲良くしておくべき。この馬に恩を売っておけ！　と。

ミーアは、一つ大きく頷くと、馬龍のほうを見た。

「あの、馬龍先輩、わたくしもこの馬のお世話をお手伝いしたいのですけど、よろしいかしら？」

「うん？　いや、まぁ、構わないが……。手伝いというと？」

「お掃除とか、体を拭いて綺麗にしたり、ですわ」

馬術部とはいっても、ミーアたちは、馬のお世話はしていない。それを担当するのは、学園の職員であり、尊き身分のミーアたちは、ただ乗馬の技術を磨くのみである。

騎馬王国の馬龍やその影響を受けたアベルなどは、馬術とは馬の世話とセットである、といって、厩舎の掃除などもやっているが、それをするのはあくまでも一部の者のみ。

そんな中、まさか、大帝国の姫がそのようなことをすると言い出すなど、あまりに予想外すぎて、馬龍はぽかーんと口を開けた。

「ああ、もちろん、できる範囲で、ですわよ？　毎日、早朝に起きて、なんていうのは難しいですけど、でも、人手が必要なのではなくって？　その……、大変なのでしょう？　子どもを産むというのは……」

打算とは別の想いも、ミーアの中にはあった。

少し前までは、赤ん坊って大きな鳥かなにかが運んでくるのかしらー？　などと、とぼけたことを言っていたミーアであるが、さすがに最近は正しい知識を身に付けつつある。

なにせ、歴史書のとおりに行けば、八人産まなければならないわけで……。

子どもって実際のところ、どうやって生まれるのかしらー、などとクロエに相談したところ、無言で本を渡されたのだ。

「これに書いてありますけど……、その、びっくりしないでくださいね、ミーアさま」

などと、言われて、おっかなびっくり読んだミーアである。

ゆえに、知っている。

子を産むのは、とても……、とても大変なのだということを。

――わたくし、大丈夫かしら……？　八人も……？　うう……。

などと心配になりつつも、ミーアは花陽のお腹を軽く撫でる。

「頑張るんですのよ。立派な子を産みなさい」

微妙に、花陽にシンパシーを覚えるミーアなのであった。

第十四話　朗報！　馬龍、またしてもミーアに感心してしまう

『我ら、騎馬王国の民は馬と共にこの大地を駆ける者。馬は我らをあらゆる束縛から解き放ち、果て無き彼方の地を見せ、されど、いかな場所にいても、我らを大地に結び合わせるもの。馬は我らの魂。ゆえに、決して粗雑に扱ってはならぬのだ』

それは、林馬龍の体に染みついた言葉、族長である祖父の教えだった。

中央正教会の誇る広大なる宗教圏、馬龍の母国である騎馬王国もまた、その中に位置していた。だから彼らが信仰する神もまた、他の国々と同じく、この地を創りし唯一神である聖神だ。

ゆえに、彼らは「馬」そのものを神聖視することはない。けれど、彼らの信仰は、周りの国々と比較して、少しだけ特殊だった。

ティアムーン帝国の少数部族ルールー族が、森の木々を通して神を見るように、騎馬王国の民は、馬を通して神を見るのだ。

馬とは神に貸与された最も偉大な力であり、比類なき財であり、神と自分たちとを繋ぐ糸だ。中央正教会の聖典を通して語られる神の恩恵、その最も大きなものを彼らは「馬」という形で認識しているのだ。

それゆえに、他の国とは比べ物にならないほどに、彼らは馬を大切にしていた。

馬龍もまた、そのような教えの中で育てられてきた。

だからこそ、

「馬なんて汚らしい。このように臭い獣が学園内にいるなんて、信じられないわ」

ある貴族の令嬢が吐いたその言葉は、到底、許せるものではなかった。

セントノエル学園に入学したての頃の馬龍は、そのことにいちいち憤慨し、周囲との軋轢《あつれき》を深めていた。

しかし、徐々に彼は知っていく。

この学園では、そして、他国の常識ではそうなのだ、と。

騎馬王国では、生まれた頃から馬と共にあり、馬と共に生活し、馬は家族だった。

されど、他国において馬はただの家畜で、場合によっては武器という扱いである。

男ならば、戦場で世話になるのだから、愛着も湧くだろう。商人、あるいは農民であれば、馬は貴重な労働力。同じく大切に扱うだろう。

しかしながら……、貴族のご令嬢にとってみれば、馬はただ、臭いだけの動物だ。

なるほど、仔馬《こうま》などは可愛らしいかもしれないが、あくまでもそれは、観賞用、愛玩《あいがん》用に過ぎない。

無味無臭で綺麗なもの、絵画の中に描かれるような、あるいは、無機質な布でできたぬいぐるみのような、そういうものを、彼女たちは理想としている。

生き物であれば物を食べ、糞《ふん》をする。

どれだけ綺麗にしていても、多少は臭うもの。それが生きるということだ。

そんな当たり前のことを受け入れられない狭量な者たち……。

いつしか、馬龍は、そんな女子たちと距離を置くようになっていった。

だから……、はじめてミーアが馬術部を訪ねてきた時、馬龍が受けた衝撃は、決して小さいものではなかった。

はじめ、彼は警戒していた。

ミーアが、馬に危害を加えるのではないか、と。

以前、馬の糞を踏んだ貴族の令嬢が、馬を処分しろと怒鳴り込んできたことがあった。

くだらない戯言と馬龍は一笑に付したけれど、今回も同じだと思ったのだ。

けれど、ミーアは……。自分の不注意で糞を踏んだわけではなく、馬にくしゃみを吹っ掛けられて、ドレスをダメにされてしまうという、より酷い目に遭ったミーアは……、それにもかかわらず、笑ったのだ。

「ああ、そんなの大したことありませんわ」

なんでもないことのように言って、あっさり、それを許したのだ。

それだけでも衝撃的であったのに、さらには馬に乗りたがり、あろうことか馬術部に入ってしまったのだ。

以来、真面目に馬術に取り組むミーアを見て、馬龍はひそかに感心していたのだ。

その感心の度合いは、ここ最近になって、さらに大きなものになっていた。

——大したもんだな……、この嬢ちゃんは……。

何度も、荒嵐にくしゃみを吹っ掛けられても乗ることを諦めない姿勢。いや、それどころか……。

——最近は、荒嵐の呼吸を読もうとしているようにも見えるな……。

言うことを聞かないから、と、嫌ったり、不貞腐《ふてくさ》れたりするのではなく……、正面から立ち向かい、乗り越えようとする姿勢。

なにより、馬に真摯に向き合うあり方に、馬龍は、まるで国の妹たちに向けるように、温かな気持ちを抱いていたのだ。

けれど、ミーアは、そこに留まることはなかった。

今度は、馬の世話をしたい……である。

——俺の予想を、簡単に上回ってくるな……。この嬢ちゃんは……。

普通のお貴族さまの令嬢であれば、厩は臭い、などと言って近づいてはこない。

まして、彼女は大帝国の皇女殿下である。

けれど、ミーアは言ったのだ。

馬の世話がしたいと。仔を産むのは大変だろうから、と。

慈しむような瞳で、花陽を見ながら、言ったのだ。

もちろん、彼女は素人である。なにかの役に立つとも思えない。

けれど、馬龍は、その言葉自体が嬉しかったのだ。

「ああ、わかった……。それじゃあ、手伝ってもらおうか……。もちろん、できる範囲で構わない」

そんな、じんわりとした感動に胸を熱くする馬龍を尻目に……。

――ふふん、きっちり恩を売っておかないといけませんわね！

そう胸算用《むなざんよう》するミーアなのであった。


こうして、ミーアは、花陽の世話を手伝うことになるのだった。

第十五話　その魂に刻まれたもの

それは、前の時間軸。

語られることのない、小さな失恋の物語。


「ああ……」

体から、力が抜けるような感触……。

ルヴィ・エトワ・レッドムーンは、その報《しら》せに、その場にへたり込んだ。

初恋の人の行方を探っていたルヴィに突き付けられた、残酷な現実……。

静海の森で起きた紛争、辺境の部族、ルールー族との戦いによって、バノスは死んでいた。

彼は、その身に何本もの矢を受け、それでも斃《たお》れた部下二人を担いで森から退却し……、自陣の中で息絶えたという。

幼き日に見た彼の、あの優しい顔が、その死に様に重なる。

――ああ、あの人は……、本当に死んでしまったんだ……。

その認識が実感として、重く腹の中に落ちてきた。

「いったい、どうして……、なんで、そんなことに？」

森という相手の領域に、なぜ、踏み込むことになったのか？

そもそも、どうして……、自国の少数民族との紛争が勃発《ぼっぱつ》したのか？

「はじめは、ベルマン子爵の要請でした。しかし、子爵はどうやら、もっと上のほうからの命を受けていたようなのです」

「もっと上……？　というと？」

百人隊の生き残りを自称する男は、どこか軽薄な口調で言った。

「皇女、ミーア・ルーナ・ティアムーン殿下が……、その森の木を欲したというのです」

「ミーア姫殿下が……？」

「はい……。たいそう豪勢な飾り箱を作るとか……。その材料に使うようですが……」

男は言った。

「その邪魔をしようとしているルールー族を排除する……。我々の部隊はそのために派兵されたようなのです……」

その言葉は、するりとルヴィの耳に入ってくる。まるで、狡猾《こうかつ》な蛇のように……。

「それ……だけの、ために？」

刹那《せつな》の忘我《ぼうが》、次いで生まれた怒りは、ルヴィの全身に絡みつき、その身をがんじがらめにした。

時は流れ……、帝国を大飢饉が襲う。

飢えが広がり、死と怒りとが帝国内に満ちた時、革命の種は芽吹いた。

そんな折、彼女はやってきた。

ミーア・ルーナ・ティアムーン。

帝国の皇女は、部下一人を伴ってやってきたのだ……。レッドムーン公爵家の私兵団の派遣を求めて……。

その求めは実際の武力という意味で重要なものであったけれど、それ以上に、皇帝と貴族とが一枚岩であることをアピールするためにも、重要なものだった。

革命軍の意志を刈り取るために、帝国内の貴族が一丸となっていることを、国内外に知らしめるために……。

——今、このタイミングであれば、止めることはできる……。

それがわかっていながら……、ルヴィは父をそそのかす。

「今は動く時ではないと思います……」

自身の持てる知恵のすべてをもって、戦術論の限りを尽くして、彼女は言った。

今は戦うべきではない……と。

そして、革命軍を勢いづけることを間接的に手伝ったのだ。

やがて……、帝都は火に包まれ、革命は成った。

その火は皇帝一族にとどまることなく、各地の大貴族の領地にも燃え広がった。

精強を誇るレッドムーン公爵家の私兵団だったが、それも帝国軍本隊との連携がなければ、各個撃破の好餌《こうじ》になるのみ。

徹底抗戦の構えで、激戦を繰り広げるも、ついには、革命軍の勢いを削ぐことはできなかった。

兵を引き連れて出陣した父も、弟たちも、ついには帰ってくることなく……。

怒濤《どとう》の勢いで迫る革命軍、燃え上がる領都をぼんやりと見つめながら、ルヴィはつぶやく。

「あれ……？　私……、なにがしたかったんだったっけ？」

すでに、帝都は革命軍の手に落ちていた。

帝国軍もすでに組織的な戦いができる状態ではなく、各貴族たちも、自領の防衛のためにのみ兵を動かし、共同で戦うという姿勢は見せなかった。

帝国最大の門閥である、レッドムーン公爵家が一切の兵を出さず、自分たちのみの安寧を図っている。ならば、自分たちも領地を守るためだけに兵を使って悪い理由はない。

率先して、軍事に明るいレッドムーン公爵が兵を出さなかったことで、他の貴族たちへの範を示してしまった形である。

ルヴィがそのかし、ミーアの依頼を断ったことが影響を及ぼしていた。

すべては計算どおりに進んでいた。

バノスを死に追いやったミーア皇女は革命軍の手に堕ち、処刑される。

復讐は成った。それは紛れもない勝利のはずだ。けれど……、

「こんなことをしたかったわけじゃない……」

胸に残るのは、ただただ空しい感情だ。

ルヴィは派兵の話を断るよう、父に進言した以外、なにもしていなかった。

恨みを晴らすため、帝室に弓引くこともせず、自ら兵を率いてミーアの首を刈りに行くわけでもなく……、ただ領地に引きこもるのみだった。

彼女は、戦わなかったのだ。

なぜなら、彼女には、すでに戦う理由がなかったから……。

もう彼女は、戦ってまで得たいものも、戦ってまで守りたいものも、持ち合わせてはいないのだから……。

館の正面、門が打ち砕かれる音がする。

もうすぐ、革命軍の者たちが押し寄せてくるだろう。

ルヴィは剣を抜き、首に当てる。

「生まれた日から、戦うことを教わってきた。剣の使い方も、兵の率い方も、馬に乗る術も……。だというのに、命を懸ける場を与えられずに死ぬとは、滑稽だね……」

小さく、疲れた笑みを浮かべてから、ルヴィは剣を引いた。

とめどもなく溢れる自らの血に沈みながら、彼女は無限の空虚と失意の中に、その生涯を終えた。

……望むもののために戦うことができなかった、という想い。

その後悔はルヴィの魂に深く刻まれることになった。

第十六話　ミーア姫、無敵モードになる

ミーアは、基本的に早起きが苦手である。

寝ていられるものならば昼までだって寝ていたいし、ダラダラとベッドの上で過ごしたいほうである。自堕落を至上の価値観とする類いの人物なのである。

けれど……、ここ最近、その生活スタイルが少しだけ変化している。

最近のミーアは熱心に馬術に取り組み、体力をすっかり使い果たしてから部屋に戻るということを繰り返していた。

余計な体力の一切を使い果たしてしまうことから、その寝つきは極めて良くなっていたのだ。

夜はすこぶるよく眠れているし、その眠りはとても深い。泥のように眠る、という言葉がぴったりの有様である。

だから……、その翌朝は、早くにしゃっきり目を覚ますようになっていたのだ。

早寝早起きで適度な運動。健康優良児もここに極まれり、なのである。

そんなわけで、最近はすっかりアンヌと同じ時刻に起きるようになったミーアなのだが……。

今までであれば、ベッドの上でゴロゴロしたり、アンヌの妹、エリスから送られてきた小説を繰り返し読んだりしていたのだが……、

「ふむ、せっかく早起きしたんだったら行ってみようかしら……。ああ言ってしまった手前、毎日は

無理でも時々は……、というか、せめて最初の日ぐらいは、朝のうちに顔を出しておかないと、少し落ち着きませんし……」

と、持ち前の小心者的発想から、いそいそと着替えを済ませて、殊勝にも厩舎に向かったのだった。

「おお、嬢ちゃん……随分と早いな……」

ミーアの姿を見た馬龍は、さすがに驚きを隠せないといった顔で、ミーアのほうを見た。

「まさか、こんな時間から来るとは思わなかったぜ……」

「それはこちらのセリフですわ」

ミーアも、少し驚いたような口調で言った。

「こんな時間から馬の世話をしてるなんて、思っていませんでしたわ。まさか、毎日、この時間から？」

「いや、まぁ、もうじき子どもが生まれるからな。気になったってだけだ。それに、できるだけ厩舎の中は綺麗にしてやりたいからな」

「では、お手伝いいたしますわ。なにをすればいいんですの？」

「ああ、そうだな。じゃあ、一緒に掃除を手伝ってもらえるか？」

「ええ、わかりましたわ」

ミーアは馬龍から馬房《ばぼう》用の大きなフォークを受け取ると、腕まくりした。

――やるとなれば、手は抜きませんわ。馬龍先輩もアンヌも見てますし、きっちりと花陽に恩を売って差し上げますわ！

そうして一通りの作業を終えたミーアは、厩舎を後にする。

「あー、疲れましたわ……。うう、腕が痛い……」

ふいに、汗で湿った首筋に気持ちいい風が吹いてきたのを感じて、うーんっと大きく伸びをして
……、直後っ！　飛び上がる！

「ひゃあっ！　な、なんですの？　ああ……」

と、ミーアのそばには、いつの間に来たのか、のっそり荒嵐が立っていた。どうやら、先ほどの風は、荒嵐の鼻息だったようだ。爽やかさが一気に吹き飛んでしまう。

鼻面を、ミーアの後ろ髪に近づける荒嵐。その鼻がいつものようにひくひくするのを見たミーアは……、逃げることなく、むしろ堂々と胸を張る。

「ふふん、どうせこの後、朝風呂に入りますから、どれだけ汚れても平気ですわよ！　ほら、やれるもんなら、やってみなさい！」

そうなのだ……。今のミーアは無敵なのである。

厩舎の掃除をして、すっかり汗で汚れてしまったので、これから朝風呂へとしゃれこむつもりのミーアである。ゆえに、その前に、どれだけ汚されても問題ないという発想！

それは、言うなれば、パンに塗るハチミツを使った遊びに似ている。

朝、目の前に出されたパンとハチミツ。

パンを真っ二つに割り、現れた白い部分に、ハチミツを塗って食すのがミーアの流儀である。が、その際、最終的にはハチミツは満遍《まんべん》なく塗ってしまう。それゆえに、その前に、ハチミツでちょっとした落書きで遊べるのだ。

例えば、これはあくまでも例えばであるが、「ミーア♥アベル」などと書いてニヤニヤした後で、

上からハチミツをかけて塗りつぶして隠すとか……。そういう遊びである。

……別に実際にミーアがそれをしているわけではない。そういうことをしたほうがハチミツもたっぷり塗れるし……などと、ミーアが頻繁にやっているなどというのは、よくあるフェイクニュースの類いである。

それはともかく、どうせ塗りつぶしてしまうの精神のごとく、あるいは、どうせ食べてしまえば誰にも見られないし……の精神のごとく、どうせ風呂に入って洗い流してしまえるし、の精神を持った今のミーアは無敵だった。

これから、ここに寝転んで泥遊びをしてしまってもいいぐらいの気分になっていたのだ。

「ほらほら、ほーら！　いつものクシャミはどういたしましたの？　いくらでも、わたくしに浴びせかけても構わないんですのよ～」

などと、勝ち誇った笑みを浮かべて、荒嵐を挑発するミーア！　実に、こう……控えめに言ってもウザイ。

一方の荒嵐は、というと……、ふいっと顔を背けて歩いていってしまった。

「あ、あら……？　クシャミしませんの？」

置いてけぼりを食ったミーアは、なぜだか、ちょっとガッカリした顔をする。

「ぐぬぬ、せっかくクシャミなんかされてもへっちゃらだというところを、見せつけてやるチャンスですのに……。こいつ、やっぱりわかっててクシャミをかけてきてたのかしら……。ん？　それとも、もしかして、ようやくわたくしの前に膝を屈するつもりになったとか？」

と、その言葉をまるで理解しているかのように、荒嵐が立ち止まり……、

「ぶひひん……」

などと、口の端を上げて笑みを浮かべた。

「なっ、なんですのっ⁉　その笑い方！　ぐっ、こいつ、やっぱり、わたくしのことを馬鹿にしてますわね！　そうなんですのね⁉」

荒嵐は、今度は振り返ることなく、ただ、その太く立派な尻尾のみがゆらーん、ゆらーん、っとミーアを小馬鹿にするように振られるのみだった。

第十七話　馬の威を借れ！　ミーア姫！

「ふむ……、こんなものかしら？」

もっさもっさと巨大なフォークで牧草を整えるミーア。

早起きして、花陽のもとへ通うようになってから、早七日が経とうとしていた。

本当は初日のみで、後はサボってしまおうと思ったミーアだったのだが……、花陽のお世話をした後の荒嵐が、すこぶる乗りやすかったのが気になってしまったのだ。

試しに、翌日も花陽の世話をした後、荒嵐のところに行くと、やっぱり荒嵐は、比較的ではあるが素直にミーアの指示に従った。くしゃみをぶっかけられることもない。

「これは、いったいなぜ……？」

そこで、ミーアは推理した。

考えつつスイーツをモグモグし、モグモグしつつ考えて、モグモグしつつモグモグして……、結果、一つの結論にたどり着く！

「ははぁん、なるほど……。そういうことですのね。要するに、花陽は……」

カッと目を開き、言い放つ！

「荒嵐のボスなんですのね！」

そうして見てみると、花陽には、荒嵐にはない気品のようなものが感じられる。荒嵐には、というか、他のどの馬にもないような、女王然とした気品と、堂々たる雰囲気が花陽にはあるのだ。

馬の上に立つ馬という風格があるのである！

「ということは、荒嵐のやつは……ビビッているんですのね……。ふふん、あのような態度をとっていても、しょせんは荒嵐は月兎馬の中では小物ということですわね」

そうだ、思い返してみればミーアの知る限り、変に威張っていたり、偉そうな態度をとっている奴というのは、たいていが小物に過ぎないのだ。

前の時間軸でも、そんな貴族が媚びを売りにきたことがあったではないか。あれと同じことである。

「恐らく荒嵐も、花陽の匂いを身にまとったわたくしに恐れをなしたに違いありませんわ」

そして、その気持ちが理解できないミーアではない。ラフィーナやシオンを恐れていたミーアは、荒嵐の気持ちがよくわかる。時に、絶対に逆らってはいけないものというのがこの世にはいるのだ。

ゆえに……、

「そういうことならば、これを利用しない手はございませんわね！」

ミーアは、そう心に決めた。

馬の威を借るミーアである。

ということで、翌日以降も毎日、ミーアは花陽のもとに通った。

さらに、自らに花陽の匂いをつけるべく、熱心にその体を拭いてあげたり、馬龍の指示に従って、毛を梳《す》いてやったりしたのだ。

「ふむ……。なんだか、この毛並み……、なぜかしら、親近感がわきますわね……」

などと、ぶつぶつつぶやきながら……。

そうして、八日目の午後のこと。いつもどおり、ミーアは厩舎を訪れた。

「ご機嫌よう、花陽。お元気？」

ミーアが声をかけると、花陽が静かに顔を上げた。ゆっくりとしたその動きに、微妙な違和感を覚える。

「あら？　少し様子がおかしいような……？　ふむ、後で馬龍先輩に言っておいたほうがいいかしら？」

などとつぶやきつつも、掃除を始める。

ちなみに、その頭には布の被り物をし、その服は汚れてもよいように長袖長ズボンの専用のものである。

すっかり掃除が板についてきたミーアである。気分は完全に馬の専門家だ。

「ふふふ、なんだか、こうして働いているとちょっぴり爽快な気持ちになってきますわね」

よく食べ、よく馬に乗り、よく食べて、よく働いて、よく食べて、よく寝る。

完全無欠に健康優良児を極めているミーアである。

ちなみに、少し運動量が減ると途端にＦＮＹ《フニョ》街道まっしぐらの、綱渡りの生活と言えないこともないが……。

　ともあれ、掃除をして綺麗になった馬房を見ると、なんとも言えぬ達成感があって……、ミーアは思わず笑みを浮かべる。

「ペルージャン農業国では王族が刈り入れの陣頭指揮に立つと言いますし、ルドルフォン辺土伯のところでも同じような感じと聞きますわね。なるほど、額に汗して働くというのも、なかなかに良いものですわ」

　そうして、ミーアが、汗をキラキラ輝かせながら、掃除を続けていると……、

「こんにちは、ミーアお姉さま」

「お邪魔します。ミーア姫殿下」

　厩舎の入り口のほうから可愛らしい声が聞こえてきた。

「あら、ベル。それに、リーナさんも……、あ、もしかして、見学に来ましたの？」

　先日、共同浴場で言われたことを、ミーアは思い出した。

「そう言えば、馬に興味がある、みたいなこと言ってましたものね？」

「はい、今日はお邪魔させてもらいました」

　シュトリナはニコニコと華やかな笑みを浮かべながら言った。ちなみに、二人の服装はいかにも見学者に相応しい普通の制服だった。厩舎に入るには、やや不適切と言えるだろう。

　それを見たミーアは、

　――ふふん、素人さんに、しっかりとベテランの技を見せてやらねばなりませんわね。

　ちょっぴり、上から目線で思うのだった。ややウザいドヤ顔をしつつ……。

「それにしても、すごく綺麗な馬ですね、ミーアおば、お姉さま」

ベルが花陽のほうに歩み寄りながら言った。

「そうですわね。その馬は、恐らくこの学園で飼っている馬の中で、一番綺麗な馬ですわ」

どこかの荒嵐とは大違い！　と心の中で付け足すミーア。

「ここの掃除が終わったら、わたくしが馬に乗ってるところもお見せいたしますわね」

「ふふ、そうなんです。リーナさん。ミーアお姉さま、すごいんですよ。馬を完全に乗りこなして
……あれ？」

と、そこでベルが不思議そうな声を上げた。

「ミーアお姉さま、変です。なんだか、この馬、苦しそう……」

「はぇ……？」

そして……、かつてない修羅場がミーアを待っていた。

第十八話　生命の神秘と奇妙な既視感《デ・ジャ・ヴュ》

「どっ、どど、どうしましたの？　花陽？」

慌てて、花陽のそばに歩み寄るミーア。花陽は横向きに倒れたまま、苦しそうに息を荒げていた。

「たっ、大変ですわっ！　アンヌっ！　馬龍先輩を呼んできて！」

「はい、わかりました！」

駆け出したアンヌを見送ってから、ミーアは花陽の傍らにしゃがみこんだ。

「しっかりするんですのよ、花陽。今、すぐに馬龍先輩がいらっしゃいますわ。そうしたら……」

と、優しく話しかけているところに、馬龍が駆け込んできた。

「どうした、嬢ちゃん。花陽がどうかしたのか？」

「ああ、馬龍先輩……」

ミーアは、安堵に座り込みそうになりつつ、馬龍に場所を空けた。

「花陽が、すごく苦しそうで……。あ、もしかしたら、産まれる時は、みんなこうなのかもしれませんけれど……」

ミーアの言葉は、尻すぼみに消えた。

馬龍の顔が、とても厳しいものだったからだ。

「……普通、馬は俺たちが手を出さなくっても、子を産めるはずなんだ。それが上手くできないってことは……」

ごくり、と喉を動かしてから馬龍は、ミーアの顔を見て言った。

「逆子《さかご》かもしれない……」

「逆子？」

けれど、その説明はなかった。

馬龍が口を開きかけたところで、ひときわ高く花陽がいななかいたからだ。

と同時に、花陽のお尻のほうから、小さな馬の後ろ足が出ているのが見えた。

「くっ、時間が惜しい。嬢ちゃんの従者に、飼育員を呼んでくるように頼んでるんだが、このままだと間に合わない。俺たちで引っ張り出すぞ。嬢ちゃん、手を貸してくれ」

「…………はぇ？」

咄嗟に言われて、ミーアは、「はて、引っ張り出すって、誰に言っているのかしら？」などと思わずあたりをキョロキョロと見まわしてしまう。

それから、ようやく、

——え？　え？　も、もしかして、わたくしに言っているんですのっ⁉

一瞬の躊躇《ちゅうちょ》。けれど、直後にミーアは見つけてしまう。

ちょっぴり不安そうにこちらを見つめるシュトリナと、期待に瞳をキラキラさせた孫娘の姿を……。

引くに引けない戦いがあるのだ……。

「わ、わかりましたわ、やりましょう」

決然とした表情を浮かべて、ミーアは言った。それから花陽のほうを見る。

——安心なさい、花陽。わたくしが、助けて差し上げますわ！

それは、花陽に大きな恩を売るため…………ではなかった。

端的に言ってしまうと、ミーアは、子を産まんとする花陽に共感を覚えていたのだ。

——この子は、将来のわたくしですわ……。

そう思えばこそ、気合も入る。

なんとか、花陽を助けるべく、ミーアは腕まくりをした。

そこから先のことは、あまりにも必死すぎて、おぼろげにしか覚えていないミーアである。

馬龍の合図に合わせて、飛び出た足を思いっきり引っ張って……、休んで、もう一度引っ張って……。

そんな断片的な光景は思い出せるのだが……、上手く一つながりの記憶として思い出せなかった。

そうして、気付くと、ミーアは厩舎の中で、腰が抜けたように、へたり込んでいた。疲労感から、手足に力が入らなかった。

その目の前、ぐったりと倒れた仔馬と、その前に膝をついた馬龍の姿が見えた。

「くそ、息が止まってる！」

馬龍が舌打ちをする。それから、仔馬の口元を服で拭い、そこに口をつけた。

ミーアは、ただ茫然と、それを見守ることしかできない。

一度、二度、三度、四度……。どれぐらい、それを続けていたのだろうか。

顔を上げた馬龍は、動かない仔馬を見下ろして……、

「くっ……ダメか……」

悔しそうな、血を吐きそうな声でつぶやいた。

「そんな……」

ミーアは呆然と、花陽のほうを見た。その瞳は、どこか悲しげな色を帯びているように、ミーアには見えて……。

「諦めたら、ダメですわ。まだ、なにかできることが……きっとあるはずですわ」

気付けば、ミーアは言っていた。

ミーアは深く深く、花陽に共感していたのだ。

「何か……、何かできることは……」

必死に考えるミーア。と、助けは意外な方向からもたらされた。

「……もしかしたら、これがお役に立つかもしれません」

そう言って、一歩進み出たのはシュトリナだった。その手には、小さな布袋が握られていた。

「それは？」

怪訝そうな顔をする馬龍に、シュトリナは真剣そのものの顔で言った。

「薬草です。強心性の薬草で、心の臓に刺激を与えて、再び活力を取り戻させるといわれています」

そう言って差し出された袋に、馬龍は躊躇いがちに手を伸ばした。

しばしの逡巡、されど、すぐに首を振る。

「どちらにしろ、このままじゃ助からない。なら、試してみるか」

自分に言い聞かせるようにつぶやくと、ぐったりとした仔馬の口に、袋の中身を注ぎ込む。

一瞬の静寂……、その後……、けほっ！　っと小さな声が聞こえてきた。

「っ！　よしっ！　息を吹き返したぞっ！」

直後、馬龍が快哉《かいさい》を上げた！　それに応えるように、仔馬がぶるるっと体を震わせると、よろよろ起き上がろうとする。

「あ……、あぁ、ああ！　やりましたのねっ！」

ミーアは、思わずといった様子で、深々と息を吐いた。

それから、シュトリナのほうを見て、

「ありがとう、リーナさん。あなたのおかげで、仔馬は救われましたわ！」

「いえ、お役に立ててよかったです」

シュトリナはいつもと変わらない、可憐な笑みを浮かべるのみだった。

それから、ミーアは花陽のほうに歩み寄る。

「よく頑張りましたわね……。元気な仔馬が生まれましたわよ」

優しく首を撫でると、花陽はミーアのほうに穏やかな瞳を向けた。そこには、大きな仕事をやり遂げた自信のようなものが見て取れた。

「うふふ、それじゃあ、花陽、わたくしもお先に、あなたの子を見させていただきますわね」

上機嫌に笑い、ルンルンと仔馬に歩み寄りつつ、ふとミーアは思った。

――そう言えば、花陽のお相手って、どの馬なのかしら……？　きっとすごく良い馬だと思うのですけど……。

ミーアは、花陽に深く深く深く共感しているのだ。それはもはや、自己同一視にも近い感覚である。将来の自分を見ているような気分だ。

ゆえに、花陽の選んだ相手は、きっとすごく良い馬に違いない、という確信があるのだ。

なぜならミーアは、自分の男を見る目に自信を持っているからだ。

そうして、仔馬を見たミーアは……、

「あら？　なんだか、この子、どこかで見たことがあるような……？」

んー？　どこだだったかしら？　と、眉をひそめつつ、顔を寄せたミーア。それを見た仔馬は、鼻をひくひくさせてから……、

「くっちゅん！」

小さく、可愛らしいくしゃみをした……。

ちょっぴり、仔馬のナニカまみれになったミーアは……、何か重大な真実にたどり着きかけた！

けれど、そこに到達する直前に、脳が、理解を拒んだ！

なぜなら、ミーアは花陽に深く深く深く深く共感していたから。未来の自分であるから！

男を見る目は確かなはずで……、あんな、しょーもない馬を相手に選ぶなんてこと、あり得ないから！

そんな無意識下の想いがミーアの認識を阻害して……、

「……………うーん、わたくし、馬にくしゃみをかけられる呪いでも、かけられてるのかしら？」

見たくないものは見えないのが人間というものなのである。

第十九話　夕日のごとき赤き馬

「う、うう……、なんだか、ものすごーく疲れましたわ……」

いささかゲッソリした顔で、ミーアは厩舎を出る。っと、その前に一頭の馬の姿があった。

それは、ミーアの乗馬パートナーである……、

「あら……、荒嵐」

声をかけると、荒嵐は、ぶひひん、といなないた。

心なしか、少し元気がないように見える。いや、元気がないというよりも……。

「もしかして、ボスのことが心配になって来ましたの？　ふむ、なかなかに感心な部下ですわね」

ミーアは優しげな笑みを浮かべながら、荒嵐の首筋を撫でた。

「うふふ、安心するとよろしいですわ。あなたのボスは無事に仔馬を産みましたわよ」

根本的にミーアは、自らに媚びへつらってくる人間を評価しない。それは、権力を失えば簡単に覆るものだと、前時間軸でよく知っているからである。

……そんな中途半端なものを、ミーアは認めない。

例えば、もしも手のひら返しをした後に、再び、相手が権力を取り戻したらどうするのか？　権力者の持つ印象は、最初から敵対していた者以上に悪くなるのではないか？

そんな首尾一貫しないようなものを、ミーアは認めない。

死んでしまった後、時間が巻き戻るなどという奇跡が、この世には存在しているのである。相手の状態次第で引っ込めてしまうような媚びではダメなのだ。

もちろん、ミーアは絶対的な力を持つ者を全力でヨイショする気持ちというものが理解できないわけでもない。むしろ、その気持ちはよくわかる。というか、ミーアは割とそれをよくやる。

ゆえに、ミーアは中途半端に媚びを売る奴のことは認めないが、徹頭徹尾《てっとうてつび》、相手に媚びを売る者は同志として認識する。

そして……、

「ボスが出産で弱っている時にも、変わらず様子を見に来て、常に頭を低くするその姿勢……。ふむ、荒嵐……あなた、なかなかですわね」

ミーアは、荒嵐に強いシンパシーを感じた！

そして、そういう手合いだからこそ……、

「ねぇ、荒嵐？　わたくし、友人と一緒にあなたの大切なボスのお手伝いをしましたのよ？　後で、花陽に直接聞いてもらってもいいのですけど、ボスのお子さん、危ないところでしたの。それをなんとか、わたくしのお友だちの機転で救うことができましたのよ」

ミーア、渾身《こんしん》のアピールである。

自分はボスだけじゃなく、ボスの血を継ぐ次世代の権力者の覚えもいいのですよ？　と、猛烈《もうれつ》にアピールしておく。

円《つぶ》らな瞳でじっと見つめてくる荒嵐に、ミーアは微笑みかけた。

「だから、ね。馬術大会では、一つお願いいたしますわ」

これで一つ、よろしく頼むよ、と、賄賂《わいろ》を渡す政治家の笑みを浮かべて、ミーアは荒嵐に言った。

それに対して、荒嵐は、わかっているのかいないのか。神妙な仏頂面で、ミーアの言葉を聞いていた。

と、ふいに、その耳がピクリと動いた。

それから、荒嵐は顔を上げ、ゆっくりと辺りを見回す。

「あら？　どうかしまして？」

ミーアは、きょとんと首を傾げる。けれど、いかに頭が良いからと言って、馬が返事をするわけでもなし。

答えは、意外な方向からもたらされた。

ぱかぽ、ぱかぽ、っと馬が歩く音。直後に、

「やぁ、ミーア姫殿下。ご機嫌麗《うるわ》しゅう」

そんな爽やかな声を、ミーアの耳がとらえた。

視線を向けると、そこにいたのは、

「あら、ルヴィさん。ご機嫌よう」

馬に乗った少女、ルヴィ・エトワ・レッドムーンだった。

下馬して、ミーアの目の前まで歩いてきた彼女は、もう一度、正式な臣下の礼をとる。

「これから、練馬場に行くんですの？　……というか、立派な馬ですわね……」

ミーアは改めて、ルヴィが乗っていた馬を見た。

それは……、恐ろしく速そうな馬だった。

大地を踏みしめるは、逞《たく》ましい脚、後ろ脚の筋肉はしなやかに盛り上がり、力強さを感じさせた。

その体躯もまた見事。細く引き締まった胴体部は、されど、ルヴィを乗せていても揺るぎもしない、芯の通った体幹を窺わせた。

けれど、それ以上に、特徴的なのは、

「そのように、赤い毛並みの馬がいるんですのね」

夕日のように赤く燃え上がる、立派な毛並みだった。夏の日の陽炎のごとく、ゆらゆらと波打ったてがみは、その馬に、さながら王者のような風格を付け加えているかのようだった。

「お褒めにあずかり、恐悦至極《きょうえつしごく》。この馬は、我がレッドムーン家にも二頭といない、最高最速の月兎馬なので」

赤い馬の首筋を撫でながら、ルヴィは言った。

「到来する月夜の鼻先をかすめるように逃げる、赤き夕焼けの兎、名を『夕兎《せきと》』といいます」

「夕兎……」

名前を呼ばれたのがわかったのか、夕兎は賢そうな瞳でミーアを見て、ふひひん、と小さくいないた。

――あら、なんだか気品すら感じさせる面立ちですわね……。貴族の馬という感じがいたしますわ……。

それから、ミーアは、自分のそばにたたずむ荒嵐のほうを見て……。

――これは……、荒嵐では太刀打ちできないかしら……？

などと、小さくため息を吐く。

っと、その時、ミーアは気づいた。

自身に敬意を表すように優しい目を向けていた夕兎が、荒嵐のほうを見て……「ふっ」と鼻で笑ったのを……。

反射的に、ミーアは悟《さと》る。

――あ、この馬、嫌なやつですわ！

「では、私はこれで。馬術大会、本番を楽しみにしております」

そう言うと、ルヴィはひらりと、夕兎に飛び乗った。そして……、ルヴィは文字どおり赤き風になる。

ミーアと荒嵐が見つめる目の前で、夕兎は練馬場に向けて、颯爽と走っていってしまった。

その速さを見たミーアは、確信する！

――あっ、これ、負けましたわ……。荒嵐を上手く乗りこなすとか、乗りこなさないとか、そういう問題じゃございませんわ。

それから、ミーアは荒嵐のほうを見た。

荒嵐は、怒るでもなく、ムッとするでもなく、実に穏やかな顔で、夕兎のことを見送っていた。

――ああ、荒嵐も察してしまいましたのね……？　あいつには勝てないって……。

ミーアは、どよーんっと気持ちが沈むのを感じた。

馬術大会の本番は、三日後に迫っていた。

第二十話　ミーア姫は、どんな時にも自分らしさを失わない

時間はあっという間に過ぎ去り、馬術大会の当日がやってきた。

会場は、いつもミーアが練習に使っていた練馬場だ。

晴れ渡る青空、そよそよと吹く秋の風が心地よくて、ミーアは思い切り伸びをした。

「それにしましても……」

それから、ミーアは改めて会場を眺めた。

会場となる練馬場は、きわめて広大な面積を誇っている。一周するのに、ミーアであれば半日とは言わないまでも、途中であきらめてしまいそうな距離があった。

馬龍によると、コースの長さは一周千m（ムーンテール）あるという。そのコースを二周してゴールになるとか。

そして、そのコースを囲みこむようにして、少し距離を開けて、無数の幕屋《テント》が建てられていた。露店も複数出ているらしく、漂ってくる香ばしい匂いに、ミーアは思わず鼻をひくひくさせる。

露店は、なにも食べ物屋ばかりでなく、馬術用の服を売ったり、あるいは、少し変わったものだと馬のぬいぐるみを売っている店もあった。

「なんだか、ものすごい活気ですわね……」

楽しい雰囲気に思わず笑みを浮かべつつも、ミーアは小さく首を傾げた。

——不思議ですわ。わたくし、ぜんっぜん記憶にないんですけれど……。

そうなのだ……、生徒会に上がってくる馬術大会準備の報告を見ながら、ミーアは首を傾げていたのだ。

——こんなの……あったかしら？

前時間軸において、ミーアは最低でも二度は、馬術大会を目にしているはずだった。それ以降は国が大変なことになってしまったから、それどころではなかったのかもしれないけれど……。

だというのに、このイベントの記憶はまるでなかった。

気になったミーアは、傍らに控えるアンヌに聞いてみることにした。と言っても、前時間軸のことを聞くわけにはいかないので……。

「ねぇ、アンヌ、去年の今頃って、こんな大会やっていたかしら？」

「昨年の今頃は、レムノ王国の紛争の解決のために、動かれていたのではないかと思います」

アンヌの言葉に、ミーアは、ああ、と頷いた。

「なるほど、たしかにこのぐらいの時期でしたわね。レムノ王国に向かったのが夏休み明けてすぐでしたから……、帰ってきて、後処理をしていた頃かしら……？」

正確に言えば、後処理はすべてルードヴィッヒに任せて、気力を使い果たしたミーアは、ベッドの上でゴロゴロしていた頃なのである。

――授業に出るのすら億劫《おっくう》でしたから、この大会は見に来ていないのかもしれませんわね。アベルやシオンも自国のことにかかりきりで、出ていないはずですし……。

などと思っていると……。

「それだけじゃないぞ。今年の馬術大会が盛り上がってるのは、ほかならぬ嬢ちゃんのせいでもあるんだ」

「あら、馬龍先輩」

振り返ると、すぐそばに、林馬龍の姿があった……のだが。

「今日は、素敵な格好をされておりますのね」

ミーアは、ふむ、と唸って、一歩後ろに下がる。腕組みしつつ、馬龍の格好を上から下まで眺め回す。

黒に金に赤、青に黄色に緑。様々な原色の糸で大きな馬が刺繍されたその服は、おそらくは騎馬王国の民族衣装なのだろう。前合わせの東方風の服に、下は足首の上までを覆う長ズボンだ。

頭の上には、小さな丸い帽子をかぶった馬龍は、豪快な笑みを浮かべた。

「うちの部族の晴れ着だ。今日ぐらいは俺もお洒落《しゃれ》しないとな」

そう言ってから、彼は、感無量といった様子で辺りを見回した。

「それにしても……、まさか、馬術大会がここまで盛り上がることになるとはな……。俺が卒業するまでに、こんな光景が見られるなんて思ってなかったぜ」

「えっと、どういうことですの？　そう言えば先ほど、わたくしのせいとかなんとか……」

きょとん、と首を傾げるミーア。それを見た馬龍は、にやりと笑みを浮かべる。

「なんだ、知らねぇのか。セントノエルでは最近、乗馬がちょっとした人気になってるんだぜ？」

「まぁ、そうなんですの？」

瞳を瞬かせるミーア。

しかし、言われてみるとたしかに、馬術部に入部してくる者が増えていたような気はしていた。それに、教室でも、なにやら馬の話題を聞くことが増えたような記憶もあった。

てっきり、馬術大会が近いから、だと思っていたのだが……。

「けれど、それがわたくしのせいというのは、どういうことですの？」

「覚えてないか？　生徒会長選挙の時、嬢ちゃん、馬に乗って選挙活動してたよな？」

「あー、ありましたわね……。そんなことが……」

遥か遠い記憶すぎて忘れていたミーアである。

なるほど、たしかに、そんなことをやった覚えはあった。

――とっても、迷走してるって思ったものですわ……。

遠い目をするミーアだったが……。

「新生徒会長の趣味が乗馬と聞いて、やってみようってやつもいたらしい。生徒会選挙なんて緊張する場面でも、〝自分らしさ〟を失わない姿が格好良かったって、女子の中でも人気が高まってるらしくってな」

馬に乗った凛々《りり》しい姿のミーアは、実のところ、それなりのインパクトを残していたのだ。

「なるほど、そんな裏があったんですのね……」

思わぬところで、自分が与えた影響に、ミーアは深く思いを馳せ……、

「あ、あの串に刺さった焼き菓子、美味しそうですわね……」

てはいなかった。

どんな時にも〝自分らしさ〟を失わない姿を披露するミーアなのであった。

第二十一話　波乱の予感

「ふむ……こんなものかしら？」

「はい。よくお似合いですよ、ミーアさま」

着替え用に準備された幕屋にて、ミーアは、騎乗服に着替えた。

純白のブラウスとブラウンの上着、長ズボンとブーツを身に着けたミーアは、キリッとした顔で帽子を被り……、

「……心なしかお腹が苦しいような……」

自らのお腹をぽむぽむ、と叩いた。

「……やはり、露店で食べすぎたのは、よくなかったですわね……」

着替えるミーアのすぐ横、備え付けられた小さな机の上には、先ほどまで焼き菓子に刺さっていた串が、一、二、三……………六本……、六本っ⁉

カップケーキのようなものを串に刺したそのお菓子は、たいそう美味で、ついつい食べすぎてしまったミーアなのであった。体重の増量に、荒嵐が職場放棄をしないか心配だ。

「ふわぁ、それになんだか少し眠くなってきましたわね。微妙にやる気が起きませんわ。でも、あの匂いは反則……、わたくしのせいではございませんわ」

などと誰にするでもなく言い訳していると……。

「失礼いたします、ミーアさま」

外から声が聞こえた。

「あら、クロエ。どうぞ、入って」

ミーアの許可を待って、クロエが中に入ってきた。さらに、その後ろには、ぞろぞろと一団の少年、少女の姿があった。

「まぁ、ティオーナさん、それに、みなさんも……」

クロエ、ティオーナを筆頭に入ってきたのは、生徒会選挙の時にミーアの陣営だった者たちだった。

どうやら、みんな、ミーアを応援するために集まってくれたようなのだが……。

ふと、ミーアはティオーナの手元に、串に刺した焼き菓子を見つけて、思わず苦笑いである。

――まぁ、生徒会長選挙の時とは違いますわよね。

今回は、あくまでも遊び気分。みな、馬術大会を楽しんでいるのだろう。

と、ミーアの視線に気付いたティオーナが、

「あっ、えっと、これは……」

慌てて隠そうとするが、ミーアは、菓子のなくなった串を一本見せて微笑んだ。

「買ってしまいますわよね、美味しそうでしたし」

そうして、二人は、まるで悪戯がバレた子どものような顔で笑い合った。

「頑張ってください、ミーア姫殿下。我々は、みな、殿下のことを応援しています」

「まぁ、ありがとう。みなさん。頑張らせていただきますわ」

ミーアは応援団に、小さく頭を下げる。せっかく自分を応援してくれようというのだから、丁重に礼を返しておく。

――もっとも、今回は応援の面では心配しておりませんけど。

相手がラフィーナであるならばともかく、である。いかに四大公爵、いかに星持ち公爵令嬢とはいえ……、今回は皇女たるミーアのほうが断然格上である。

その上、生徒会の付き合いからサフィアスが、腐れ縁でエメラルダあたりも今回は応援に回ってくれるだろう。さらにさらに、ベルがシュトリナを懐柔して、一緒に応援してくれるから……。

――あら！　もしかして今回、勢力的には、わたくし、結構すごいことになってませんこと？　四大公爵家の内、三つを掌中に収めておりますわ。

そこに、聖女ラフィーナ、シオン、アベルの三人の応援を取り付け、騎馬王国の馬龍の応援まで得られるこの状況。

そう、ミーアの権勢は今まさに、大陸全土を窺えるほど絶大なものとなっていた！

――ふっ、勝ちましたわね。

勝利を確信して、笑顔を浮かべるミーア。その笑みは、どこか乾いた、虚しい笑みだった。

――ああ、これが生徒会長選挙だったら、わたくしの心は安らかでいられたのに……。

現実逃避の虚しさに、ミーアは、はふぅっと切なげなため息を吐いた。

そうなのだ、今回、人気というものは、あまり役に立たないのだ。

問われるのは、ミーアの乗馬技術と、なにより馬の足の速さであって……。

――あの赤い馬……夕兎とかいってたかしら……。荒嵐では、あれに対抗するのは難しいでしょうねぇ……。

半ば諦めモードに入っているミーア。そんなミーアに、頼りになる参謀、クロエが進言する。

「それで、ミーアさま、私たちでコースを少し見てきたんですけど……」

クロエは、メガネをキラリと光らせつつ、ミーアのほうを見つめて……、

「今回の大会、波乱が起きそうです」

「……それは、どういう意味ですの？」

きょとん、と首を傾げるミーアに、クロエは小さく頷いて見せた。

「実は、先ほど確認したところ、雨でぬかるんでいるところがかなりあるみたいなんです」

大会当日である今日は見事な晴れ模様なのだが、前日は一日ずっと雨が降っていた。

コースにぬかるみ、水たまりができていても、まったく不思議ではなかったが……。

「ぬかるみ……」

ミーアは、ちょっぴり渋い顔になる。

――それは、ちょっと乗りづらそうですわね……。

今まで練習していたとおりの地面ならばいざ知らず、コースが荒れていたら、下手をすると振り落とされてしまうかもしれない……。

――どうせ、勝てないんだったら、いっそのこと棄権してしまうという選択肢も……。

などと、ますます弱気になるミーアに、クロエは笑顔で言った。

「これは、とっても面白いことになりますよ、ミーアさま」

「はぇ？　えっと、どういうことですの？」

「つまり……、単純な馬の速さでは勝負が決まらなくなった。馬を操る技術や戦略、そして運が関係するようになる、ということです」

ミーアが出るレース、女子の部の参加者は……、二人だけだったりする。

いくら女子に人気が出てきたとはいえ、まだまだ乗馬ができる姫君は、あまり多くはないのだ。実のところ、本当は馬龍の妹もエントリーしてはいたのだが……。

「ははは、ちょっと嬢ちゃんたちじゃ相手にならないからな。せっかくの決闘なのに、二位と三位じゃあ、盛り上がらないだろ？」

そんな馬龍の気遣いによって、馬龍の妹君は男子の部にエントリーすることになった。

ということで、ミーアとルヴィは無事に一騎打ちをする形になったのだが……、大方の予想は、ルヴィ有利というものだった。

理由は、乗り手の問題というよりも、やはり……、馬の問題だった。

ルヴィが連れてきた夕兎。あれは、大陸有数の名馬と名高い馬だったのだ。

「セントノエルで飼育している馬もたしかにいい馬だが、あれには勝てないだろう」

「レッドムーン公爵家も、大人げない。あのような馬を学校の馬術大会に駆り出してくるとは……」

そんな声が、あちらこちらから聞かれる始末。

そのような状況を踏まえた上で、クロエは言うのだ。

「これで、万に一つも勝てる可能性が出てきましたよ、ミーアさま！」

と。

そんなクロエの声を聞きながら、ミーアは……。

――ああ、やっぱり万に一つなんですのね……。

と、小さくため息を吐くのだった。

第二十二話　我が名はミーア・ルーナ・シームーン！

「ふむ……、なるほど、足元がぬかるんでいるので、あまり速く走らせすぎると後半が苦しい勝負になる。クロエの言うとおりみたいですわね……」

先に行われた「速駆け、男子の部」の合間に、練習の時間を与えられたミーアは、荒嵐に乗って、軽く、かるーく流してコースを一周した。

「昨日の雨の影響がかなりありますわね。下手をすると、転んでしまいそうですわ……。やはり、一度、試しておいてよかったですわ……」

調子に乗りやすく、サボりやすいミーアではあるのだが……、彼女の本質は、やはり小心者であった。下見ができるなら当然そうする。

クロエから危ないですよ、と事前に知らされていたのであれば、当然、確認するのがミーアの小心者の戦略論なのである。

「ぐぬぬ、クロエはああ言っておりましたけれど……、この中を走らせるのは、なかなかに大変ですわ……」

額に薄《う》っすらと浮いた汗をぬぐいつつ、ミーアはため息を吐く。

ごくり、と生唾を飲みつつ、今まさに走ってきたコースをミーアは振り返った。

……いや、〝走ってきた〟というのは、少しばかり正確さに欠ける表現かもしれない。

馬の用語的にいえば、駈足《かけあし》……よりは、遅い速足《はやあし》……よりもさらに遅い常足《なみあし》…………をもう少しだけ控えめにした速度で、ミーアはコースを一周してきたのだ。

慎重に、慎重に、慎重を重ねたミーアの、試乗であった。

あまりにのんびりしていたので、荒嵐の頭には、飛んできた小鳥がとまり、なんとも平和な光景が展開されてしまったほどだ。

それはともかく……。

「これは、無事にゴールするためにも、速度は遅めに入るのが肝要《かんよう》ですわね。最後の直線は、多少は乾いているから、あそこに入るまではひたすらゆっくりと走って……。いや、いっそ、ルヴィさんが自滅して転ぶのを期待するということも……?」

自分ファーストかつセーフティーファーストなミーアは早速、まともに勝負する道を放棄する。

「とすれば、勝負の前に、最初から全力で行くことを見せつけておかなければ……。それで、焦って先行させて、ぬかるみに上手いことはまらせれば、あるいは……?」

などと作戦を立てていると、時間はあっという間に過ぎていった。

女子の部に参加するのは、ミーアとルヴィの二人のみ。

くじ引きによって、決められたコースを見て、ミーアは内心でにやり、とほくそ笑んだ。

――これは、よいコースが取れましたわ！

その目が見つめる前方、ルヴィと夕兎とのコースにはすぐに、ぬかるみが見えていた。

まっすぐに進めば、ぬかるみに突っ込むし、避けようと思えば遠回りになるだろう。

――今のわたくしにとっては、数少ない好材料ですわ。これだけで太刀打ちできるとは思いませんけれど、何もないよりはマシですわ……。

そう思いつつ、ミーアは荒嵐の顔を見た。

「それにしても、荒嵐から、まったく闘志を感じませんわね……」

昨日は雨だったので、練習はできなかったものの、花陽の出産以降、荒嵐はますます穏やかな顔を見せるようになっていた。

――うう、どうしたというんですの、荒嵐……。なんだか、先日からひどく達観してしまっておりますわ。

夕兎の無礼な態度に対しても、一切気にした様子のない荒嵐。そのまなざしは、なんだか、大人が子どもに向けるようなものだった……。やんちゃ坊主に対して、「やれやれ、仕方ないなぁ……」と微笑ましく思うような、そんな視線に見えてしまって……。

「荒嵐、わたくしを振り落とさんばかりの、あなたの迫力はどこへ行ってしまいましたの？　あの迫力がなければ、万に一つも勝ち目はございませんのに……」

と、その時だった。ミーアの視界に、ある馬の姿が入ってきた。

「あっ、ほら、荒嵐、あなたのボスが見てますわよ」

それは、もう一頭の月兎馬、花陽だった。優雅な足取りで歩いてきた花陽、その手綱を引いているのは馬龍だ。

「これは、気合を入れなければいけませんわよ、荒嵐。ボスの前で無様は見せられませんわ！」

ミーアは煽《あお》る。けれど、荒嵐は、むしろニコやかに、花陽のほうを見ていた。

やる気は……、やはり、見えない。

「荒嵐、笑ってごまかしてる場合ではございませんわ！　そんなことでどうしますのっ！　勝てないにしても、意地というものがっ……あっ……」

っと、そんな花陽の前を一頭の馬が横切っていく。それは、ルヴィを乗せた夕兎で……。

ひひぃん……っと、夕兎は美しい声でいないた。それから、花陽のほうを見て、アピールするように尻尾を一振りする。

その優美な姿に、ミーアは、

――ああ、花陽にぴったりな優雅な振る舞いですわね……。

などと、ついつい思ってしまったのだ。が……、

「あら？」

ふいに……、ミーアは感じる。

今、荒嵐の背からナニカ……、ものすごく熱いナニカが発散されたような感触を……。

「荒嵐……、どうかなさいまして？」

ぶひひん、っと鼻を鳴らす荒嵐。その顔は、先ほどと同じように、穏やかなものではあったのだが

……。

「あら、変ですわね、さっきたしかに……」

しきりと首を傾げるミーア。

かくて、死闘の幕は切って落とされたのだ。

「いいですわね、荒嵐。最初から……全力で行きますわよ？　先行逃げ切りですわ！」

わざとらしく、ルヴィに聞こえるように勇ましく言う。

もちろん、ブラフである。大嘘である。

荒れたコースに足を取らせて、ルヴィの自滅を誘うのがミーアの作戦だ。

――うふふ、今回は、あまり頭を使わなくっていいから楽ちんですわ。

ミーアは鼻歌交じりに、ペラペラとブラフを口にする。

少し前までであれば、それはできないことだった。

荒嵐に本当の指示であると捉えられてしまうかもしれないからだ。

相手は馬である。頭がいいといっても、あくまでも馬。ゆえに、事前にブラフを口にしますよ、と言っておいても理解できるとは思えない。だから、言い方を気を付け、言葉を選ぶ必要があったのだ。

だが、幸か不幸か、今の荒嵐にその心配はない。

すっかり腑抜けてしまった荒嵐は、ミーアがいかに言葉をかけたところで、まるでやる気を出さないからだ。どれだけ煽っても、やる気が出るとは思えない。

だからこそ……、ミーアは、ルヴィに聞かせるために高々と言う。

「いいですわね！　荒嵐。勝つことこそが正義。綺麗に勝つことなど必要ありませんわ」

セオリーどおり、後半勝負にする必要などまったくない、とミーアは声高に主張する。

最初から飛ばしていこうぜ、と……ルヴィに訴えかける！

「最初が勝負！　最初が勝負ですわよ。まっすぐに突っ込んで、先手を取るんですわよ！」

と、その時だった。

ぶひひん、っと荒嵐のいななきが聞こえた。ゆっくりと振り返る荒嵐。その口の端は、にやり、と上がり……。

まるで「おう、任せろ！」と言ってるように見えた……。

「……あら？」

ミーアは、少しばかり嫌な予感に囚《とら》われるのだった。

そうして、荒嵐と夕兎、ミーアとルヴィが隣同士に並ぶ。

「ミーア姫殿下は先行逃げ切りの作戦をとられるんですか」

ミーアのほうを見て、ルヴィが爽やかな笑みを浮かべた。

「ええ、やはり、こういった競争では、最初が肝心かと思いまして」

「ふふ、見かけによらず姫殿下は豪胆ですね」

ルヴィは、そっと細めた瞳で、コースを眺めてから……、

「私は、慎重に行かせてもらいますよ。このコースで最初から飛ばしてしまうと、後でバテてしまいますから……」

ミーアの作戦、早々に瓦解《がかい》する。

「えっ、ちょっ、まっ……」

けれど、その精神的動揺から立ち直る前に、

「双方、位置について、よーい、始めっ！」

鋭い声、と同時に開始の合図、旗が振られる。

直後、二頭は一斉に駆け出した。

ルヴィの言葉どおり、悠々としたスタートの夕兎。その足取りは堂々たるもので、決して焦らず、余裕を持ったものだった。対して、荒嵐は……。

「ちょっ、こっ、荒嵐、はっ、速いですわ、速すぎますわっ！」

ミーアの言葉どおり、全力スタートだ！　否、それは全力を超えた全力。

魂の力を絞り出すかのような、恐ろしい速さのスタートダッシュだった！

「ひゃあああああっ！」

暴走すれすれの速度に、ミーアは、悲鳴を上げた。

ぐんぐんスピードを上げていく荒嵐。見る間に、夕兎との距離が離れていく。

——ああ、こんなに、最初から飛ばしたら、後半で失速してしまいますわ。というか、これ、途中で絶対に転びますわ！

さらに、ミーアにとって想定外のことが起こる！　それは……。

「あっ、そっ、そちらはっ！」

目の前に迫ってきたのは、例のぬかるみだった。

そうなのだ。荒嵐は、夕兎のほうのコースに斜めに突っ走っていったのだ。

はた目から見ると、それは完全な暴走だった。

ここ最近、上手いこと荒嵐を乗りこなしていたミーアは、混乱に頭がグルグルする。

「なっ、なぜ、わざわざ走りづらいほうにぃっ⁉」

悲鳴交じりのミーアの抗議に、荒嵐はちらりと振り返り、ぶっふ、と鼻を鳴らして……。

なんの躊躇いもなく、大きなぬかるみに飛び込んだ。

「ひやあああっ！」

びっしゃあんっと、泥しぶきが上がる。

ミーアは思わず、体を硬くする。手綱をギュッと握った直後、荒嵐のお尻が高々と上がり、ミーアの体が空中に飛びそうになる……。が……、

「あっ…………」

ゆっくりと回転する視界、その中に、ミーアはしっかりと見た。

びっしゃっ！

荒嵐の力強い後ろ脚で蹴りだされた泥水が……、今まさに、余裕で走っていた夕兎とルヴィにぶっかけられるところを！

ひひぃいんっ！　と甲高いいななき、泥水の目つぶしを食った夕兎が驚いた様子で立ちすくんだ。その勢いが完全に殺され、ルヴィも振り落とされそうになっているのが見えて……。

「な……ぁっ！」

驚愕の声を漏らすミーア。直後、荒嵐の考えが、ミーアにも理解できた。

――つまり、夕兎の前に出て、ぬかるみの泥を蹴りつけてやろうと、さては、これを最初から狙っ

ていく。


てましたのね！　荒嵐んんんん⁉

思考をまとめる余裕などなかった。

荒嵐は再び、ぐんぐん加速していく。

目の前にあるぬかるみを避けて、踏み越え、ジャンプして……。恐るべき勢いでコースを駆け抜けていく。

……実に姑息《こそく》、実に卑怯なこの作戦……。

けれど、それを非難する者は誰もいなかった。

いや、むしろ……。

「おお、やるな、姫殿下……」

馬龍が小さくつぶやいたその感想に同意する者がほとんどだった。

そもそも、馬術とは、なにか……？　貴族の令嬢の優雅な趣味だろうか？

否、そうではない。そうではないのだ！

馬術とは、端的に言って戦《いくさ》の技術。相手に勝つための技術なのだ。

ただ速く走るだけではない。勝つため、相手を蹴落とすために最善を尽くすためのものなのだ。

にもかかわらず、周囲の者たちは誤解してしまっていた。

大国の姫の道楽、大貴族の令嬢のただの趣味。

ぬかるみを避け、力を温存し、最後の直線のみで勝負するなどという、高貴なるお嬢さま同士の小奇麗な、おとなしいレースを想像してしまっていたのだ。

その予想を大きく上回る、なりふり構わないミーアの戦術、さらに、その奇襲を跳ね除け、即座に追撃の体勢を整えつつあるルヴィに、周囲の熱は一気に上がった。

「あれが、ミーア姫殿下の馬術……。いや、ルヴィ嬢の粘りもなかなか……」

そう感心する者たちの目には、

「ひぃいいいいいっ！」

などとミーアが悲鳴を上げつつ、落ちそうになっている姿も戦術の一環なのではないか、と見えるのだった。

そんなわけはないのだが……。


「あはは、やってくれるな、ミーア姫殿下」

ルヴィは、顔にかかった泥をぬぐいながら笑った。

「うん、これでこそ、だ。これでこそだよ、ミーア殿下」

なにより、大切なものを懸けて、戦いができることが嬉しかった。

あの時は戦うことができなかったから……。

一瞬、心に浮かびかけた言葉に、ルヴィは首を傾げた。

「あの時って、いつだっけ……？」

考えても思い出せない記憶。けれど、否定しようがなく自分を動かしている後悔があった。

なるほど、負けることよりも、戦えないことのほうがよほど苦しいのだと……、心のどこかで彼女は理解していたのだ。ゆえに、ルヴィは楽しげに笑うのだ。

「まだまだ、勝負は始まったばかりですよ、姫殿下。行くよ、夕兎」

ルヴィの指示に答え、夕兎が猛然と走り出す。

その華麗にして軽やかな走りは、まさに駿馬《しゅんめ》の名に相応しいものだった。

コース上を駆け抜ける赤き疾風のごとく、ぬかるみを避けつつも加速していく。

そして、その夕兎を駆るルヴィにもまた、注目が集まっていく。

「馬自体の見事さはもちろんだが、レッドムーン公爵令嬢の乗馬の腕前もなかなかのものだな」

そんな声があちこちから聞こえ始める。

大貴族のご令嬢の道楽に過ぎない、そう揶揄《やゆ》していた者たちは、見事に夕兎を乗りこなすルヴィにさっさと手のひらを返したのだ。

けれど、それに対するミーアも負けてはいなかった。

最初こそ、ひーひー、と情けない悲鳴を上げていたミーアだったが、今は静かに淡々と騎乗していた。後ろからぐんぐんルヴィに追いすがられているが、気にするでもなく、焦るでもなく。

……もちろん、言うまでもないことだが、別に気絶しているわけでもない！

静かに前を見据える瞳。その顔には一切の表情は浮かばず、完全な無表情を保っていた。

そこから受ける印象は凪《なぎ》。感情の起伏の消えた、見事な乗りこなしである。

そう、走り出してからしばらくして、ミーアは気づいたのだ。

――これはもう……、わたくしがどうにかできることではないのではないかしら？

人が、大海で嵐に出会った時、その波に抗うことができるだろうか？

否、できるはずがない。

では、嵐のように暴走する荒嵐をミーアが制御することは？　やはりそれもできはしないのだ。

ならば、どうすればよいのか？

ミーアはその答えを、すでに夏に発見していた。

そう、すなわち「背浮き」である！

大自然の中にあっては、人間は無力。大海原の脅威の前では、人間に抗う術はない。波にさらわれた時にすべきは、その流れに抗うのではなく、力を抜いて身をゆだねること。

——そう、海に漂う海月《くらげ》が大いに参考になりますわ。わたくしは海月、わたくしは海月……、ミーア・ルーナ・シームーン（海月）………。

などとブツブツつぶやきつつ、ミーアは荒嵐の動きに合わせることに終始する。

それは、ミーアが見出した、彼女にとっての理想的な乗馬法。

ミーアはずっとなりたいと思っていたのだ。イエスマンに。

それができる人材にすべてを任せて、自分はベッドでゴロゴロしているのが、ミーアの理想なのだ。

では、乗馬においてはどうなのか？

速駆けにおける〝達成すべき目標〟は、言うまでもなく「他の誰よりも早くゴールに飛び込む」こと。

では、それをするのは誰か？

ここにミーアの中で一つの誤解があった。

ミーアは自分が、それをしなければならないと思っていた。

けれど、違うのだ。馬術大会で走るのは……「馬」なのである。

馬が、誰よりも速く走る術を知っているのだ。

ならば、ミーアがすべきは何か？　速く走れる者、すなわち馬に身をゆだねてしまうのである。

そして、決して邪魔をしないことが大事だ。

ゆえに、ミーアは百パーセントの力をもって、荒嵐の動きに合わせる。その動きを邪魔して、荒嵐に無駄な力を使わせないように。そして、それ以上に……落ちないように！　なぜなら、落ちたら痛そうだからっ！

そうして、荒嵐のレース運びに任せていると、

「ようやく追いついたよ、ミーア姫殿下」

一周目の最終コーナーを曲がったあたりで、そんな声が聞こえてきた。

振り返ると、すぐそばに、赤い馬を駆る、男装の麗人《れいじん》の姿があった。

ミーアは、ルヴィの顔を見て、次にその馬、夕兎を眺めた。貴族然としていたその顔は、今や泥にまみれて見る影もない。その眼には、明確な怒りの色が見え隠れしていて……。

「今度はこちらの番だ」

ルヴィの言葉を聞いた瞬間、ミーアは悟る！

「あっ！　こいつらぶつけてくるつもりでひゃあああ!?」

言葉は最後まで言えなかった。

体の傾きを感じた直後、ドスンという重たい衝撃が襲ってきたのだ。

そして、ミーアは見る。

前方で振り返る荒嵐の……得意げな顔を！

そうなのだ、荒嵐は――夕兎が体当たりしようとするのに先駆けて、自分のほうから体をぶつけにいったのだ。

「くっ、やるな。ミーア殿下」

そのタイミングは、まさに絶妙だった。

自分のほうから攻め込もうとする、まさに直前の不意打ち。

体当たりに向けて体に力を入れようとした瞬間の奇襲である。

さしもの夕兎も面食らったようにバランスを崩す。それを尻目に、荒嵐は再び加速！　一気に、また差を広げてしまう。


一周目を終えて、その差は二馬身《ばしん》ほどになっていた。

観客の熱狂を浴びながら、レースは怒濤の二周目に入る！


二周目に入って早々に、夕兎が仕掛けてきた。

先ほどのお返し、とばかりの不意打ち。今度は荒嵐がバランスを崩して、ぬかるみに突っ込んだ。

ばしゃりっと跳ね上がった泥が顔にかかり、

「ふひゃあっ！」

ミーアの悲鳴が響いた。体勢を崩しかけるミーア。それを気遣ったのか、荒嵐がちら、と後ろを振り向いて……、ニヤリ、と口の端を上げた。

──あっ、これ、気遣ってなんかいませんわ。「まだまだいけるよな、相棒？」って顔ですわ！

察した直後、ミーアは思い切り手綱をギュッと握りしめて……。

次の瞬間、今度は荒嵐が仕掛ける。

夕兎がぶつかってくるのに対して、真っ向から押し返す！

バランスを崩しかける夕兎だったが、構わず、再度の反撃。

それに合わせて、荒嵐も体を寄せていく。

一度、二度、三度、激しい体当たりの応酬は、馬上の二人を幾度も、衝撃で揺さぶった。

「くっ！」

額に汗を散らし、なんとか夕兎をコントロールしようとするルヴィ。

一方のミーアは、といえば、それとは真逆のやり方で、事態を乗り切ろうとしていた。

海月の境地、第一の奥義「受け流し！」である。

それは、ミーアが生徒会の書類仕事をしている時に習得したものだった。

生徒会には、日々、さまざまな相談事が舞い込んでくる。

それをミーアは、息をするように受け流す。

クロエから上がってきた報告をさらりとラフィーナへと受け流し、サフィアスから上がってきた報告をするりとシオンへと受け流す。

そうして、彼らの返答に「いいね！」と言ってあげればいいのだ。

下から上へ、右から左へ、ミーアはやってきたものを、そのままの形で、ごく自然に受け流す。

まるで、天井から吊るされた布のごとく、あるいは、風に舞う花弁のように。

くねくね、くねくね……、衝撃に逆らうことなく、くねくね……。あえて力を抜いて流れに身をゆだねて、くねくね……。

その（見ようによっては）華麗な乗りこなしに、観客の間に感心のため息が漏れる。

「ミーアさまっ！　頑張って！」

ふいに響く応援の声。そこにいたのは、ミーア応援団の面々だった。それに合わせて、方々から応援の声が鳴り響いた。

そんな彼らの目の前で、ミーアは手綱から片手を離して、ひらひらと振った。

余裕の態度に、歓声はますます大きくなっていった。

……が、もちろん、言うまでもないことではあるが、あえて言うならば、んなわきゃーない！

ミーアには、すでに余裕など、欠片《かけら》ほども残されていなかったのだ。

片手をヒラヒラさせているのは、手綱から外れてしまった手を、必死に戻そうとしているだけだった。

――ひっ、ひぃいいいいいいっ！　お、おおち、落ちる！　落ちてしまいますわっ！

涙目になって、懸命に荒嵐の後頭部を見つめるミーア。全身全霊の精神力を眼力に費やし、眼力姫の名に恥じぬ眼光を突き刺した！

そのかいあってか、荒嵐は、ふいに後ろを振り返った。

――あっ！　よかった、通じましたのね！

と、一瞬、安堵しそうになるミーアだったが……荒嵐は、ニヤリ、と口の端を上げて答える。

それはまるで、

「わかってるって。必ず勝つから、俺に任せておきな！　これからもっともっと速く走ってやるぜぃ！」

などという……、気合の入りまくった顔に思えてしまって……。

――ひぃいいいっ！　ぜっぜ、全然通じておりませんわ！

さらに涙目になるミーアだった。

そんなミーアに、真横からルヴィの声がかかる。

「さて、ネタも尽きたなら、そろそろ、逆転させてもらおうかな」

勝利を確信した顔で、ルヴィは言うのだった。


――ここまでは、苦戦させられたけど、これで終わりだ、ミーア姫殿下……。

真横に並んだミーアを見て、ルヴィは内心でつぶやいた。

折《おり》しも、そこは二周目のカーブを抜けた先の、ゴールまでの直線だった。

まともな勝負で優位に立てる、ルヴィに極めて有利な場所……。

勝負をかけるならば、ここだ、とルヴィが思っていた場所……。

多少、差をつけられていても、ここで逆転できると踏んでいた場所……。

その、圧倒的有利な直線コース。そこに到達する直前に追いつけたことに、ルヴィは勝利を確信し
……、ふいに違和感を覚えた。

そんなに都合がいいことが、はたして起こるものだろうか？　と。

そう……、戦術を学んだことがあるルヴィは知っている。この世界に、極めて稀に出現する天才の存在……。

相手に勝ちを確信させつつも、巧緻《こうち》な罠にはめていくというやり口……。それは歴史上、幾度も戦場に現出してきた、軍略の天才たちによる、一つの芸術品だ。

天才的な軍略家というものは、相手に決して気付かせず、ともすれば相手が自ら喜んで、死地に足を踏み入れるような……、そうした計略を立てるものなのだ。

そして、ルヴィは知っている。

目の前の少女、ミーア・ルーナ・ティアムーンは、一部の有力者からは、帝国の叡智と恐れられる存在であることを。

彼女の目の前には、自らの馬をじっと見つめるミーアの姿があった。その目は決して死んでいない。

――しまった！　そういうことか。

ここに、ルヴィは自らの失敗を悟る。

ミーアのブラフに、完全に乗せられてしまっていたことに遅まきながら気付いたのだ。

単純な速さ勝負ならば夕兎のほうが有利……。ゆえに、相手は最初から奇襲を仕掛け、体当たりをし、速さで勝負しないやり方をしてきたのだと思った。

けれど、もしもその前提が間違っていたとしたら……？

――ミーア姫殿下の馬が、まっとうにやっても夕兎より少し遅い程度、いや……互角の速さを持っていたとしたら？　最初から、奇策に翻弄《ほんろう》され続けたこちら側と、作戦どおりの走りをしてきたミーア姫殿下の側と、どちらに余裕がある？

つまり、今までのレース展開が、互いの馬の実力差を埋めるためのものではなく……『勝利を確実にするためのもの』だったとするなら……？

ごくり、と生唾を飲み込むルヴィ。

ここに、レースは最終局面に至る。

……ちなみに、最初からここに至るまで、ずっと状況に翻弄…………もとい、状況を受け流し続けたミーアは、この場の誰より余力はないわけだが……。

「も、もう、ダメですわ……。わ、わたくし、お、落ちてしまいますわ……」

弱々しい泣き言は、大きな歓声にかき消され、誰の耳にも届くことはなかった。

第二十三話　決着の時！　ついに心、重なる！　……重なる？

始まりの合図がなんであったのかは、わからない。

けれど、二頭の馬は、ほぼ同時に速度を増した。

荒れた地面を蹴り上げ、泥を散らしながら走る夕兎と荒嵐。

夕兎のお尻にピシパシとムチを入れるルヴィと、両腕をピシパシと手綱に叩かれるミーア。

「いけええぇ、夕兎。もっと速く、速く！」

ルヴィの気合の声が空に響けば、

――ひぃいいいいいいいっ！　おっ、落ちる！　落ちちゃいますわっ！

ミーアの情けない声がミーアの心の中に響く。

ぐらん、ぐらん、揺れる体。足は鐙《あぶみ》から外れかけ、本気で落ちそうになったことが幾度もあった。

何度もブレーキをかけようとしたミーアだったが、それでも、速度は決して緩まなかった。

涙目になり、鼻をスンスン鳴らしつつも、ミーアは歯を食いしばる。

懸命に、自らに言い聞かせる。

もしも、ここで速度を緩めてしまったら、どうなるか？

そうしたら、きっと、例の皇女伝に書かれていた未来も、変わらないに違いない。

こんな状況で、なお、逃げ切らんとする意志を持ち続けられたなら、きっと、これから先、どんな状況にあっても、決して逃げることを諦めることはないだろうと……。

——そうですわ……、わたくしは、この戦いに勝って、それで、また一つ成長するんですわ。だから、この速度は決して緩めてはいけな……あっ、やっぱり無理ですわ。止めて、止めてぇ！

……ただ単に「止まれ」の指示に、荒嵐が従ってくれなかっただけだった。

自分を何とか納得させて励まそうとしたミーアだったが、無理だった……。

すでに限界を超えつつあり、目の前が涙でぐんにょり歪んでいた。

ゴールまでは、あと直線の半分を残すのみ。一進一退の攻防は、わずかながら、荒嵐のほうがリードしていた。けれど……、

「ああ……もう、本気で無理かも、しれませんわ……うっぷ」

その馬上で、ミーアは小さくつぶやいた。口の中いっぱいに、酸っぱい何かがたまっていて、なんだか、目の前がグルングルン、回っていた。

その弱々しい声に、ピクリ、と荒嵐の耳が動いた。

わずかな一瞬、荒嵐はチラリ、と顔を横に向けた。

それは、まるで「本当に無理なら止まるけど、どうする？」と、ミーアを気遣うために、振り返ったかのようだった。少なくとも、ミーアにはそう見えた。

必死の勝負の最中、乗り手である自分を気遣ってくれる荒嵐。

それなのに、自分が頑張らなくていいのか？

ミーアは、静かに瞳を閉じる。

刹那《せつな》、まぶたの裏に甦るのは、これまでの荒嵐との日々だ。

幾度も、このコースを共に駆け回り、息が合わずに何度もお尻を打ってしまったこと。

撫でようと思ったらくしゃみを吹っかけられたり、なんだか知らないけど、くしゃみを吹っかけられたり、吹っかけられたり、吹っかけ……。

そんな温かな練習風景が、目の前にありありと甦ってきた。

なんだか、馬鹿にされてるような気がしたことは何度もあったけれど、それでも、きっと荒嵐は気遣ってくれていたのだろう。

なぜなら、今日までミーアが大ケガをしたことはない。本気の荒嵐の前では、何度落ちたとしても不思議はなかったのに……。

——わたくしが気付かなかっただけで、きちんと気にしてくれていたのに違いありませんわ。

そう考えると、今日までの鍛練の日々が、なんだか、すごく楽しい時間に思えてしまって……。

一つ一つの思い出のシーンがキラキラ輝いて見えて……。

………それは、人が一生を終える寸前に見てしまう例のアレにも似ていたが……、まぁ、それはともかく。

そんな日々の、一つの結実は今日なのだとしたら、ここで立ち止まることなどできるはずもなくって。

だから！

「最後のひと頑張りですわよ！　荒嵐！」

ミーアは、やせ我慢の一言を絞り出す。

「絶対に……、絶対に負けるんじゃ、ありませんわよっ！」

ミーアが声をかけた刹那、どこかで小さな馬のいななきが聞こえた。

それを合図にしたのかどうなのか……、荒嵐はそこからさらに加速する。

――絶対に勝ちますわよ！　荒嵐！

ミーアは、荒嵐と一緒になって走っているような、そんな一体感を覚えていた。

人と馬との心が重なるというのは、こういうことなのか……と感動すら覚えるミーアである。

すぐ後ろ、夕兎の荒々しい吐息を感じる。その足音は決して離れず、ただひたすらについてきていた。

いつもであれば、そのプレッシャーに吐きそうになるであろうミーアであったが、今はまるで不安はない。

「負けませんわよ。荒嵐は、あなたなどには絶対に負けませんわ！　そうですわよね？　荒嵐！」

その声に、応えるかのように、再度のいななき！

行ける、行ける、どこまでだって！

荒嵐ならば、地の果てにだって、自分を連れて行ってくれるかもしれない……。そんなことさえ思ってしまって……。でも、

「あっ…………」

そんな楽しい時間は、長くは続かなかった。

ミーアは、唐突に気付いた。

ゴールラインは、すでに、自分たちの後ろに過ぎ去っていることに……。

「あっ……」

次の瞬間、遠のいていた音が一気に戻ってきた。

歓声、歓声、大歓声！

ミーアの勝利を讃える声が、ミーア応援団の面々の声が、ミーアの耳に届いて……。

「……わっ、わたくし、勝ちましたの？」

辺りをきょろきょろと見まわしたミーアは、自分の仲間たちが笑顔で手を振っているのを見つけて……。

「ああ……勝ちましたのね！　やりましたわっ！」

思わずといった様子で、ミーアは両手を上げた！　そのまま、ブンブンと応援してくれた仲間たちに手を振る。

ブンブン、ブンブンと……。

そして、当然のことながら……その手は、手綱を握ってはいなかった！

「………あら？」

刹那、奇妙な浮遊感がミーアを襲った。

そう、ミーアは忘れていたのだ。

つい先ほどまで、荒嵐の滅茶苦茶なスピードに慣らされてしまっていたから、ついつい、止まっているんじゃないかしら？　などと騙されてしまったのだ。

ゴール直後のミーアも、それはそれは結構な速度で進んでいて……、だから……、

「あら？　あら？」

ぐるん、ぐるん、視界が回る。その場で立ち止まる荒嵐の姿がゆっくりと遠のいていって……。

そして……ミーアは……飛んだ！

「…………はぇ？」


ぽかーんと口を開けたまま、すっ飛ばされていくミーア。

その前に風のように駆けつける影があった。

「っと、気を付けろよ、嬢ちゃん」

それは、ゴール付近にて待機していた林馬龍だった。

ぽーんっと綺麗な放物線を描いて飛んできたミーアを、馬龍は乗っていた馬を操って、見事にキャッチ。そのまま小脇に抱えて、コースを軽く流す。

「馬に乗ってる時はよそ見をしたり、手綱を離したらだめだぞ、嬢ちゃん。馬術部では何を教えてるんだ、ってことになっちまうからな」

お説教されたミーアは……、しょんぼり肩を落としてしまう。

「うう、面目次第もございませんわ……」

怒られた子犬のような顔をするミーア。

ちょっぴりしまらないヴィクトリーランを披露してしまうミーアであったが、それでも、健闘を称える声が小さくなることはなかった。

コースを一周した後、大地に降り立ったミーアは……、

「くぅっ……、とっとと、とんだ恥をかいてしまいましたわ」

つぶやきつつも、自らの愛馬の姿を探す。

「それにしても、やっぱり楽しかったですわね。最後の瞬間は、きちんとわたくしの想いを汲み取って加速してくれましたし、こう、荒嵐と心が一つになったような気がいたしましたわ。褒めてあげなければいけませんわね」

そうして、ミーアは荒嵐の姿を探す。と……、

「あら……？」

ゴール付近で、仲睦まじく過ごす三頭の馬の姿が目に入った。

それは、レースを見に来ていた荒嵐のボス、花陽と、その子どもの馬で……。

その二頭に実に馴れ馴れしく、体を擦り寄せる荒嵐の姿があって……。

その姿は、まるで……仲の良い家族のように見えて……。

「おお、荒嵐、息子と奥さんにいいとこ見せられて良かったなぁ」

仲睦まじい三頭の姿を見て、馬龍が言った。

「……はぇ？」

ぽかん、と口を開けるミーア。その目の前で、荒嵐が、ぶふふん、っと上機嫌に尻尾を振っていた。

――あ、ああ、なるほど……。言われてみれば、あの仔馬、荒嵐に似てましたわね。

なんとなく納得してしまうミーアである。が……、

「あら……？　そう言えば先ほど荒嵐が加速したのって……、そう言えば花陽たちがいた場所だった

ような……？　それに、あの時、顔を横に向けたのも、もしかして、そちらを見つめていたから……？　最後、頑張ったのは、もしかして奥さんや子どもにいいところを見せたかったからなんじゃ……？」

一瞬、心に思い浮かんだ想像を、ミーアは即座に否定する。

「そっ、そんなわけないですわよね。あれは、わたくしと荒嵐の心が一つになったから。その結果の勝利ですわ。うん……」

これ以上、このことを考えても決して幸せになれないような気がしたミーアは、その想像を丸めて、思考の彼方に放り投げた。

記憶の彼方と同様に、思考の彼方も、とても近くにあるミーアなのであった。

――それにしても、花陽……あなた、将来のわたくしだと思っておりましたけれど、男を見る目はなかったみたいですわね。

ちょっぴり、憐みのこもった目を向けるミーア。それを見て、不思議そうに首を傾げる花陽。そして……。

「あら？」

ミーアは、ふと、首筋に涼しい風を感じる。

それは、以前も感じた感触で……。

「まっ、まさか……」

振り向いたミーアの目の前、鼻をひくひくさせる荒嵐の姿が……。

「ひっ、ひぃいいいいいいっ！」

……まぁ、そんな感じで、速駆け部門の勝者となったミーアなのであった。

よかった……ね？

第二十四話　唸れ！　恋愛脳！

ゴールラインを超えた時、ルヴィは静かに瞳を閉じた。

耳に響き渡る歓声。

賞賛の声が飛び交う中、目を開けたルヴィは、前を行くミーアの姿を見た。

ついに届かなかった、その小さな背中を、ただただ見つめることしかできなかった。

――ああ……、負けたんだ……。

その実感は、遅れてやってきた。

だけど、後悔はなかった……ないはずだった。

だって死力を尽くして、できることをやって、それで……負けたんだから。

大切なものを手に入れるために全力を尽くすことができた。戦うことができた。

それ自体は、とても幸せなことのはずで……そのはずで……だから悔いはないし、思い残すことなんかあるはずもなくって……。

「いい勝負だった……な。うん、勝負なんだから、当然、負けることだってあるってことぐらいわかってたし……ひくっ……」

ふいに、口から息が漏れる。ひく、ひくっと息が切れて、上手く息が吸えなかった。

ぐにゃり、と目の前の景色が歪む。

ぽろぽろ、ぽろぽろ、とその瞳から、なにかが零れ落ちる感触……。

両手で懸命に拭うけれど、溢れる涙を止めることはできなくって……。

ルヴィは、幼い少女のように泣きじゃくった。


——うぐぐ、か、勝ったのに、どうしてこんな目に？

しょんぼりヴィクトリーランを披露してしまった上に、荒嵐のくしゃみで吹き飛ばされるというオチまでつけてしまったミーアは、着替えるために幕屋に向かっていた。

「お疲れさまです、ミーアさま。とっても、格好良かったですよ！　すぐに、綺麗にして戻りましょう」

「うう、よろしくお願いいたしますわね、アンヌ」

その途中のことだった。

ミーアは、ルヴィの後ろ姿を見つけた。

——ふむ……、まぁ、いささか情けない姿を晒してしまいましたが勝ちは勝ちですわ。これでバノスさんのことでとやかく言われることはございませんわね。それで良しとしなければなりませんわ。

ふんす、と鼻息を吐いてから、

——それにしても、そもそもルヴィさんが、こんなことに巻き込んでくれなければ、わたくしが恥をかくことはございませんでしたし……。ここは思いっきり勝ち誇って、少しでも憂さを晴らさなければなりませんわ！

ミーアは思いっきりドヤってやるべく、ルヴィの前に歩み出て……。

「……ぇ？」

思わず、言葉を呑み込んだ。

ルヴィが、子どもみたいに泣きじゃくっていたから……。

──え？　え？　どういう……え？　なんでこの人、泣いてるんですの？

ミーア、混乱！

さらに……。

「さっきのミーアさまの乗馬、素晴らしかったですね」

「ええ、さすがはミーアさん。すごいレースでした」

などと……タイミング悪く、ティオーナとラフィーナの声が近づいてくるのを、ミーアの耳が敏感にも察知する。

──まっ、まずいですわ。こんなところを見られたら……、わたくしがルヴィさんをイジメてるみたいに思われてしまいますわ！

刹那の判断！　ミーアはルヴィの手を引いて、着替え用の幕屋に向かった。

「とっ、とりあえず、こちらへ。さ、早くお入りなさい」

幸いなことに、大会への女子の参加者は、ミーアたち以外だと馬龍の妹のみ。当分、この幕屋には誰も入ってこないだろう。

「アンヌ、申し訳ないのだけど、誰も入ってこないように外で見張っていてくれないかしら？」

念には念を入れて、アンヌに指示。それから、改めてルヴィと向き合う。

ルヴィは、ここに来るまでに泣き止んでいた。もっとも、その顔は、涙でベタベタになっていて、ひどいものだったが。

荒嵐のくしゃみでベタベタになっているミーアと、どちらがマシか、微妙なところだった。いや、そうでもないか……？

「まぁ、とりあえず、顔を拭きなさい」

そう言って汗拭きを手渡しつつ、ミーアは考える。

なぜ、ルヴィが泣いていたのか……？　ということを。

――いいえ、そんなの考えるまでもありませんわね。わたくし、こういう話題には結構、鋭いんですのよ！

最近、クロエから借りた恋愛小説に、ちょっぴりはまったミーアである。

気分は、すっかり、恋愛マスターだ！　そんなミーアの優秀な〝恋愛脳〟が告げる。すなわち！

「ルヴィさん、あなた……、バノスさんのことが好きなんですのね？」

そう指摘しつつも、

――なぁんて、ね……。まさか、そんなはずないですわよね。

思わず、自らの推理に苦笑するミーアである。

――たしかに、バノスさんは独身だったはずですけど、お二人では年の差はもちろん、身分差もございますし……。なにより、バノスさん、いい人ですけど、顔は若干、山賊入ってますし……。

恐らくは自分に負けたことが悔しくて泣いていたんだろう、とミーアは判断する。

なので、あくまでも、「恋愛」に関することはジョークとして言っていたわけだが……。

「よく、わかりましたね……。ミーア殿下」

小さく頷きつつ、頬を染めるルヴィにミーアは思わず飛び上がった。

「うぇぇ!?」

想定外の事態に、動揺を隠しきれないミーアである。

「あー、そ、そうなんですのね……。ああ、そうじゃないかと思ってましたけど？　でも、ちょっぴり大胆といいますか、驚いてしまいましたわ……」

などとブツブツ言いつつ……、ミーアは改めて冷静に考えてみる。

――ということは、わたくしは恋の邪魔者ということになりますわね……。馬に蹴られないように注意しなければ……あら？　でもたしか、こういう恋を邪魔する役目の人って、刺されたりすることもあるんじゃなかったかしら……？

クロエ蔵書から得た知識を思い出し、ミーアはちょっぴり背筋が寒くなる。

剣術の鍛練を積んでいるルヴィの前にあっては、自分など、とても相手にならない。

ミーアは、ちらりとルヴィのほうを見る。

涙で赤く濁った瞳をしているルヴィ。今は、その瞳には恨みの色は見られないが……。

――これは、やりそうな顔してますわね！

ミーアは思い出していた。かつてあったことを……。

大飢饉の際に何があったのかを……。

援軍の依頼をしに行った時、断られたこと。その理由が、バノスの死にあったとするなら……。

——静海の森での事件が、わたくしのせいにされているのでしたら、ルヴィさんがわたくしを恨んでいたとしても、不思議はないはず。だから、あの時に断った。

あらゆることが、ルヴィの恋心を中心に、つながっていく。

かつてないほどの冴えを見せるミーアの頭脳。ミーアの恋愛脳が唸りを上げていた。

——恋した男の復讐のために、わたくしの依頼を断ったのですわね……。身を滅ぼしてでも、恋を貫く……。なんて、素敵……じゃない。危険な発想法ですわ！

ルヴィをこのまま放置するのは危険。そう判断したミーアは、しばしの逡巡の後、口を開く。

「ルヴィ・エトワ・レッドムーン、約束を守っていただきますわ」

ぴくん、っとルヴィの肩が揺れる。

それを完全に無視して、ミーアは続ける。それは危険な人物から剣を取り上げるため？　否、そうではなくて……。

「あなたの剣を、わたくしに預けなさい」

彼女の剣を自らのものとするために……。ミーアは静かに手を差し出す。

「あなたには、わたくしの皇女専属近衛隊《プリンセスガード》の責任を担っていただきますわ」

「…………え？」

パチクリとルヴィが瞳を瞬かせていたが、構わずミーアは続ける。

「現在の部隊長であるバノス隊長の副官として、彼をサポート。作戦立案などの補佐をしなさい」

厳《おごそ》かに、ミーアは言った。

そこには、刹那の計算があった。

ルヴィが混沌の蛇であるという疑いはもちろんある。

彼女の涙が嘘だとは思いたくないが、それでも、蛇であればそのぐらいの演技をやってくると、ミーアはきちんと理解していた。

そのうえで、ミーアは考えたのだ。

――ルヴィさんがすでに蛇である可能性と、今後、蛇になる可能性……。それを慎重に検討しないといけませんわ。

もしも、ルヴィをバノスから引き離し、なおかつ彼女の剣を取り上げるようなことをしたら、どうなるか？

そんな傷心の彼女を、はたして混沌の蛇が放っておくだろうか？

――レッドムーン公爵家は、軍部に多大な影響力を持っている。もしも、蛇の連中が帝国を瓦解させようとするならば、ルヴィさんは、とても都合が良い人材と言えますわ。

ミーアに恨みを抱いたルヴィが、混沌の蛇の一員となる……、それは最悪の未来と言える。

では逆に、彼女をバノスのそばに置いた場合はどうか？

当然、彼女が今現在、蛇でなかった場合には、将来的に蛇になることを防ぐことになる。

大きな恩を売ることができる！

では、もしも、彼女が蛇であった場合はどうか？

バノスへの恋情がすべて嘘で、ミーアの陣営に潜入しようとしていた場合は？

――サフィアスさんの場合と同じことですわね、それ……。バノスさんのそばにつけてやって、しっかり監視させれば、動きが取れなくなるはずですわ。

バノスに恋しているという名目でミーアに近づいてきた以上、彼から離れるような行動はとりづらくなるはずだ。どれだけ監視されたとしても、文句を言われる筋合いはないということである。

——野放しにするよりは、むしろ、そちらのほうが対処しやすいかもしれませんわね。

と、そこまでは計算していたのだが……。

……けれど、実のところこの計算、最初から一つの流れに沿ってされたものだったりする。

それは、ルヴィとバノスの恋愛を成立させるというもので……つまりは！

——身分違いの恋とか…………燃えますわね！　実に！

これである！

クロエから借りた本の中にあった、騎士と姫君の恋愛劇……。それを実際に間近で見られる機会……。それを逃すことなどできるだろうか？

否、できない！

——ぜひ、見てみたいですわ！

もっともらしい理由をこねくり回しつつも、実になんとも恋愛脳なミーアなのである。

「私を……、皇女専属近衛隊《プリンセスガード》に……？」

呆然とつぶやくルヴィに、ミーアは言った。

「ルヴィさん、あなたにだけ話しておきますけれど……近い将来、皇女専属近衛隊《プリンセスガード》に重要な役割を課そうと思っておりますの。護衛だけでなく、わたくしの手足となって働く部隊になってもらいたいって思っておりますの」

大飢饉の時、苦労してルードヴィッヒが用意した食料の輸送部隊は、幾度も襲われた。

飢えた民衆や、食糧不足にあえぐ兵士の一部は盗賊となり、襲い掛かってきたのだ。

補給につけた護衛自体が略奪部隊に変貌することもしばしばで……、裏切りに遭う都度、ミーアは思っていたのだ。

——ああ、頼りになる部隊が欲しいですわ……。裏切らないで、きちんと仕事をする兵が……。

もしかして、裏切るかも……？　などと不安に思わずにいられることは幸せなこと。

ミーアは肝心の食糧輸送部隊に、自らの最も信頼する部隊である皇女専属近衛隊《プリンセスガード》を使えないかと考えていたのだ。

——もしも、ルヴィさんに入ってもらえたなら、結構、美味しいことですわ。上手くすると、精強と名高いレッドムーン家の私兵団を派遣していただけるかもしれませんし……。

前の時間軸で断られてしまった援軍……。そこから兵を出してもらうことも可能となるかもしれない。

——まぁ、そこまで上手くいくかはわかりませんが……なにはともあれ、バノスさんとルヴィさんの恋模様は気になりますし。ふふ、ちょっぴり楽しみですわね！

ほくそ笑むミーアであった。


ティアムーン帝国女帝、ミーア・ルーナ・ティアムーンは友人が多い人物として知られている。

彼女の親友といった時、まず思い浮かぶのは、聖女ラフィーナや星持ち公爵令嬢であるエメラルダ、フォークロード商会のクロエや辺土伯令嬢のティオーナなどだろうか。

身分も出自もさまざまな女性たちが、彼女の友人として、深い絆を育んでいた。

では、女帝ミーアの盟友といった時に、一番に名が挙がるのは誰だろうか？

さまざまな見解があるだろうが、筆者はルヴィ・エトワ・レッドムーンの名を挙げたいと考える。

四大公爵家の一角、レッドムーン公爵家に生まれた彼女であるが、その名はむしろ、帝国史上初の黒務卿《こくむきょう》を務めた女性として知られているのではないだろうか。

軍務を司る黒月省のトップ、黒務卿となった彼女は、自らの実家の影響力をフルに活用し、また大将軍ディオン・アライアらとも協力し、帝国軍に改革をもたらした女性だ。

古き慣習によって生じていた無駄を一掃、極めて合理的なシステムを構築することで、女帝ミーアの改革に一役も二役も買った人物として記録されている。

ところで、大貴族の令嬢である彼女がどのような経緯で軍務に足を踏み入れたのかは、謎とされている。レッドムーン公爵家はたしかに黒月省に近しい家柄ではあったものの、なぜ、その家の令嬢が、そのような殺伐とした世界に進んだのかは、はっきりとした記録が残っていないのだ。

彼女の軍人生活の出発点が皇女専属近衛隊《プリンセスガード》であったことから、後の女帝、皇女ミーアの意向が働いたものと考えるのが妥当だろうが、あくまでそれは推測の域を出ない。

謎といえば、もう一つ。彼女の夫についての記録も、不思議なことにどこにも残されていなかった。

帝国四大公爵といえば、皇帝を除けば、帝国最高位の貴族として知られている。その令嬢の夫の名がどこにも記されていないことは、大きな謎である。

一説には、歳の離れた平民の兵士を夫に選び、生涯、その者に添い遂げた、などという荒唐無稽《こうとうむけい》なものまで存在している。

その身分違いの恋をかなえるべく、女帝ミーアとその仲間たちが後押しした、などという話も残されているが、これはさすがに飛躍が過ぎるというものだろう。

彼女の三人の息子が偉丈夫《いじょうふ》で、並外れた高身長を誇っていたこと、そして、彼女の相手として釣り合う貴族の男子に、そのような高身長の者が見当たらないことを理由に出てきた俗説の一つだろう。

とある歴史家の論文より

第二十五話　インフレ×インフルエンサー

「レッドムーン公爵家の令嬢を味方に引き入れた……？」

ミーアから送られてきた報告書に目を通したルードヴィッヒは、思わず感嘆のため息を漏らした。

「……相変わらず、ミーアさまは素晴らしいな」

そこは金月省《きんげつしょう》の一角。ルードヴィッヒの執務室だった。

「なるほど、レッドムーン公爵家の令嬢が味方になってくれるのであれば、軍部の改革も進めることができる。それに……、なるほど、皇女専属近衛隊《プリンセスガード》の増強も視野に入れてのことか……。さて、どうやって、味方に引き入れたのやら……」

ミーアの使った手練手管《てれんてくだ》がどのようなものであったのか……。想像するだけで、知識欲を刺激されて、ついついニヤけてしまうルードヴィッヒである。

相変わらず、彼の中のミーアの評価はインフレ気味だ。しかも……、

「そうだ！　今度、ミーアさまに詳しく聞いておいて、バルタザルとの酒飲み話にしよう。師匠も呼

んで、同門の者たちも何人か……」

被害者を増やそうとする、立派なインフルエンサーぶりだ！

「あはは、そうだねぇ。その話は近衛隊員でも聞きたいやつが多いんじゃないかな？」

ふと、明るい笑い声のほうに視線を向けると、そこにはディオン・アライアが立っていた。

今日も今日とて、軍務の一環と称して、ルードヴィッヒのところにサボりに来たディオンである。

百人隊長を解任された彼は、黒月省の官吏である三等武官となっていた。

ティアムーン帝国における軍隊とは、大きく分けて二つの組織に分類することができる。

すなわち実働部隊である「帝国軍」と、その作戦立案・運用・人事などを統括する「黒月省」である。

言うまでもないことながら、ディオンのかつての役職である百人隊長は帝国軍に属するものだ。その彼が、後方勤務である黒月省に配置換えになったのは軍のシステム上のことであった。

かつて、戦場において大きな戦果を挙げた騎士が将軍となり、無能な判断から大損害を被ったことがあった。

有能な兵士が、有能な指揮官になるとは限らない。

その反省からティアムーン帝国では、百人隊長より上、千人隊を率いる「千人少将」より先に歩を進める者は、必ず、黒月省で後方勤務をすることになっている。そこで部隊の運用、補給線の構築、作戦立案についてなどを学び、広い視野を身につけた上で、現場に戻っていくシステムなのだ。

ディオンとしては、退屈そうなので黒月省での仕事はまっぴらだと、出世するつもりはなかったのだが、ミーアの意（ルードヴィッヒの独断）を受けて、仕方なく、黒月省に転任した形だ。出世には違いないが……、微妙に不満顔なディオンであった。

「本当、あの姫さんは飽きない子だよね。いつも予想外のことをやってくれるよ。まさか、この僕が、黒月省に勤めることになるとはねぇ」

肩をすくめて苦笑するディオン。それを見て、ルードヴィッヒは深々と頷く。

「そうだな……。ただこれで、ディオン殿には前線に戻ってもらってもよくなるかもしれない」

今後、ディオンの進むべき道は二つある。

帝国軍に戻り、将官としてより多くの兵を率いるようになるか、あるいは、黒月省に残り、軍の組織構造に口出しできる軍官僚となるか、だ。

ルードヴィッヒが欲していたのは、黒月省内へのパイプ、すなわち高等武官であったのだが……。その部分をレッドムーン公爵家の後ろ盾で賄《まかな》えるのだとしたら……、おのずとディオンに求められる役割も変わる。

現場に対する影響力、そちらのほうがむしろ重要になってくるかもしれないのだ。

「まぁ、それは僕としても願ったりだけどね」

と、苦笑いを浮かべるディオンであったが……、

「それに、そもそも、出世はそこまで急がなくてもよさそうだ」

続くルードヴィッヒの言葉には、わずかばかりに眉をひそめた。

「……というと？」

「当面は、別のことのために働いてもらったほうがいいんじゃないかと思ってね……」

「別のこと、ねぇ」

ディオンは腕組みして、少しばかり表情を引き締める。

「イエロームーン公爵家か。夏以来、なにか怪しい兆候は？」

「部下に探らせているが……、静かなものだ。静かすぎて逆に怪しいとさえ思えるぐらいだ」

「まぁ、ガヌドス港湾国からは、当然、連絡が行っているだろうしね。表立って帝国に反旗を翻そうっていうんじゃなければ、さすがに今は動かない、か……」

「そう。だから、より深く調べる必要があると思うんだ。幸い、学園都市計画に関しては師匠に、財政再建に関してはバルタザルに任せてしまえる。つまり、私はしばらく手が空いている」

ルードヴィッヒの言葉を聞いて、ディオンは、にやりと笑みを浮かべた。

「手が空いてるんじゃなくって、手を空けたの間違いなんじゃない？」

「解釈の違いというやつだな。学問ではよくあることだよ」

肩をすくめつつ、ルードヴィッヒは言う。

「ミーア姫殿下は、混沌の蛇に関与した家の者といえど、あまり裁きたくはないようだ。直接的な関係者以外には累《るい》が及ばないようにしたいとお考えなのだろう。そのための調査を、我らを信頼してお命じになられたのだ。その信頼には応えなくてはなるまい」

軽く、メガネの位置を直してから、ルードヴィッヒはディオンを見た。

「力を貸してもらうぞ、ディオン殿」

「イエロームーン公爵家……。最古の貴族か」

ディオンは、ふん、と鼻を鳴らして、

「少しは骨のある暗殺者とか、送ってこないものかな……」

帝国の、裏の歴史が明らかになろうとしていた。

番外編　ベルの小さな幸せⅢ

ゆらり、ゆらり、と揺れるランプの灯。

その明かりは、弱々しく、夜の闇を完全に払拭することはない。

けれど……、ベッドに横になり、それをぼんやり眺めるのが、ベルは好きだった。

なぜなら、ついつい眠たくなってくる、その微睡《まどろみ》の時間は、大好きなエリス母さまがお話を聞かせてくれる時間だからだ。

「……エリス母さま、なにかお話をしてください」

薄明かりに照らし出される優しい横顔にベルはそっと声をかける。

エリスが、これからもう一仕事することを、ベルは知っていた。

帝国の叡智、ミーア・ルーナ・ティアムーンの功績を後世に書き残す……、それはとても大切な仕事。

エリスや、アンヌが、なによりもそれを大切にしていることは、わかっている。

だから、その邪魔をしてはいけないと知ってはいるのだけど……。この時間、この眠る前の時間は特別だ。

それはベルのお気に入りの時間、ちょっぴりわがままを言ってもいい時間なのだ。

「うーん、そうねぇ……。今日はなんの話をしましょうか……」

その証拠に、エリスは嫌な顔一つしない。眠たそうなベルの顔を見て、穏やかな笑みを浮かべて……、それから、ベルの隣に横になった。

すかさずベルは、エリスに抱き着くようにして身を寄せる。

「そういえば、今日はミーアさまのお得意なことを話したわね……。泳ぎに乗馬に……だとすると、これを話さないわけにはいかないかしら？」

悪戯をたくらむ子どものような、無邪気な笑みを浮かべて、エリスは言った。

「ベルは聞いたことがあったかしら？　ミーアさまが、ダンスの名人だということを……」

「ダンス……？」

きょとりん、と小首を傾げるベルに、エリスは深々と頷いて見せた。

「そう、ダンス。あなたも、ミーアさまの血を受け継ぐ姫なのだから、覚えておいて。貴族や帝室の姫にとって、社交ダンスは武器なの。ミーアさまも、その技をもって、多くの殿方を魅了して、交渉を有利に進めてきたのよ」

それから、エリスは思い出すように、静かに瞳を閉じた。

「ミーアさまのダンスは、それはそれは美しいものだった。月の女神の舞と呼ばれてて、本当にお美しかったのよ。私も一度だけ、帝室のダンスパーティーに呼んでいただいたことがあったけど……、その場の誰よりも輝かれておられた。本当に光っていたのだから」

ちょっとした誇張が混じったが……、ベルは気付くことなく、歓声を上げる。

「わぁ……、ボクも見てみたかったです」

ニッコリと笑みを浮かべるベルに、エリスは少しだけ寂しそうな顔をした。

「ミーアさまがご存命だったら、きっとあなたにもダンスを教えてくださったでしょうね。私か姉さんがダンスを教えてあげられたらいいのだけど……」

残念ながら、エリスにもアンヌにも、宮廷パーティーに出ていけるような、ダンスの知識はない。

「あ、そうだわ。ルードヴィヒさんはどうかしら？　やっぱり、帝国のお姫さまがダンスの一つもできないなんて、申し訳ないし……」

「エリス母さま、そんな顔をしないでください」

ふいに、ベルの強い声が響く。

目を向ければ、ベルが真剣な顔で見つめていた。

「ボク、今、とても幸せですよ、エリス母さま」

ベルは、それこそ、輝くばかりの笑みを浮かべて言った。

「毎日、とても幸せです。アンヌ母さまに起こしてもらって、美味しいお食事が食べられて、ルードヴィッヒ先生にお勉強を教えてもらって、オイゲンさんと一緒に帰ってきて……」

ベルは指折り数え上げる。自分の幸せなことリストを。

「エリス母さまのお話を聞くのもすごく好きです。ミーアお祖母さまのお話を聞くのも、エリス母さまが考えたおとぎ話を聞くのも。ミーアお祖母さまにダンスを教えていただけなかったのは、少し残念だし、お母さまに会えないのは寂しいですけど……、でも、ボクは幸せですから……、だから、そんな悲しそうな顔……しないでください」

こちらに気を使わせないようにとする心配りに、エリスは胸の痛みを覚えた。

――まだ甘えたい盛りであるはずなのに……、このような不憫な状況にあっても、私たちのことを気遣うなんて……。

エリスはギュッと目を閉じて……、それから笑みを浮かべた。

「なんの話だったかしら……。ああ、ミーアさまのダンスのお話だったわね」

そうして、明るい声で話し出す。これ以上、ベルに心配をかけないように、と……。

それから少しして、ベルは気持ちよさそうに寝息を立てていた。

その頬に、そっと触れながら、エリスは言った。

「ゆっくりお休みなさい、ベル。良い夢を」

起こさないように、けれど、静かな熱心さをもって、その祈りはささげられる。

「どうか……、夢の中でだけは、この子が幸せでありますように……」


その日、ベルは夢を見た。

自らの祖母から、優しくダンスの手ほどきを受ける夢だ。

それは、とても楽しい夢だった。

エリスはついに知ることはなかったけれど、ベルの言葉には一切の偽りはなかった。

エリスの腕の中、安らかな気持ちで夢を見るその時……。

ベルはたしかに幸せだったのだ。

ミーアの社交ダンス部

Meer Ballroom Dance Club

「うーむ……」

無事に馬術大会を終えた三日後のこと。

ミーアは部屋でのんびりしていた。

大会が終わった直後は、その身を筋肉痛に苛《さいな》まれていたが、それも綺麗に抜け……今のミーアは絶好調だった。

そう、身体的には絶好調なのだが……。

「ああ、見た感じ、やっぱり変わってませんわよね……」

ミーアはズーンッと暗い気持ちでため息を吐いた。

ベルから借りている皇女伝、その厚さは、パッと見た感じでもわかるほどに、薄い。

それは、ミーアの寿命の残りを示しているのだ。

「どうもいけませんわね……。気分が滅入ってしまって、なにもやる気が起きませんわ」

そうして、ミーアは、皇女伝をベルの机に戻そうとして……、見つけてしまう。

「あら……これは……」

ベルの……追試の結果を！

「ああ、そういえば、夏休み中は居残りで頑張ってたんでしたっけ。ふむ、どんな感じなのかしら……？」

などと、興味本位に開けてしまったのが運の尽きだった……。

そこに並ぶは、散々といえば散々な結果。

「あの子……、よくこの成績で平然としていられますわね……」

孫娘の肝の太さに、戦慄《せんりつ》すら覚えてしまうミーアである。が……、ふと、その目が、ある記述の上で止まる。

「舞踊の評価が……E？」

舞踊、すなわちダンスは、ミーアの唯一得意とするところである。その評価が著しく低いことに、ミーアはショックを覚える。が……、

「ああ……、そうでしたわ。ベルは……」

遅れて、思い至る。ベルが〝帝室の姫に相応しい教育〟をされずに生きてきたのだ、ということに……。

幼い頃からダンスを教わり、マナーを教わり、教養を身に付けてきたミーアとは違うのだ。

「それは可哀想なことをしてしまいましたわ……」

ベルに聞く限り、勉学のほうはルードヴィッヒに教わっていたようだが、ダンスなどの基礎教養に関しては、教わっていないのだろう。

「………しかし、あのルードヴィッヒに教わったのに、勉学のほうはどうして……？」

などと思わないではなかったが、それはさておき。

「マナーなんかはアンヌやエリスに教わったとしても、ダンスは教える人がいなそうですし……」

そういえば、ベルにダンスを教えると約束していたんだっけ……と、ミーアは思い出す。

「ふむ……ここは孫娘のために、わたくしが立ち上がる場面ではないかしら……」

ミーアの中に、孫娘への祖母性愛《そぼせいあい》が燃え上がる。

「それに、なんといっても、ベルをセントノエルに入学させたのはわたくしですし……。あまり、情けない真似をしているとラフィーナさまの目が怖いですわ……」

……八割ぐらい自分愛《ファースト》だった。

それはさておき、そうと決まれば、ミーアは早速動き出す。

夕食後、風呂に入り「さぁ寝るぞ！」と気合を入れていたベルに、ミーアは言った。

「ベル、聞きたいことがあるのだけど、よろしいかしら？」

「へ？　あ、はい。なんでしょう、ミーアおば……お姉さま」

ベルをベッドに座らせて、じっとその目を見つめてから、ミーアは言った。

「ベル、あなた、ダンスは嫌いかしら？」

念のために聞いておく。

ミーアとしてはできるだけベルに、帝国の姫に相応しい教養を身に着けてほしいとは思うわけだが……、それでも嫌いなことを無理やりにやらせるわけにもいかない。

――料理長は、わたくしが野菜を美味しく食べられるように工夫してくれましたわ。もし、ベルがダンス嫌いであれば、なにか楽しくできるような工夫をしてあげる必要がありますわね……。

などと考えていたミーアであるが……。

「いいえ、別に嫌いじゃありませんけど……」

不思議そうな顔で首を傾げるベルに、ミーアは満足げに頷いて見せた。

「そう。それならば……ベル、あなたにダンスを教えてあげますわ」

「へっ？　ミーアお姉さまのダンスを、教えていただけるんですか？　あの、伝説の……？」

ベルは目をまん丸にして言った。

はて？　伝説？　などと不思議に思いつつも、ミーアは首肯する。

「ええ、この前、約束しましたし。みっちりと教えてあげますわ。あなたは帝室の姫なのですから、ダンスの一つ二つ華麗にこなしてもらわなければ困りますわ」

そう言ってやると、ベルは背筋をピンと伸ばして、真面目な顔をする。

「わかりました。ミーアお姉さま。お姉さまの名に恥じぬよう、精一杯頑張ります！」

「うむ、よろしい！」

腕組みしつつ、偉そうに笑うミーアであった。


翌日から、ベルのダンスレッスンが始まった。

「とりあえず、当面の目標が必要ですわね……なにか……」

「あ、それなら、十日後にダンスの小テストがあります」

などというやり取りを経て、ミーアは十日後のダンスの実技テストを目標に定める。

――必ずやベルにA評価を取らせてあげますわ。ふふふ、クラスの全員をベルの魅力で魅了して差し上げますわ。

「ところで、ミーアお姉さま、この服ですけど……」

と、ベルは、自らの服をちょこんと摘《つま》んだ。

本日のベルは、半そでのシャツと膝丈のズボンという、アクティブな格好をしていた。これから運動するのに実に相応しい服装……ではあるのだが……。

「ダンスって、もっと素敵なドレスでやるものでは……？　こう、丈の長いスカートで、格好よくポーズを決めたりとか……」

などと、半ズボンの裾を摘んで、ちょこん、と持ち上げてみたりしている。

「ベル、綺麗なドレスを着るのはもっと先のことですわ。今は動きやすい、そういった服装で十分ですわ。あとは、誰か殿方に協力していただきたいところですけれど……、ふむ」

ミーア、ここで孫娘への気遣いを見せる。

——殿方の前で無様な姿を見せるのは、いかにベルでも屈辱的なはずですわ。本当なら、シオンあたりのダンスが上手い人に手伝っていただいたら良いのですけど……。まぁ、それはもっと上手くなってからじゃないと、ベルが可哀想ですわね。

ちなみに、ベルは、たとえ無様な姿を晒したとしても、シオンとダンスすることを選ぶ。迷うことなく選ぶ。

なので、それは完全に余計な気遣いではあったのだが……。

「とりあえずは基礎ですわね。ダンスは基礎が大事。しっかりと始めから教えてあげなければなりませんわ。そのためには、やはりあれしかありませんわ！」

ティアムーン帝国の帝室には「月光舞踊」と呼ばれる踊りが、語り伝えられている。

これは、社交ダンスの基礎的な動作をすべて網羅《もうら》し、筋力のトレーニングにもなるという、極めてよくできた練習用の舞踊だった。

そして、ミーアは幼き日より、それを繰り返し舞ってきた。勉強もダンスも物量至上主義者のミーアである。その身にしっかりと、動きが染みついているのだ。

「ベル、あなたには帝国秘伝の舞踊、月光舞踊を覚えてもらいますわ。まずは、しっかりとそこで見ていること」

そう言って、ミーアは踊り始める。

「まずは、足からですわ。アン、ドゥー、トロワ、アン、ドゥー、トロワ……」

口でリズムをとりつつ、軽くステップを踏む。

「ここでターン。こちらに右足を運び、左足はできる限り残す感じで……」

足の動きを何度か繰り返してから、

「次に手。手はこう、しなやかに、優雅に……、風に吹かれて揺れるように優しく……」

くるり、くるり、と、優雅に回りながら……、

「こうして回りながら距離感を体に叩き込んでいくのですわ。剣術には間合いというものがあると聞きましたけれど、ダンスも同じですわ。周りとの距離感、これだけ動けば、これだけ進む。このダンスにはどれだけの広さが必要、そういうことを覚えていくのですわ」

ベルの熱心な視線をその身に感じつつ、ミーアは丁寧に踊っていく。動きを確認しつつ、ゆっくりと、丁寧にお手本を示していく。

やがて、踊り終えたミーアは涼しい顔で、

「とまぁ、こんな感じですわ。それほど難しくもないですから、すぐ覚えられると思いますわ。はじめはステップから……」

「いえ。大丈夫です……」

ミーアの言葉を遮って、やる気満々の顔でベルが言った。

「もう全部覚えました、ミーアお姉さま……。できると思います」

「まぁ、本当ですの？」

「はい。ボクは、ミーアお祖母さまの血を継ぐものですから！」

「そう……。では、早速やってみてちょうだい」

などと……調子のよいベルの言葉を、すっかり信じてしまったミーアであるが、実際に、ベルに踊らせてみると……、

「ふむ……。ふぅむむ…………」

思わず、眉間にシワが寄る。

「なるほど……。なるほど……」

「どうでしょう？　ミーアお祖母さま！」

ドヤァ顔で胸を張るベル。そんなベルにミーアは……、思わず感心してしまう。

――この子、大した度胸ですわね……。なぜ、これでできるなんて言いきれるのかしら……。

当たり前といえば当たり前なのだが、一度見ただけでダンスができるわけもなし。にもかかわらず、自信満々にやり切ったうえに「どうだぁ！」とばかりに胸を張るこの胆力！

――これだけ堂々としてたら、きちんとダンスができていると思い込んでしまいそうですけれど……、わたくしの目は騙せませんわ。

ミーアは、偉そうに咳払いしてから、

「はじめてにしては、悪くはなかったですわ。この調子ですわ」

気を使いつつ、ミーアは言った。

「まずは動きを正確に覚えて、その動きをきちんとできるようになること。ダンスは基礎が大事ですから、焦らず丁寧にやっていきましょう。適当にやったらいけませんわ」

「はい！　わかりました」

元気よく頷くベルに、ミーアは満足げに微笑んだ。

そうだ、まだまだ時間はあるのだ。慌てることはない。じっくりと、鍛えていけばよいのだ……などと思っているうちに、三日がたった。

その間、特に進展は……なかった。

「おかしいですわ……。なぜ、うまくできないのかしら……？　もっと、こう、手を伸ばして、優雅にふわっと、きゅきゅっとですわね……」

「うう、難しいです。ミーアお姉さま……」

しょんぼり肩を落とすベルを横目に、ミーアはしきりに首を傾げる。

ミーアは知らなかった。幼き日より、ダンスを仕込まれてきたミーアは……、教え方が、若干、〝天才的〟な感じになってしまうということを……。

それはさておき……、

「ふぅむ……これは、なにか考える必要がありそうですわ……」

少しだけやる気を失いかけているベル。このままダンスを嫌いになられたら大変だ。なにか、やり方を考えねば……、とミーアが思案に暮れていると……、

「失礼します。ミーアさま」

「あら、アンヌ。どうかしましたの？」

「はい。実は、ラーニャ姫殿下が、訪ねていらっしゃったのですが……」

「あら、ラーニャさんが……。なにかしら……」

ミーアは、ぐったりしているベルのほうに目をやって、

「そうですわね。それでは今日はここまでといたしましょうか……ベル、お風呂で汗を流してきなさい。わたくしは、少しラーニャさんとお話をしておりますから」

少し早めにレッスンを切り上げ、ミーアは自室へと戻った。

「こんにちは、ミーアさま。突然、すみません」

部屋に入ると、テーブルについていたラーニャが立ち上がった。

黒く美しい髪、ほどよく焼けた小麦色の肌が魅力的な友人を前にして、ミーアのお腹がぐぅっと鳴った。

……別に、ラーニャが美味しそうと思ったわけではない。ラーニャがやってくる時はいつだって美味しいお菓子と一緒なので、条件付けができてしまっているだけなのだ。

よくしつけられた犬のようなものである。

そんなミーアに気を悪くした風もなく、ラーニャは言った。

「申し訳ありません、ミーアさま。今日は何の変哲もないクッキーなんですけど……」

その視線の先、お皿の上に置かれたクッキーを見て、ミーアが歓声を上げた。

「まぁ！　そのクッキー。わたくしが大好きなやつですわ！」

それは、以前、アンヌにもらった、保存性に優れたクッキーだった。もちろん機能面だけでなく、その素朴な甘みもまた、ミーアが愛してやまないものである。

どうやら、アンヌがお茶とお菓子の準備をしてくれたらしく、テーブルの上には紅茶と、ミーアの保管していたお菓子も並んでいた。

――おお！　これは、ちょっとした宴ですわ！

ミーアがラーニャの正面に座ると、すかさず、アンヌが紅茶を入れてくれる。

それは少しぬるめだったが、運動で汗を流したミーアにとっては、喉を潤すのにちょうどよい温かさだった。

――ふふふ、さすがはアンヌ。しっかりと気遣いができておりますわ。

一口、お茶をすすってから、ミーアはすまし顔で言った。

「それで、今日はどうしましたの？　ラーニャさん」

「はい、実は、ミーアさまにご相談したいことがあってきたんです」

「まぁ、わたくしに相談ですの？　はて、なにかしら……」

と言いつつ、ミーアは早速一つ目のクッキーを口に入れる。サクッと心地よい歯ごたえ、砕けたクッキーの欠片が舌の上で溶けてジンワリと甘みを伝えてくる。

「ああ……この素朴な甘み、濃厚な小麦の風味……うふふ、良いですわね。実に美味ですわ」

決して、真新しい味ではない。目を見張るような美味しさでもない。

それは、どちらかといえば懐かしい味、ホッと安心するような味だった。

その甘みが、皇女伝の厚さに一喜一憂する、ミーアのささくれだった心に、ジャストフィットしていた。

――ああ、沁みますわ。この素朴な甘みが……、単純な美味しさが、わたくしの心の隅々まで沁みわたってくるようですわ。

などと、ミーアがクッキーに身も心も癒されていると、おずおずと、ラーニャが口を開いた。

「それで、あの、ミーアさま、相談というか、お願いがあるのですが……」

「はて、お願い？　なんですの？　わたくしにできることでしたら、なんでもやりますけれど……」

そう問うと、ラーニャは、なにか、言いづらそうに口をもにょもにょした後……、

「実は、最近ミーアさまがダンスレッスンをされているとお聞きしました……」

「あら……、その話、どこで？」

ベルのためを思い、ダンス練習を秘密にしていたミーアである……のだが、

「ベルさんがすごく嬉しそうにお話しされてるのを聞いて……」

——ベル……、あの子……。

ミーア、思わず頭を抱える。どうやら、ベルはダンスの練習をしてるところを、他人には知られたくないとか、そういうことは思わないらしい。

「まぁ、いいですわ。たしかにここ三日ほど、特別教室をお借りして、ベルにダンスを教えておりますわ」

ラーニャは、それを聞いて、思わずといった様子で笑みを浮かべた。

「あの、もしよろしければ……私にも、踊りを教えてくださいませんか？」

「はて……それはどういうことですの……？」

ミーアは再び首を傾げる。

ラーニャのダンスの腕前はよく知らないが、もしもできないところがあるならば、セントノエルの教師に聞けば良いだけの話ではないか……、と疑問に思ったミーアであるが……。

「ペルージャンの収穫感謝祭のこと、ミーアさまはご存知ですか？」

「ええ、もちろんですわ。その年の収穫の感謝のために、ペルージャンの民が王都に集まってする盛大なお祭りですわよね。宴のお料理もものすごく豪勢なものが出るとか……」

周辺国のグルメイベントは、しっかりチェック済みのミーアである。もしも機会があれば、ペルージャンの収穫祭にはぜひ行ってみたいと思っていたのだ。

——ペルージャンの新鮮な農作物を使ったどんな料理が出るのか……、想像しただけでお腹が減ってきてしまいますわ。

「では、そこで、私たち王女がなにをするかもご存知ですか？」

「ええ、もちろん、知っておりますわよ。えーっと、収穫感謝の舞を神にささげるのですわね」

ペルージャンの姫は、農民たちのリーダーとして収穫の陣頭指揮を執る。と同時に、収穫の感謝を神にささげる巫女《みこ》としての役割をも果たすことになっているのだ。

前の時間軸、ラーニャの名前を覚えていなかったために、ルードヴィッヒにボロクソに言われたミーアは、それから、いろいろなことをきちんと覚えておくようにしていた。

ペルージャン農業国は食糧の輸入先として重要な国。その国の姫に関することも、基本的なことは頭に入れてあるのだ。

「えーと、それで、その収穫感謝の舞がどうかしましたの？」

「実は、その……恥ずかしい話なのですけど、私、ダンスが全般的に苦手で……、だから、その舞もあまり上手くできなくて……」

「ああ、なるほど……。なんとなく見えてきましたわ」

ミーアはようやく納得する。

学園の教師では、普通の社交ダンスは教えられても、儀式的な演舞は教えることができない。だから、ダンス上手のミーアに頼ってきたのだろう。

「あら……、でも、今年の夏はどうしましたの？」

ミーアの記憶がたしかならば、ラーニャは今年も変わらずに、ペルージャンに帰国して、巫女姫としての役割を果たしていたはずだが……。

「私はあくまでもアーシャ姉さまのお手伝いでしたから。だけど……、来年の夏は、もしかしたら、私が一人でしなければならないかもしれません」

「ああ……、なるほど。そういうことですのね、アーシャさんをわたくしの学園にお呼びしてしまったから……」

アーシャが聖ミーア学園の講師になってしまったから、もしかしたら、収穫感謝祭に帰ることができないかもしれない、と……、ラーニャは考えているのだろう。

アーシャがいなければ、自分が中心になって舞わなければならない、と責任を感じているのだ。

「ですけど、別に休暇がまったくないということでもありませんわ。大切な行事であれば、学園をお休みしていただいても構いませんのに……」

ミーアの言葉に、ラーニャは小さく首を振った。

「アーシャ姉さまが、ご自分でそう決めたなら良いのですけれど、私のせいでお仕事を中断させてしまうのは嫌なんです」

ラーニャの見せた静かな決意に、ミーアは小さく頷いて見せる。

「そういうことでしたら、お手伝いしないわけにはいきませんわね」

ミーアとしても、アーシャには、小麦の研究に集中してもらいたい。そのためであれば、一肌も二肌も脱ごうではないか……、と、おのずから気合いも入ろうというものである。

「では、早速明日から、ベルと一緒に練習に参加するとよろしいですわ」

ベルも一緒に練習する者がいたほうがやる気が出るだろうし、好都合である。

「あ、でも、わたくしの指導はとても厳しいですわよ？」

「はい、望むところです！」

そんなこんなで、ミーアのダンス教室に、新しくラーニャが加わることになった。


さて……時間は少し遡り、その前日のこと……。

「平和だなぁ」

シオンの従者、キースウッドは、校舎の廊下をブラブラ歩いていた。

別に暇だったからというわけではない。シオンの身辺を守るために、不審なところがないかを見回っているのだ。

「まぁ、セントノエルの警備は万全だから、余計なことだとは思うんだけどね、と」

気持ちのいい風が吹いてくるなぁ、秋だなぁ、などと、若干、気を緩めつつ歩いていた彼は……、あるものを見て、その頬を強張らせた。

「さて……あれはなんだろうな……？」

廊下のはずれに見えたのは……、こそこそ、怪しげな動きをするミーアの姿だった。

きょろきょろ、きょろきょろ、あたりを窺ってから、ささっと特別教室のほうへと歩いて行ってしまう。

「ミーア姫殿下……か。さて、なにをされているのやら……」

などとつぶやきつつ、キースウッドは静かに尾行を開始した。

基本的に、キースウッドは紳士である。

サンクランドの王子の従者に相応しく、しっかりとした礼節を備えている。

それに、ミーアのことを評価もしている。シオンにとって好ましい人脈であるし、個人的に好意を持ってもいる。シオンに仕えていなければ、ミーアのもとに馳せ参じていたかもしれないほどだ。

ゆえに、基本的に、ご令嬢を尾行するなどという非礼を働くことはないし、それが、敬意を抱いている相手であればなおのことだ。

にもかかわらず、キースウッドは尾行する。なんとなくではあるが……、嫌な予感がするからだ。

ミーアが、とんでもないことをしでかしそうな……そんな予感。具体的に言うと、こう……、料理的なことを……。

「あれだけ才能にあふれる方なのに、どうして、料理だけはあんなことになってしまうんだろうな……」

愚痴とため息を友として、すっすと物陰に隠れながら、ミーアの背中を追っていく。と、ミーアは、ある教室の中に入っていった。

「ふぅ、とりあえず、食堂や厨房じゃなかっただけ良かったと考えるべきか……。いや、まだ油断はできないな。相手は帝国の叡智だ」

自分が想像もつかないような方法で料理を始めるかもしれない……などと思ってしまうキースウッドであったが、ふと、その顔に苦笑いが浮かんだ。

「っと、なにを警戒してるんだ、俺は……。ミーア姫殿下が、そう何度も馬鹿なことをするはずがないじゃないか……。こんなのは杞憂《きゆう》に過ぎないさ」

自分に言い聞かせるようにつぶやくことしばし……、

「よし。やっぱり、しばらく様子見しよう。万が一ということもあるからな」

そう心に決めるキースウッドであった。


そうして翌日……、事態は一気に悪化する！

「らっ、ラーニャ姫殿下……だと？」

キースウッドは戦慄した。ミーアと共に部屋に入っていった人物を見て……。

ラーニャ・タフリーフ・ペルージャン……、ペルージャン農業国の姫君が、ミーアと笑みを交わしながら部屋に入っていったのだ。

農業国の姫君が、である。豊富な農作物を誇る農業国の姫君が、なのである！

そんなラーニャが、ミーアと一緒にこっそりナニカをやっているという事実に、キースウッドは、心底から震え上がった。

「ミーア姫殿下とラーニャ姫殿下が、集まってなにをしているんだ？」

あえて、問いを口に出してみるが、答えは明白だろう。すなわち……、

「そんなもの、料理関係以外にないじゃないか！」

一瞬、目を背けそうになる自分を、キースウッドは叱咤《しった》する。

実際のところ、それ以外には考えられなかった。

普通にお茶会をしているというのならば、なにも隠れてする必要はない。こっそり隠れてしているというのが、実に怪しい。ミーアの悪意なき悪だくみという臭いが、ぷんぷんしていた。

「……これは、下手をすれば、ペルージャンの農作物も料理に使われる危険性があるということか⁉」

キースウッドの脳裏に、無数の悲惨な料理の群れが浮かんだ。

野菜を雑に刻んだものとか、フルーツを山ほど投入したシチューとか。サンドイッチにまるまる一個リンゴを挟んだものとか……。

そして、それを食べさせられる主の姿と……、なにより、自分自身の姿まで思い浮かんでしまい……、

「たっ、大変だ。これは、なんとかしなければ……」

基本的にキースウッドは料理ができる。が、さすがにペルージャンの農作物のすべてを把握していないし、それに対応した料理を作れるかと言われれば、甚《はなは》だ心もとない。

まして、相手は帝国の叡智。

「ミーア姫殿下は、博識の方だ。料理についても、変に詳しい可能性がある」

知識に比例した料理スキルを持っていれば良いのだが……、残念ながらそれは望み薄だ。

「むしろ、凝ったキノコ料理なんか作りたいと言い出されたら、シャレにならないぞ……」

ごくり、と喉を鳴らしてから、キースウッドはお腹を押さえた。

じんわりと、胃のあたりが痛むような……そんな錯覚に襲われる。

「これは、早めに対処しないと手遅れになるんじゃないか……。くっ、あんなことはもう二度とごめんだと思っていたが……やむを得ないか」

若干、よろよろとした足取りで、彼は、ミーアたちが入っていった教室へと向かった。

その頃、教室では、ラーニャの演舞のお披露目会が行われていた。

動きやすいズボンと半そでのブラウスに着替えたラーニャは、両手に木の打楽器《カスタネット》をつけて、踊っていた。

カーン、カカーン、とリズムよく打ち鳴らされる打楽器の音、それに合わせ……合わせ？

——なんか、合ってませんわね。

ミーアは、ふーむ、と、唸りながらラーニャの舞を眺めていた。

——あの打楽器に気を取られて、動きがおろそかになってる感じがしますわね。それに、止まるべきところで止まれていないから、メリハリがない感じがしますわ。次の動きに頭が行きすぎてしまって、静止の姿勢が決まらないのではないかしら……。

などと分析している内に、ラーニャの舞は終わった。

「……と、こんな感じなんですけど、どうでしょうか？」

「ふむ……」

恐る恐る問いかけてくるラーニャに、ミーアは腕組みして、偉そうに言った。

「なんか……ズレてますわね」

ズバッと言い切った！

「徐々に、その打楽器の音と動きが微妙にズレていきますわ。疲労によるものもあるでしょうけれど……、ふーむ」

焦りもあるような気がしますわね……、などと、心の中で付け加える。

姉がいないかもしれない状況、自分一人だけで演舞をしなければならないというプレッシャーが、自然と、ラーニャの動きを落ち着きのない、せわしないものにしてしまっているのだ。

——自分自身でリズムを刻まなければならないのが、難しいところですわね。

楽器隊が別にいてくれるのであればまだしも、自分でするから、気が急いてリズムが速くなりすぎ、結果、体がついていかなくなる。

「こんなことを言ってしまうと申し訳ないのですけど、ラーニャさんにもベルと同じく、基礎トレーニングをしていただく必要がありそうですわね」

精神的なことはさておくとして、ダンスの技術自体も、そこまで高くないように見えた。であれば、まず技術を身に付けさせて、自信をつけてもらうのが近道。

大変珍しいことに、ミーアの判断は、大変珍しいことに的を射ていた、大変珍しいことに。

ダンスとキノコだけはガチな、名指導者ミーアなのである。

「では、早速……あら？」

と、その時だった。

教室のドアをノックする者がいた。

「あら？　誰かしら？」

応対に出たアンヌの肩越しに、廊下のほうに目をやったミーアは、見覚えのある青年の姿を見つけた。

「はて、キースウッドさん……、どうかなさいましたの？」

シオンの従者、キースウッドが立っていた。心なしか、顔色が悪いようにも見えるが……。

「突然、申し訳ありません。ミーア姫殿下。実は、ここ最近、ミーア姫殿下が熱心になにかをなされているとお聞きしまして、僭越《せんえつ》ながら私にもなにかお手伝いでき……ん？」

と、そこで、キースウッドは首を傾げる。

ベルとラーニャのほうに目を向けて、

「えーと、これは…………」

不思議そうな顔をする。

「やれやれ……。せっかく隠していたのに、キースウッドさんにも知られてしまうとは、不覚ですわね……」

ミーアは深々とため息を吐いてから、首を振った。

「実は、ベルとラーニャさんにダンスを教えていたんですの」

「……ダンス？」

「ええ。特にベルは、まだまだダンスの腕前が未熟なので、あまり他人には知られたくなかったのですけど……」

と言いつつ、ミーアはベルに視線をやった。可哀想に、ベルは頬を赤らめてうつむいてしまっている。やはり、屈辱だったのだろう。

ベルは、そのまま、ちょこちょことミーアのそばに歩み寄り……、

「みっ、み、ミーアお祖母さま、あれ、あれ……。天秤王《てんびんおう》の忠臣、忠義の天才剣士キースウッドじゃないですか⁉」

心なしか弾む声で言った。

「ふわぁっ！　ふわあぁっ！　ボク、近くで見るの初めてです！」

赤く上気した顔で腕をぶんぶんさせているミーアベル……。否、ミーハーベルである！

別に、下手な姿を見られて屈辱とかなかった！

「ああ……なんだ、そういうことだったんですか」

キースウッドは、ベルのほうを見て、ちょっとだけ気まずそうな顔をした。

「申し訳ありません。気遣いが足りずに……、私はしょせん、シオン殿下の従者ですから。犬にでも見られたとお思いいただけると良いのですが……」

かしこまった顔で、そんなことを言うキースウッドである。

「ふむ……」

そんなキースウッドを見て、ミーアは思案に暮れた。

──ラーニャさんにも月光舞踊を教えるのが手っ取り早いと思いますけど、その間、ベルが手持ち無沙汰になってしまうかもしれませんわね。ベルの場合には、最終的には、社交ダンスを身に着けるのが目的ですし、そのためには、パートナーが不可欠……。それに、見たところベルはキースウッドさんに憧れているみたいですし、やる気を出してもらえるかもしれませんわね。となれば……。

ミーアはキースウッドに目を向けて言った。

「キースウッドさん、あなた、ダンスは踊れるかしら？」

「え？　ああ、まぁ、それなりには……」

などと、肩をすくめるキースウッド。

──それなりに……。ふむ……ものすごく、やってそうですわね！　モテそうですものね、キースウッドさん。

ジトッとした目でキースウッドを見つめてから、ミーアは言う。

「でしたら、乙女の秘密を覗いた罰として、協力していただこうかしら。ベルの練習にダンスパートナーとして……」

と思ったのだが……、そこで、ミーアお祖母ちゃんは考え直す。

――ああ、でも、もしかすると危ないかしら？　ベルに悪い虫がついてしまうかも……。

イケメンの恋愛巧者とダンスレッスンをさせるなど、教育に悪いことこの上ない。

やっぱりやめようかな、と思うミーアであったが……手遅れだった。

「え？　ま、まさか、ミーアお姉さま！　ボク、あのキースウッドとダンスができるんですか？　ふわぁ！　ふわぁああ！」

などと、真っ赤な顔で歓声を上げるベル。

それを見て、ミーアは呆れ顔をする。

「ああ、まったく誰に似たのかしら……」

やれやれ、と首を振りつつも、ミーアはキースウッドに言った。

「そういうわけで、キースウッドさん、もしよろしければ、ベルのダンスパートナーとして、練習にお付き合いいただけないかしら？　六日後にダンスの試験があって、できれば良い結果を取らせてあげたいと思っているんですの」

「なるほど、そういうことでしたら……」

キースウッドは、優しい笑みを浮かべて、

「精一杯、パートナーを務めさせていただきます。ベルさま」

「は、はひっ！　お願いします！」

ぴょこん、と頭を下げるベルであった。


——うふふ、ミーアお祖母様からダンス教えていただくの、すっごく楽しかったなぁ。

一日の終わりの時間。柔らかなベッドに横になって過ごす、微睡の時間。

それは、ベルのお気に入りの時間だった。

枕に顔をうずめて、ベルは、一日を振り返る。

今日も幸せな一日だったと、確かめるように。

——えへへ、あの忠臣キースウッドとダンスできるなんて、夢みたいです。

ベルにとって、それは、おとぎ話の中の人物とダンスをしたような、感動的な体験だった。体がフワフワして、じっとしていても、踊りだしたくなる……、そんな気分だった。

「ああ、幸せだな……」

ベルは紛れもなく幸せだった。

セントノエルは、夢のような場所だった。

いつでもお腹一杯美味しいものも、甘いものも食べられて……、お勉強は少し難しいけれど、学校は楽しくって……。

それに、お友だちだってできた。

この夢が、いつ終わってしまうかわからないけれど、それでも今この時、ベルは幸せだった。

だけど……、ベルは今までだって幸せだった。いつだって、ベルは幸せだったのだ。

なぜなら、今のベルがいるのは、多くの人たちの犠牲があったからで……だから、幸せじゃないなんてことが、あってていいはずがなかった。

ベルが大好きだった人たちのために、ベルのために命を懸けてくれた優しい人たちのために、ベルは笑顔を曇らせるわけにはいかなかったのだ。

だから……、ベルはいつだって幸せで、でも……、

「今は、たぶん、すごく幸せ……でも」

ベルは、今、とてもとても幸せで……、だけど、それを話す相手がいなかった。

それが、少しだけ寂しい。

今日あった幸せなことを、大好きなエリス母さまに話したかった。

間近に見た祖母の姿を話して聞かせて、喜んでもらいたかった。

でも……、その願いは叶わない。ベルの大切な人は、もういないのだから。

一番、話したい人には、もう二度と話すことはできないのだから……。

「あ、そうだ……手紙……」

その時、ふと、ベルは思いつく。

エリス母さまとの、細い繋がり……、彼女は、まだ幼くて、ベルと一緒にいた時の記憶はまだ持ってはいないけれど、でも……。

「エリス母さま……いいえ、エリスさんにお手紙を書こう」

それでも、どこかでつながっていると信じた。

あの日の温もりに、自分の声は届くのだと、ベルは信じた。

だから、今日見たミーアお祖母さまの雄姿を伝える手紙を書こう。そして、今日あった幸せなことを、たくさん手紙に書こう。そうして、教えてあげるのだ。

「エリス母さま、ボク、幸せです」

この夢がいつまで続くのかはわからないけれど、この瞬間も、ベルは、たしかに幸せだった。

「あ、そうだ。どうせ書くなら……」

十日後、ベルの舞踊の試験結果が返ってきた。

「………お、おかしいですわ。わたくしがあれだけ必死に教えて、キースウッドさんにも協力していただいたのに、なぜ結果が……Cなんですの？」

結果の書かれた紙を片手に、ミーアはプルプル震えた。

ちなみに、評価Cはギリギリ合格ラインである。なので、まぁ、悪いとも言い難いのだが……。

「なっ、納得いきませんわ！」

そんな叫び声をあげるミーアであったが、ベルは、特に落ち込んだ様子もなかった。それどころか、ちょっぴり嬉しそうに微笑んですらいる。

それを見てミーアは、ふぅ、っとため息を吐いた。

「まぁ、ダンスの腕前がいまいちだからって、イジメられたりはしてないみたいですわね。それならば、そこまで評価が良くなくてもよいのかもしれませんわ……」

などと、ちょっぴり優しい気持ちになっていると、

「あ、そうだ。ところで、ミーアお姉さま……」

唐突に、ベルが話しかけてきた。

「ん？　なんですの？」

「いつ、体が光りだすんですか？」

「……へ？」

ポカン、と口を開けるミーアに、ベルは得意げに言った。

「エリス母さまが言ってました。ミーアお姉さまのダンスは、実際に輝きを放っていたって……。だから、ボクも踊れるようになったら、体が光るようになるんじゃないかと思って……」

ウッキウキと弾みながら、そんなことを言うベルに、ミーアは軽い頭痛を覚える。

「エリス……、いったい、ベルになにを教えたんですの……？」

思わず嘆くミーアであったが……、まぁ、本当のことを言ってベルをガッカリさせることもないか、と思い直す。それから、思案することしばし……、何事かを思いついた様子で、ポンッと手を打った。

「そうですわね……。教えた踊りの名前、覚えてるかしら？」

「え？　あ、はい。月光舞踊……あっ！」

「ええ。そういうことですわ……」

そう言って、ミーアは意味深に頷く。

「なるほど。つまり、この月光舞踊を完全に踊りこなせるようになった時には、ボクも……」

嬉しそうにしているベルに、ミーアはニンマリする。

——うふふ、これでベルもますます励むでしょう。我ながらナイスアイデアですわ。

などと思っていたのだが……。

後日のこと……。

「なっ、なんですのっ⁉　これはっ！」

ミーアは、皇女伝の中に……、

皇女ミーアは、ダンスの達人だった。あらゆる舞踊に通じていた彼女であったが、帝室に伝わる伝説の舞踊をも完璧に身に付けていたという。極めしその舞踊は、月明かりのごとき光を放ち……。

このような記述を見つけてしまい……、思わずクラッとすることになるのだが……それはまた別の話である。

ミーアの無人島日記

MEER'S
DIARY
ON DESERT ISLAND

TEARMOON
EMPIRE STORY

七つ月　三十日

今日のランチは、アワアワビを焼いたものだった。

コリコリした歯ざわりが、どことなくキノコを思わせる逸品。磯の香りも素晴らしい。塩加減は絶妙、添えられている海藻類のサラダも歯ごたえがよくて、料理は味だけではないのだと感じた。

船の上で海の幸を食べるのは、最高の贅沢である。

しかし、貝というものが、キノコに似てとても美味なのは、新発見。さっそく、料理長にお願いして、メニューに加えてもらうのがいいかもしれない。

おススメ☆五つ

今日のディナーは「邪神の使い」と呼ばれる不思議な生き物のスープだった。

手足が何本もあって、エメラルダさんは、気味悪がっていたけれど、食べてみたらとても美味。

足に吸盤があって、噛んだ感じがとても独特。病みつきになりそう。

おススメ☆四つ
備考：海の食べ物は、どれも歯ごたえが良いものが多い、と感じる。明日は島に到着予定だけれど、どんなものが食べられるか楽しみ。

またしても、読み直してみると、グルメレポートみたいな日記になっておりますわね。

なにか、呪いでもかかっているのではないかしら？

それはさておき、ようやく、船に帰ってくることができましたわ。

大変な数日間でしたけれど、こうして無事に戻ってこられたなら、よい思い出ですわね。

せっかくですし、思い出しながら、日記帳に記載しておくことにいたしますわ。


一日目。

わたくしたちは、エメラルダさんがバカンスに使っているという島に到着。

途中、小舟が転覆するアクシデントがございましたけれど、なんの問題もございませんでしたわ。

助けに来てくれたアベルとシオンと一緒に、わたくしは、華麗に島に到着したんですの。

島では、エメラルダさんの指導を受けて、泳ぐ練習をいたしましたわ。

わたくしがすぐに泳げるようになったものだから、みなさん、とっても驚いておりましたわ。

「人魚みたいに見えた！」

なんて、シオンは目を丸くしておりましたのよ？

さすがに、そこまでじゃないと思いますけれど、悪い気はしなかったですわね。

まぁ、そうして、楽しい時間を過ごしていたのですけれど、事件は二日目に起こりましたの。

二日目

朝起きたら、嵐がやってきましたの。ものすごい風で、飛ばされてしまうかと思いましたわ。わたくしは、軽いので注意が必要ですわ。とても軽いので。

そして、わたくしとエメラルダさん、アンヌ、アベルとシオン、キースウッドさん、ニーナさんの七人以外の方がいなくなっておりましたの！

さらに、エメラルドスター号もいなくなってて、あの時は本当に驚きましたわ。

三日目

嵐は過ぎ去りましたけれど、相変わらず、エメラルドスター号は帰ってきませんでしたわ。

しかたなく、わたくしたちのサバイバルが始まりましたの。

専門家であるわたくしの指示のもと、食べ物を集めたり、合図になる狼煙を焚いてみたり。

今は良い思い出ですけれど、実際にはとーっても大変でしたわ。

しかも、そんな中で、エメラルダさんがいなくなってしまって……。


まぁ、エメラルダさんの名誉にかかわることですから、詳しいことは省きますけれど……。

そうして四日目に、わたくしたちは、島を脱出。

その最後の最後で、最大のピンチが待っておりましたの。

泳いでエメラルドスター号に向かったわたくしたちの目の前に人食い魚が現れましたの！

ものすごい速さで、わたくしのほうに向かってきた狂暴な人食い魚ですけれど、わたくしはむしろ安心しておりましたわ。他の方のところに向かわれるよりは、わたくしのところに来てくれたほうが、好都合でしたし。

そうして、襲ってきた凶暴な超巨大人食い魚の鼻っ面を、思いっきりひっぱたいて、成敗してやりましたわ。

まぁ、わたくしにかかれば、あの程度、大したことございませんでしたわ。

それにしても、大変な秘密を知ってしまったものですわ。

これから、大変そうですわね。ラフィーナさまに、どうやって言い訳すればいいか、考えただけで頭が痛くなってきそうですわ。

まったく、ご先祖さまも余計なことをしてくれたものですわね。

あとがき

こんにちは、餅月です。

ティアムーン帝国物語、第五巻をお手に取っていただき、ありがとうございます。

みなさまのご好評をいただき、なんとか五巻までたどり着くことができました……が、実は、ここまでくるのに計算外の連続でした。

例えば、このティアムーン帝国物語は、一部ごとに四つのエピソードで構成されております。つまり、一巻で二つのお話を収録していくと、ちょうど上下巻のように、二冊で一部が完結していく計算になっております。そのように設計していたのです……が、今回は計算外にも無人島のお話が膨らんでしまい、こんな構成になりました。

また、五巻の表紙を飾るエメラルダさんなのですが、もともとはその他大勢のキャラでした。それが、ミーアと並んで表紙に出るぐらい重要なキャラになるなんて、不思議なものです。

なにが言いたいのかといえば、ミーアの背浮き乗馬のように、筆者も、キャラが作った波に乗り、背浮き執筆をして、なんとか、ここまでたどり着きました、というお話でした。

今後もこの調子で続けられれば良いのですが……。頑張ろう、うん。

餅：それはさておき、キャラ投票。みなさま、ご投票をありがとうございます。
ミーア「まったく、どうせわたくしが勝つのですし、投票などわざわざやらなくても良いのではないかしら？」
餅：……はい。そうですね。どんな結果になっているか楽しみですね（注　これの執筆時は七月末）
ミーア「しかし、わたくし一人のポストカードというのも寂しいかもしれませんわね。どなたかとツーショットがよろしいのではないかしら？」
餅：えーと、人気が出そうなのは、あ、例のマスコットとツーショットはどうでしょうか？
ミーア「マスコット？　はて……」
ギ「呼んだー？」
ミーア「ギ……？　はて、マスコット？　あ、もしかして、わたくしに内緒で『キ』ノコのマスコットキャラを作ったんですの？」（ニッコニコ顔で）

ここからは謝辞です。

Ｇｉｌｓｅさま、今回も素敵なイラストをありがとうございます。幻想的な表紙絵、素晴らしいです。洞窟の色合いといい、イメージにぴったりでした！

編集のＦさま、もろもろお世話になっております。締め切りなど、ご配慮に感謝いたします。

家族へ、いつも応援ありがとうございます。

そして、ミーアとともに旅を続けてくださっている読者のみなさま。お付き合いいただきありがとうございます。続けて、応援していただけますと幸いです。

それでは、また六巻にてお会いできれば嬉しいです。

リベンジ
ミーアは荒嵐にふたたび挑むことにした
前回は半分以上食べられてしまいましたけど
今度こそスイートニンジンケーキを目の前で全部食べてやりますわ!
ドドドン
ほーら この距離なら手も出せませんでしょう?
ニタァ…
…
んふふふ さっそくいただきますわ
ガブ
ぶえっくしょい!!
このあとケーキは荒嵐のものとなった
5
ティアムーン帝国物語5巻を
お買い上げありがとうございます!
もりのみず

巻末おまけ

コミカライズ　第九話

Comics trial reading

Tearmoon

Empire Story

原作——餅月 望
漫画——杜乃ミズ
キャラクター原案——Gilse

第9話
時間はパーティー開始直後までさかのぼる
えーっと……
手荒れが酷そうな炊事場の人たちには上質な馬の油
庭周りの職人さんには栄養価が高い食べ物がいいかな
細かいものは前に下調べしたお店で手配して……
フンヌヌ
よしっ
ミーアさまのためがんばるぞー!
おー!

アンヌ……
ほんとうにこんな軽装で大丈夫かしら……
大丈夫ですっ
ミーアさまは豪華なドレスがなくても可愛いです
ぐい
ぐい
さあパーティーが始まってしまいますよ
わわかりましたわ……
あ
そうですわアンヌ
手を出しなさい
?
ジャラ

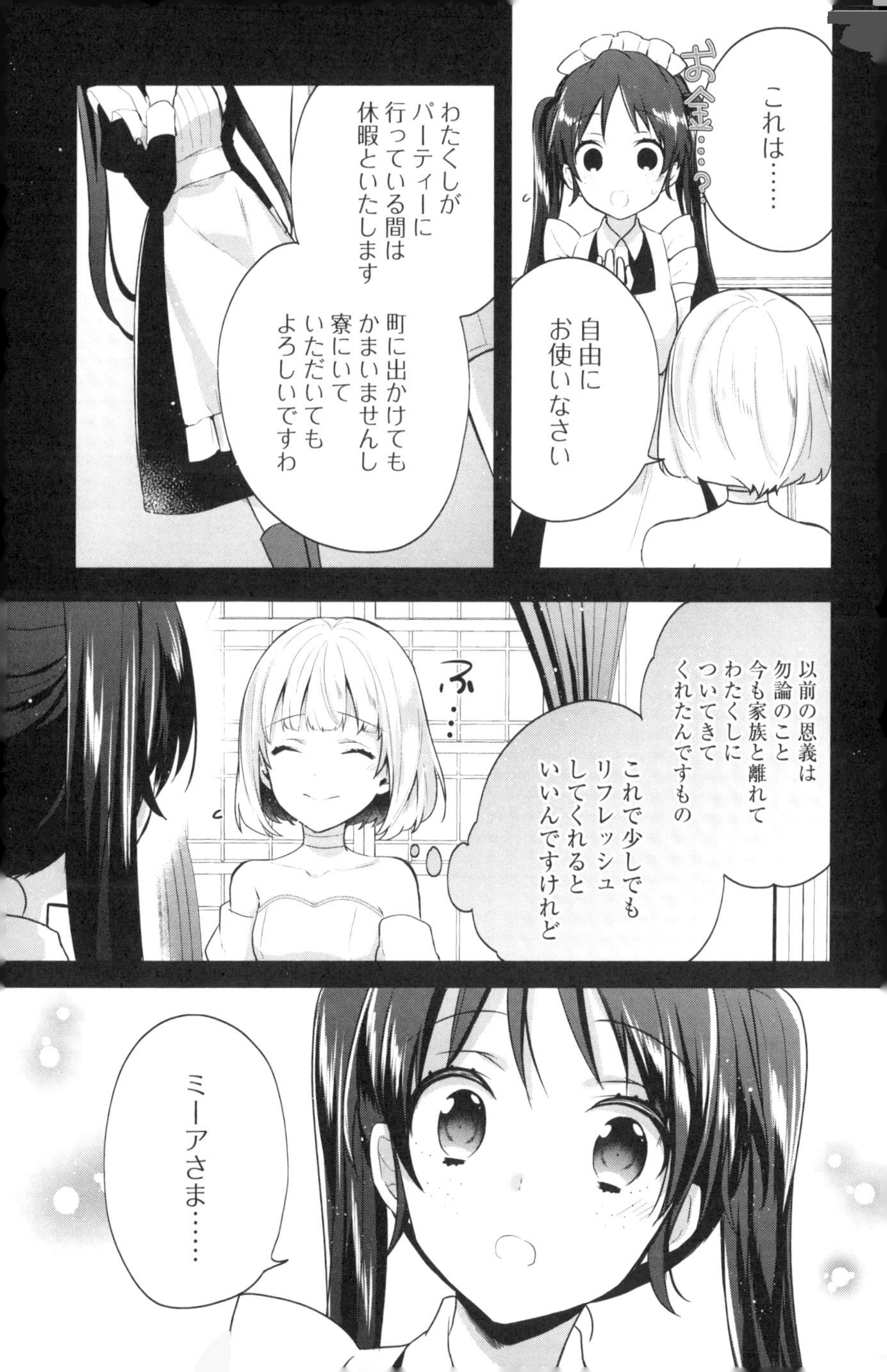

これは……
お金…？
自由にお使いなさい
わたくしがパーティーに行っている間は休暇といいたします
町に出かけてもかまいませんし寮にいていただいてもよろしいですわ
以前の恩義は勿論のこと今も家族と離れてわたくしについてきてくれたんですもの
これで少しでもリフレッシュしてくれるといいんですけれど
ふ…
ミーアさま……

皇女専属のメイド
それは大変に名誉な立場であり城に仕えるメイドたちの目指すべき終着点である
ミーアの専属メイドになってからアンヌの生活は激変していた
給金が3倍近くも増えたことに加え
妹・エリスもミーアお抱えの芸術家になったため実家も比較的裕福になっていたのである
それゆえに……
そうだ……
これは「自由に使っていいお小遣い」なんかじゃなくて……
ぐっ

このお金で私に「何かをなせ」と命じてらっしゃるんだわ……!!
かしこまりました
このアンヌ必ずやご期待にお応えいたしますっ!
…?
?
期待…?
ミーアの意図はまたしても忠臣に届かないのであった
よし
大体手配できたかな……

帝国でお城の日常を支えているのは多くの使用人たちだった　それはこの学園でも同じだ
ミーアさまの恋を応援するためにも学園生活を快適にいただくためにも私にできる範囲で人脈を作っておかないとだめよね！
……ん？
わあ
綺麗……！

値段…
ちょうど
残ったお金と
同じだ…
素敵な
ドレスだけど
うーん…
ミーアさまには
少しだけサイズが
大きいかな
パーティーが
終わるまで
あと2時間
くらいか……
少しお部屋で
休もうかな？

きょろ
きょろ
……っ
あの子は
たしか
ティオーナ
さまの…
あの
どうか
したんですか？
…！
はっ
お願い
助けて
……!?

ティオーナさま
閉じ込められてます
つっ
助けて
お願い
閉じ込め…!?
どこに…
すっ
あそこ
です
私だけ
逃げることできました
リオラ・ルールー
ティアムーン帝国森林地域に住む少数民族ルールー族出身の少女である

リオラ 無茶しないで
ティオーナさまこそ 危ない です
あまり 体を 出さないで
大陸共通言語が苦手な彼女は本来ならばセントノエルに連れてこられるような人材ではなかったが
するる
ベテランメイドを随伴《ずいはん》させる余裕がないルドルフォン家の金銭面の都合ともうひとつ
グッ

ルールー族は
非常に身体能力の
高い人々であり
これこそが彼女が
ティオーナの使用人に
選ばれた理由であった
ダッ
助けを…
誰か…!
そんな……

いったい
だれが
そんなこと……
わからないです
でも
お願い
ティオーナ
さま
助けて
ください
お願い
わかりました
力をお貸しします
……！
さあ
案内して
ください！
は
はい！
ばっ

私……
全然迷わないで
返事しちゃった…
でも……
ミーアさまから
自由裁量を
認められているんだ
私はミーアさまの
恥にならないように
行動しなきゃ
ドーーン
きっと
優しくて正義感にあふれた
ミーアさまがここにいたら
同じことを
するはずだもの!!
わかりましたわ
わたくしに
任せて
たとえ
そうだとしても
ミーアの心境は
こんな感じ
であろう
どうやって
たすけますか!?
ここで
無視を決め込んだら
ギロチン直行かも
しれませんし
何よりアンヌの視線が
痛いですわっ……!
血涙

ふうん……？

あれは……？
気を付けて
です
見張り
です
どうしよう
すごく強そう……
説得…なんて
できそうな
雰囲気じゃ
ないし
どうすれば…
ビクゥ!!
ぴっ
どうか
しましたか？
お嬢さん方

なにか
お困りのことでも？
あ
あなたは…
たしか
シオン殿下
の……
キースウッドさん
ですよね？
スッ
覚えていて
いただけたとは
光栄の至り
ミーア皇女殿下の
ところの
アンヌさん
そちらの
お嬢さんは
帝国の？
あ……はい
えっと
ルドルフォン
辺土伯令嬢の
メイドの……
リオラ・
ルールー
です
お願い
です
ティオーナ
さまを
助けて
なにやら
きな臭いと思って
ついてきて
みれば……
ふむ
見張りが
ふたりか
中には
なん人？

わからない　です　でも
私たちを閉じ込めたのは　4人
男女　でした
ってことは君が逃げたことに気がついて中にも見張りが付いたか
男ふたり残してこの場を離れたか……か
まあ……困ってるお嬢さん方を放っておいたらシオン殿下に怒られるからね
協力させてもらおうかな
本当　ですか？　お願いします！
でもどうするんですか？
おびき寄せてその隙に……とか……？
なに簡単なことさ

ガッ
な……ッ

麗しの貴族のご令嬢を悪者の手から取り戻す
それだけさ
……
ぽかーん

あの……
男性の
使用人の方は
みんなそんなこと
できるんですか…？
ん？
いや……
まぁ
俺の場合には
色々事情が
あってね
なにせ
仕えているのが
正義感の塊
みたいな
お方なもので
ほら
鍵
みつけたよ
ぽい
ガチャ
ティオーナさま！
大丈夫
です!?
……！
はっ

ばっ
リオラ
無事だったの？
ご無事で何よりでしたルドルフォンさま
あなたは……
ミーアさまの……
部屋に戻ったらドレスがなかったの
部屋が荒らされてて
置手紙があって……
ドレスを返してほしくば校舎の北塔に来い

そんな……
いったい誰がこんなことを……
たぶん君やミーア殿下の知り合いじゃない？
え？
それってどういう……
これ
外の見張りが持ってたよ
ティアムーン帝国の…紋章…？
ああ
おそらくあいつら帝国貴族の使いの者だ
す
そうですね

ばさ
帝国貴族の恥をさらすからパーティーには行くなって言われた
は
ひどい…そんなの…
にしてもドレスのためとはいえ無茶では？
女性だけでこんなところに来るなんて
…当家には
ドレスをなん着も用意するほど備えがないから

だからリオラ無茶をしなくても……
そんなに焦る必要なんかなかったのよ
ティオーナさま……っ
ぎゅっ…
……もし私が同じ立場だったら
閉じ込められたのがミーアさまだったら

ぐっ
絶対に悔しくてたまらない
リオラさん!
はっ
街に行ってドレスを買ってきてください
ごそ
大通りのお店にちょうどこれで足りるものが
これは…?
チャリ…
ミーアさまからお預かりしているお金です
さあ早く!
その間にティオーナさまはお化粧を
こちらへ!
……!
いいのかい?
ミーア殿下のメイドである君が協力しても?

…？
どういう
意味ですか？
ミーア殿下は
帝国貴族の
頂点に君臨する人
ティオーナ
伯爵令嬢を
閉じ込めたのが
同じ帝国貴族なら
それは
ミーア殿下の
意向という
可能性だって
考えられるだろう？
……………え？

前の時間軸においてもティオーナの監禁事件は起きていた
しかしミーアの使用人はアンヌではなく不真面目な中央貴族の三女だったため
じゃお茶会行ってきまーす
ティオーナを助け出したのはキースウッドとリオラのふたりだけだった
そして切り刻まれたドレスをなんとかするべく彼らが頼ったのは
学園の支配者ラフィーナ公爵令嬢だった

その後
ティオーナは
遅れて会場に
到着
はぁ。
シオン王子に
キースウッドからの
事件の報告を伝え
そのまま
誘いを受け
完璧な
ダンスを披露
周囲の生徒たちから
一目置かれるように
なるのだった
この日
ティアムーン帝国に
おける
革命の主導者
ティオーナと
協力者シオン王子
さらにその後ろ盾となる
聖女ラフィーナの
3人の強力な
つながりが生まれたのだ

そして
事件の首謀者として
疑いをかけられた
者こそ
帝国貴族の
頂点に君臨する
ミーアだった
ミーアは
その疑いを
解くことは
しなかった
たかだか
辺境貴族の娘が
どうなろうが
自分に疑いが
かけられようが
そんなもの
取るに足らないこと
だと思って
いたのである
3人は
ミーアを心底軽蔑し
ここで決定的な
ギロチンへの道が
開いてしまったのだ

そして
強大な
歴史の流れは
今まさにミーアを
同じ運命へと
押し流そうと
していた
ミーアさまが
犯人？
が
ふっ
そんなこと
あるわけ
ないじゃない
ですか！
あははっ
アンヌが
激流に堂々と
立ちふさがる！

ふふっ
キースウッドさん本気で言ってるんですか?
あまりにありえないからおかしくて……
一応カマをかけてみたんだが
一片の疑いも持たないのか
姫はきちんと側近の心を掌握しているんだな
あ あの……
おず…
彼女の心もか さすがだ
私もミーア姫殿下はそんなこと…しないと思います
ふぅ
なるほど 被害者ご本人がそう言うんなら それで納得しますよ

あの
キース
ウッドさん
もしかしたら
あなたの王国では
上に立つ者が
下々の者の責任を負う
という考え方が
あるのかもしれません
そういう意味では
帝国貴族のしたことは
ミーアさまの
責任になって
しまうのかも
しれません
……
だから
恐れ多い
ことながら…
今だけはこの私が
ミーアさまの
腕の代わりに
その責任を取りたいと
思います
ティオーナさまを
必ずパーティー会場に
届けてみせます！

ごそ
ティオーナさま どうぞ おかけください
今 メイクを 直します
シュバババババ
早い……
もしかしたら ミーアさま こういうことを 予期して さっきご自分を 練習台に？
って そんなこと ないか
気合の入った『ミーアの腕』は
！
その剛腕ぶりを いかん無く 発揮して
歴史の流れを 力づくで 捻じ曲げて いったのだった

はぁ
間に合った……！
？
すごい人だかり……
ワァァァ
ビクッ
！
あれは…！
パチ
パチ
パチ
パチパチ

どうかな ミーア姫
できれば 次は静かなものも 1曲……
いえ 遠慮しておきますわ
ふーわ
シオン王子 あなたには もっとふさわしい方が いらっしゃるのでは ないかしら？
……え？
きょとん
シオン王子 素敵でしたわっ！
わあっ
わたくし 見とれてしまって…
たじ
あ……

申し訳ありませんルドルフォン嬢
もしよろしければこの手紙をシオン殿下にお渡しいただけますか？
これ……渡さなきゃ
……うん
せっかくみんながここまで連れてきてくれたんだから！
キッ
すみません
ぐいぐいっ
あのシオン殿下！
おや？君は確か……
ティオーナ・ルドルフォンと申します

あのキースウッドさんからこれを……
……?
ちょっと失礼
先刻
ルドルフォン嬢と
そのメイドの
監禁事件が発生
犯人は
帝国貴族関係者
男女４名
うちふたりは
現場で拘束……
これは……
──念のため
記載する
?
事件に
ミーア姫が
関与している
可能性あり

……
そんなこと あるものか
あいつ自身も 彼女の関与を 本気で疑っている わけではないだろう
…というか あいつも 好きなタイプ だろうに
それにしても 先ほどの ミーア姫の 態度…
シオン王子 あなたには もっとふさわしい方が いらっしゃるのでは ないかしら?
恐らく 彼女はダンス中に ルドルフォン嬢の 姿を見つけていて……
ひと目見て なにがあったのか 大体のところを察し
せめて このパーティーを 楽しんでもらえるよう 彼女を俺に 託したのだろう

俺に
ふさわしい……
つまり
俺の力を
必要としている
者がいる
ということ
だったんだな
まったくもって
違う
……しかし
ふさわしいと
いう言葉は
少し意味合いが
違うんじゃないか?
ふふっ
あの……
シオン王子
ああ…
いや
失礼
ルドル
フォン嬢
俺と1曲
踊ってもらえる
だろうか?
!

……はい
わ
綺麗……

パーティー
ミーアさまもティオーナさまも楽しんでくださってるといいなあ
かくてダンスパーティーの夜は
前の時間軸とは違った形で明けていく
続きはコロナEXにてお楽しみ下さい!

ティアムーン帝国物語 ～断頭台から始まる、姫の転生逆転ストーリー～

第1回人気キャラクター投票結果発表！

全1475票!!!!!

舞台化記念企画！ 1～4巻に登場するキャラクターがエントリー！
皆さまの愛がつまった全33名の順位を発表！

第1位 ミーア・ルーナ・ティアムーン

463票

ふふん、当然ですわ！
（……いっ、1位だとは思ってませんでしたわ）

第2位 ルードヴィッヒ・ヒューイット

274票

さすがだ、ミーアさま……
（これは、やはりこの方に女帝になっていただくしかない。そのためには……）

第3位 アベル・レムノ

171票

光栄の至りだな
（ミーアに相応しくなれるように、頑張ろう）

※本企画は2020年7月27日～2020年8月20日にティアムーン公式HP（tobooks.jp/tearmoon）にて開催されました。

第4位 ギロちん

(……♪
……♥)
154票

第5位 アンヌ・リトシュタイン

嬉しいです！
（ミーアさまの髪と肌の魅力がみなさんに伝わってよかった！）
99票

第6位～

第6位	モニカ・ブエンティア
第7位	ディオン・アライア
第8位	エメラルダ・エトワ・グリーンムーン
第9位	ミーアベル・ルーナ・ティアムーン
第10位	ラフィーナ・オルカ・ヴェールガ
第11位	キースウッド
第12位	ティオーナ・ルドルフォン
第13位	シュトリナ・エトワ・イエロームーン
第14位	シオン・ソール・サンクランド
第15位	アデライード・ルーナ・ティアムーン（ミーアの母）
第16位	ラーニャ・タフリーフ・ペルージャン
第17位	リオラ・ルールー
第18位	ベルマン子爵
第19位	馬龍
第20位	クロエ・フォークロード
第21位	マティアス・ルーナ・ティアムーン
第22位	ムスタ・ワッグマン（宮廷料理長）
第23位	アーシャ・タフリーフ・ペルージャン
第24位	エリス・リトシュタイン
第25位	サフィアス・エトワ・ブルームーン
第26位	セリア（孤児院の秀才）
第27位	バノス
第28位	リンシャ
第29位	ルヴィ・エトワ・レッドムーン
第30位	オイゲン（近衛）
第31位	ガルヴ（ルードヴィッヒの師匠）
第32位	ニーナ
第33位	マルコ・フォークロード

Gilse先生より

投票の1位はやはり帝国の叡智、
ミーア姫だったんですね。
そうですね。不正は一切ありません！ 安心しましょう！
意外な結果があるのも人気投票の面白さだと思ったし、
おかげでキャラクターの人気度を
知ることができて、良かったです。
投票をしてくださった皆さま、ありがとうございました。

餅月先生より

皆様、ご投票ありがとうございます。
意外な結果にワイロの存在が頭をよぎりますが、
そんな不正は一切行われておりませんので、
ご安心ください。
なお、優勝したミーアには
ゴールデンミーア像が贈られます。やったね！

多数のご応募ありがとうございました！

小説
第14巻
2023年
9月9日
発売！
シリーズ累計
140万部
突破！
（紙＋電子）
TVアニメ放送開始！
帝国物語
餅月　望——著
Gilse——イラスト
式HPへ！
原作HP
TVアニメHP

Comics
ティアムーン帝国物語
ティアムーン帝国物語
ティアムーン帝国物語
ティアムーン帝国物語
ティアムーン帝国物語
漫画：杜乃ミズ
コミックス
第7巻
2023年
10月14日
発売!
2023年10月より
MBS・TOKYO MX・BS11にて
ティアムーン
断頭台から始まる、
姫の転生逆転ストーリー
詳しくは公

リーズ累計120万部突破!(紙+電子)

TO JUNIOR-BUNKO

※第4巻カバーイラスト

イラスト：kaworu

TOジュニア文庫第4巻
2023年9月1日発売!

NOVELS

※第24巻書影

イラスト：珠梨やすゆき

原作小説第25巻
2023年秋発売!

COMICS

※第10巻書影

漫画：飯田せりこ

コミックス第11巻
2024年春発売予定!

SPIN-OFF

※WEB連載バナー

漫画：桐井

スピンオフ漫画第1巻
「おかしな転生~リコリス・ダイアリー~」
2023年9月15日発売!

（電子書籍含む）
累計140万部突破！
異世界に落とされた…
Dropped into another world
浄化は基本！
原作最新巻
第⑧巻
好評発売中！
イラスト：イシバシヨウスケ
コミックス最新巻
第④巻
好評発売中！
漫画:中島鯛
ポジティブ青年が
無自覚に伝説の
「もふもふ」と戯れる！
ほのぼの勘違いファンタジー！
お買い求めはコチラ▶▶

（第5巻）
ティアムーン帝国物語Ⅴ
～断頭台から始まる、姫の転生逆転ストーリー～

2020年11月1日　第1刷発行
2023年　8月1日　第3刷発行

著　者　餅月 望

発行者　本田武市

発行所　TOブックス
〒150-0002
東京都渋谷区渋谷三丁目1番1号　PMO渋谷Ⅱ　11階
TEL 0120-933-772（営業フリーダイヤル）
FAX 050-3156-0508

印刷・製本　中央精版印刷株式会社

ISBN978-4-86699-065-1